講談社文庫

新装版

BT '63(上)

池井戸 潤

講談社

BT'63 (上) 目次

BT'63(下)目次

B
T
'63
(上)

第一章　幻惑

1

大間木《おおまぎ》琢磨《たくま》は、ここ数年の記憶が曖昧だ。ふわふわした綿毛が漂うような方向性のない意思と痛みも歓びもない無自覚の合間に、いくつか記憶が断片的に挟まっているだけだ。

ブルーの衝立てとパソコンが並ぶ光景は、たぶんそれまで勤めていた職場だろう。同僚たちの、驚きに見開かれた目が向けられている。パソコンのモニタを抱え上げるときのずっしりとした重量感。ずっとつけっぱなしだったから手のひらに温かさを感じる。持ち上げると、両腕の間から恐怖に歪んだ上司の顔が見えた。

クリーム色の壁と天井の記憶は、病院だ。代わる代わる自分を覗き込んでいく看護婦と医師。なにかつまらないことを問いかけ、無駄と知ると、今度は言葉の代わりに憐みを映した眼差しを向けて去っていく。

スーツを着込んだ亜美が椅子に座っていた。テーブルを挟んだ向こう側から悲痛な面差しを向けている。亜美は琢磨に何かを話しかけるのだが、その言葉は無秩序な音の羅列でしかない。音は壁にあたってぐにゃりと歪む粘土細工のように頼りなく、意味を形成しない。もどかしく苛立たしい音たち。それを振り払おうとして抗《あらが》った琢磨は、自分の喉が震えて驚くほどの声が絞り出されたことに怯えてしまった。誰かが腕を摑んだ。

亜美は何度か、記憶の断片をくれた。笑顔と泣き顔、困惑と戸惑い、狼狽、そして最後は悲しみ。悲しみの理由はわかる。琢磨と離婚することを決めたからだ。琢磨は病気で、しかも時間が経てば治るという類の病気ではない。だけど、琢磨の精神に巣くったちょっとした狂い、現実との誤差は琢磨の精神状態を常に「向こう側」へ押しやっているわけではなかった。

琢磨は泣いた。その涙に滲んで、三十四年間生きてきた人生がぼやけてくるのがわかった。正気でいるとき、亜美とは様々なことを語り合った。今までの人生のこと、そしてこれからの人生のこと。夢とか希望が人生をより鮮明なものにするとすれば、琢磨の人生は今、輪郭を失い、その意義さえも朧《おぼろ》に霞んでしまった。それからどれぐらいの月日が経過したのか。

琢磨はぼんやりと部屋の壁に掛かったカレンダーに目を向けた。

「どうしたんだい、ぼうっとしちゃってさ」

母の大間木良枝は熱い茶を淹《い》れた盆を持ってきて、琢磨が学生時代から使っている勉強机に置いた。

「なんでもないよ」

二階の六畳間に広げた衣類や身の回り品を整理しながら、琢磨は応えた。

「そうかい。でも良かったよ。母さん、もう一時はどうなるかと思ったんだ。こんなに良くなるなんて、神様に感謝しなきゃいけないね」

だが、琢磨は自分を完全に信じ切ることはできなかった。どこか心の片隅に根を生やした不安は、そう簡単に一掃できるものではない。

「わからないよ、まだ」

琢磨は記憶の多くを占めている霧の濃さを恐れていた。

「脅かさないでおくれよ」

母は眉を八の字にして遠慮がちに琢磨を覗き込む。「それとも、ほんとにどこか変なのかい。だったら明日の検査で先生にちゃんと言っとくれよ」

「わかってるって」

発症したのが二年前で、琢磨はその後何度か入退院を繰り返していた。最も長期の入院となったのは病気の急性期を含む一年間。発症以来、意識はぼんやりとしたベールに包まれ、記憶は断片的にしか残っていない。

療養生活の間に、琢磨の荷物は、亜美と暮らしていた中目黒のマンションから、実家のある川崎に戻されていた。当の琢磨は入院中で、離婚により荷物だけが先に実家に戻った形になった。琢磨が少年時代から過ごしたこの家は、多摩川に近い古い下町にある。

亜美との生活は、共働きでしかも質素なものだったから、そう物が多くあるわけではなかった。しかし、財産分与の末、入院している間に運び込まれた物が家の一部屋に集められている様はどうにも味気なく、短かった結婚生活の、まるで残骸に見えた。

「少し手を休めなよ」

母に言われ、これだけ出しちまうから、と琢磨は押入の奥へ体を突っ込む。探していたのは夏服が入っているプラスチックの衣類ケースだが、見当たらない。代わりに、古びた衣装箱があった。

「俺の夏服は」

上半身を入れたまきいた琢磨に、どこだったかねえ、という曖昧な声がきこえる。片づけ好きの母のことだ、箱を入れ替えたかも知れない。そう思った琢磨は奥からその箱をひっぱりだした。

それはいかにも古い箱だった。分厚い埃を被った臙脂《えんじ》の箱は、芝居の衣装でも入っていそうなほど仰々しい。古びて角が破れ、厚紙だろうか地の部分が露わになっている。

「なんだこれ」

「そんなとこに入ってやしないよ」

母の言葉を聞き流した琢磨は蓋に手をかけた。興味を持ったわけではない。無駄なものであれば捨ててやろうと思ったのだ。

「うわ、本当に芝居の衣装か？」

きつい樟脳の匂いが漂う中に現れたのは、目に染みるほどの濃紺に金モールの入った生地だ。両肩の部分をつまんで持ち上げてみる。なんでこんなものが。まるでホテルのボーイが着ていそうな制服だ。そして――。

その下にはズボンがあった。外側に二本、金色のモールが入ったそれは、どうやら上着とセットのようだ。

「ああ、そんなところにあったのかい」と母。

「なんだい、これ」

「制服だろ」

「それぐらいわかる。なんの制服かってきいてんの」

「さあねえ。父さんのだよ。結婚したときに持ってたものだと思うわ」

父の――？

琢磨はその制服をじっと見つめる。そういえばどこかで見たことがある――そんな気がしたのだった。どこかで……。

「父さん、なんでこんなの持っていたんだ？」

琢磨の父、大間木史郎《しろう》は、ある中小鉄鋼会社に勤めていたサラリーマンだった。こんな制服を着た姿など見たことがないし、そもそも鉄鋼会社の制服にしては少し変だ。

すると、母は意外なことを言ったのだった。

「たぶん、前の職場のだろ」

「前の？」

琢磨は母を見上げ、言葉の続きを待つ。父が鉄鋼会社に勤務していたのは当然知っているが、それ以前に別の会社に勤めていたなどという話は初耳だった。母の表情が少し曇った。理由はわからない。どこか寂しげな様子で目をそらすと、ぼんやりとして湯飲みを握る。

「運送会社にいたことがあったんだよ」

「するとそのときの制服か、これ」

「母さんと知り合う前のことだから」

「運送会社ねえ。それにしても派手な服だな」

派手な服。その記憶が琢磨の脳裏に蘇ってきたのは、まさにこの瞬間だった。

琢磨がまだ幼い頃の記憶である。家の前でひとり遊んでいた琢磨がエンジンの音に振り向くと、一台のトラックがこちらに向かって走ってくるところだった。今でこそ、この辺りには住宅が密集し、マンションも林立しているが、当時はまだ家もまばらで余計なものが無かったから、道の随分向こうまで見通すことができた。

そのトラックのボディは鮮やかなオレンジ色をしていた。大きさは、たぶん二トン車ほどだろう。ボンネットの両側から突き出した銀色のフェンダーミラーを太陽光線にきらきらと反射させながら、まだ未舗装の道路を土煙とともにやってくる。

荷台にグリーンの幌をかぶせ、軽快なエンジンの音を小気味よく響かせながら琢磨の前を通り過ぎたトラックは、少し先にある家の軒先で車を停めた。琢磨は駆け出し、そのトラックを近くで見守った。運転席のドアが勢い良く開き、若い男が颯爽《さっそう》と降りてくる。男は幌に上半身を入れて中から小荷物をとりだした。そして、傍らで立って見ている琢磨に、よっ、と愛想よく声を掛けると家の中へ入っていったのだった。

その男が着ていた濃紺の服に、金モールの飾り付けがあった。

それを琢磨は思い出したのである。

「あのときと同じ服だ」

琢磨がつぶやいたとき、なにぶつぶつ言ってるんだい、という母の声が過去から現実へと引き戻した。琢磨は笑いながら、その記憶を母に語る。

「これと同じ格好をした人が宅配便のトラックを運転していたんだ」

母は深刻な顔になって琢磨を見据える。

「お前、大丈夫かい。なにかおかしなことはないかい」

「なに言ってんだよ。なにか、俺が変なこと言ったか」

すると、母はなおも疑わしげに琢磨を見つつ、思いがけないことを言ったのである。

「宅配便なんてのが出てきたのは昭和五十何年かなんだよ。あんたが小さな頃にそんなもんは無かったんだ。夢でも見てたんじゃないの」

まさか、そんなはずは——そうは思うものの、病気のことがあるからさすがに琢磨も自信を持って反論することができない。

「俺が生まれたのが昭和四十一年。だから、この記憶は四十年代の半ば頃だと思うんだけど、当時は宅配する業者が無かったってことかい」

「郵便小包があった」

母の顔をまじまじと見つめ、それだけ？　と問う。

「母さんの勘違いじゃないのかい」

「宅配便ができたときには、えらく便利なものができたもんだと思ったぐらいだよ。勘違いはあんたのほうじゃないのかい。まあ、勘違いぐらいなら、どうってことはないけどねえ」

それ以上なにかを口にすれば逆に母を心配させることになりそうなので琢磨は口を噤《つぐ》んだ。だが、オレンジ色のトラックは、今までの三十四年間の人生の中で、時折、琢磨が思い出す印象的なシーンの一つだった。子供時代のある場面をなにかの拍子に唐突に思い出す。そういうことは誰にでもあることではないのか。勘違い？　琢磨は自問してみる。こんな鮮明な記憶が勘違いなはずはなかった。夢でもない。もし夢であれば、何度も思い出すというのも妙ではないか。

琢磨が首を傾げたとき、ついでに虫干しするから出しといておくれ、という母の言葉で制服を手近なハンガーに通し、ベッド脇にある洋服掛けに吊す。蛍光灯に照らされた金モールがどうにも派手で、見ていると照れくさくなるほどだ。

夢のはずはない。

カーペットの上にあぐらをかいて母の淹《い》れた茶に手を伸ばした。だが、過去のことなどどうでもいいと思う一方、琢磨はまた頭の中にぼうっとした靄《もや》が広がり始めたことに気づいた。

胸騒ぎがする。

病気をして以来、琢磨は自分の行動が本当に正しいか、常識内のことをしているかと常に疑う姿勢ができ上がってしまっていた。

この奇妙な記憶が再び、暗い闇への入り口をこじあけてしまうのではないか。それは冷たい恐怖となって琢磨の胸へ忍び寄ってくる。打ち消そうとするのだけど、どうにも怖くて不安で、琢磨は寡黙になった。

「琢磨、あんた気分が悪いのかい」

不安なのは母も同様だ。過労とストレスの末に精神に変調をきたした一人息子の容体は、老いた母にとって自らの体調以上に気遣わしいものに違いない。それを今、痛いほど感じる琢磨は、まさか、と小さく笑おうとした。

しかし、頬の辺りが引きつる不格好な笑いが浮かんだだけで、歪んだ笑みは無様にも精神の暗闇に吸い込まれていった。

その夜、琢磨はなかなか眠ることができなかった。

正常な自分と、そうでない自分。そうでない自分のとき、果たして大間木琢磨と名付けられた肉体がどんな行動をしてしまうのか、さっぱり予測がつかないのだ。それは正常な精神が再び肉体に戻るまで続く。一日先か、半月先か、一年先かわからない。その時には、まるでタイムトンネルをくぐった後のように、自分からまた何かが失われているだろう。

亜美を失ったように。

琢磨は薄暗い部屋の天井を見上げた。暗い豆電球が灯っている。部屋の中がなんとなく樟脳臭いのは、父の服がそのままハンガーに掛かっているからだった。

琢磨はベッドから起きだし、その制服を手に取ってみる。

確かに、記憶の中にある制服と同じものだ。もし、母の言うように勘違いだとすると、父がこの服を着ている姿と、全く別の記憶が一つに合成されてでき上がった疑似体験と考えることもできるが、そもそも父がこの服を着ていたのは母と出会う前だという。ならば、父の制服姿を琢磨が見たはずはない。だんだん頭が混乱してきた。

琢磨は父の背中を見て育った。

父は、高度成長期を支えた基幹産業の片隅で生き抜いた男だった。仕事は忙しく、朝早く出ていっては夜遅く帰ってくる毎日。子供の頃の琢磨は、平日父の顔を見ることなどほとんど無かった。休みは日曜日のみ。その休日にも会社に出ることが多かったから、琢磨は父とじっくり会話をしたという記憶も無い。

滅私奉公を地で行く父は、家庭サービスなどということは頭にない人だった。外で働けるだけ働き、金を運んでくる。全ては仕事優先で、何事も自分で決め、ひたむきだが、他人の介入、ときに家族の助言さえも拒む頑なな性格の持ち主。父さんは温かい人だ、優しい人だと母に言われて育ったが、あまり接点のない父に他人のような距離感を琢磨は抱いていた。父が亡くなってもう五年になるが、結局その思いはいまも胸に留まっている。

「小っ恥ずかしい服」

琢磨は呟き、そっとそのフェルトに似た生地に触れてみる。現代の感覚でこれほど違和感があるのだから、三十年以上も前の時代ではさぞかし奇異なものだったろう。一歩間違えば悪趣味、いや、もうその一線を二歩も、三歩も踏み出しているような服だ。

「どんな運送業者だ」

味気なく込み上げてきた笑いに肩を揺すった琢磨だったが、そのとき思いがけない衝動が胸にわいた。

着てみようか、と思ったのである。同時に、意識の片隅に起きた不穏な動きを感じて顔をしかめた。

「嘘だろ」

琢磨は悔しさと不安を感じた。「もう治ったんじゃないのかよ」部屋の目覚まし時計の針は午前二時を指している。ハンガーから服を取り、じっと眺めた。少し小さいか。子供の頃、父はずいぶん大きく見えたが、現代の平均からすると少し小柄かも知れない。

またあの嫌な感覚がきた。

服を持つ手が震える。結局、自分との闘いなのだと琢磨は考えた。恐怖との闘いだ。目に見えない、誰にも見えない、ひとり琢磨が意識の中でしか感じることのできない恐怖だ。自分ではなんの統制も加えることのできない狂気がこの部屋に忍び込んできている。

琢磨はその恐怖から逃れようとかぶりを振り、制服を持つ腕を高く上げて薄暗い虚空に掲げた。肩口の金モールが鈍い輝きを放つ。きつい樟脳の匂いが鼻を衝いた。

右腕を通した。その刹那、音を聞いた。馬のいななきに似た音だ。なにかが忍び寄ってくる。

左腕を通す。頭の中で、今度はなにかが弾けたのがわかる。体が揺らぎ、脇のベッドに片膝をついた。両手を布団について目を閉じる。四つん這いになった琢磨の耳の奥で、音はまだ続いていた。やがて暗くなった視界の中でぼんやりとなにかが浮かびあがってくる。

腋から冷や汗が流れ、腹を伝い落ちた。幻聴はさらに強く大きくなり、いまや大音響で琢磨の脳裏で鳴っていた。

暗澹《あんたん》たる意識の底で、ある光景が像を結び始める。何十台と並ぶグリーンのトラック。前部に長いボンネットのある古いタイプのトラックだ。

キュルルルル。

再び、馬のいななきが聞こえる。いや、動物の鳴き声ではない、これはエンジンの音だ。トラックのエンジンが始動する音なのだ。

「ちっきしょう！」

誰かの叫び声が背後から聞こえ、琢磨は震え上がった。ほんとにこれは自分の意識の中で繰り広げられている光景なのだろうか。自分の想像が作り上げた妄想なのだろうか。

かろうじてベッドに横たわり、そっと目を開けてみる。しかし、さっきまで見えていた天井はもうそこにない。代わりに——、

空が見えた。

灰色にくすんだ空。そして、自分を包み込んでいる地鳴りのようなエンジンの音。何十台と居並ぶトラックのディーゼル・エンジンがアイドリングをしている。ブルン、ブルンと大地を揺るがし、空気を震わせながら。

「デコンプレバーを引け！」

突然の胴間声に耳を塞ぐ。どこから聞こえてきた？　まるで自分の内側から発せられたように聞こえたが。

俺は俺だろ。じゃなかったら、俺は……誰だ？

「デコンプレバーだ！」

また聞こえた。息の塊が喉元を込み上げてくる。だが、自らの絶叫は聞こえなかった。代わりに聞こえてきたのは、さっきの胴間声だ。

「どけ。俺が代わる」

2

低く垂れ込めた灰色の空がトラック・ターミナルの上空に迫り出していた。今にも一雨来そうな天気だが、湿度が高くむっとする蒸し暑さは朝の八時だというのに半袖のシャツを背中にぴったりと張り付かせるほど不快だ。

太く地面を這う地鳴りのようなエンジン音、排気が充満したターミナル内は、どうしようもなく乾ききって荒《すさ》んだ雰囲気に満ちている。トラックが荷台を向けている倉庫内では慌ただしい積み荷作業の真っ最中で、台車が行き交い、不機嫌な男たちの過酷な肉体労働が続けられている。怒号が交錯し、ときに本当の喧嘩さえ起きるこの職場は、ジャングルのヒエラルキーそのままの弱肉強食がまかり通る世界だ。

大間木史郎は午前七時には勤務先の相馬《そうま》運送へ出勤し、事務所で一仕事を終えた後、記録ボード片手にターミナル内にいるトラックの走行距離計を調べていた。この朝、相馬運送のターミナル内で積荷待ちをしているトラックは三十一台あった。トラック所有台数は約六十台だから、およそ半分の数だ。残りは長距離運送の途上で全国に散らばっているから、それはそれで後日記録しなければならない。

ターミナルに隣接した事務所棟二階にある総務課を出て、手前に止まったトラックから一台ずつ記録していった史郎は、やがて腕組みをしてエンジンの前で首を傾げている平勘三《たいらかんぞう》の姿に目を止めた。

平は大正二年生まれの五十男で七年ほど前から勤めている〝古参〟である。確か、ここに来る前は東北の運送業者に籍を置いていたという話だった。トラックの運転手には全国を転々と流れる渡り鳥が多く、一年以上勤めれば立派な〝顔〟になり、五年を越したらもう古参である。平もそんな一人らしく、ここに勤める前は東北にいたと言う割に言葉には訛がない。年がら年中陽に灼けたような赤銅色の皮膚をした背の低い男だった。

「どうした」

史郎は周囲の音にかき消されないほどの声を張り上げた。平が振り向き、左手は胸の前に組んだまま右手の親指を二度、エンジンに向けて振った。

「動かないんでさ」

「先週修理に出したばかりじゃないか」

翼を折り曲げた形でエンジン・フードが開けられ、剝き出しになっているのは日野DS10型だ。飛行機でも飛ばせそうな水冷六気筒の巨大なエンジンは、オイルと、それが焦げたような微妙な匂いが入り交じった空間の中で不機嫌に黙りこくっている。

平は、再び運転席についてスターターを使い始めた。

キュルルルル。ダイカストの巨大エンジンが太いシリンダールームを振って反応する。平は二度、三度とスターターを回したが、エンジンに火を入れることはできなかった。

「ちきしょう！」

平はぽんとハンドルを叩く。

史郎は上半身を乗り出してエンジンを覗き込んだ。まず、燃焼室上部、カムカバーにある六個のバルブを点検し、オイルレベルゲージを引き抜いて分量を見積もる。問題なし。オイルパイプ・バンジョー、オイルフィルター、サンプと指先で追い、バルブのゆるみ、漏れなどの異常が無いか確認していった。駆動ベルトを二度、三度押してテンションを見、さらに反対側へ回り込んで燃料パイプの破損が無いことを確認してからコンプレッサーを覗き込んだ。

運転席に向かって史郎は怒鳴った。

「デコンプレバーを引け！」

うんともすんとも反応がない。エンジンのコンプレッサーから車内のデコンプレバーまでを丁寧に指で辿り、やがてバルブに緩みを見つけた史郎は、平が床に広げた道具箱からスパナを取りだして手探りで締めつけた。運転席前のフロントガラスを上へ跳ね上げ、平がぼうっとした顔をこちらに向けている。

「デコンプレバーだ！」

どうせまた好きなばくちのことでも考えていたのだろう、平は一瞬きょとんとした。

「どけ。俺が代わる」

大間木史郎は、平に代わって運転席に滑り込むと、シフトレバー上部にあるデコンプレバーを引いた。平がなにか珍しいものでも眺める表情で史郎とエンジンとを交互に見つめている。

史郎はフロントガラス越しにエンジンを見下ろしながらゆっくりとハンドルの下へと手を伸ばし、ささったままのイグニッション・キーの感触を探した。

頭の芯がむず痒くなるような違和感を覚えたのはそのときだ。なんだ？　史郎は探っていた手を引っ込める。疲れだろうか。史郎は拳で頭の横をこつこつと叩いた。そういえばここ何ヵ月か、早朝から深夜まで働き詰めだ。

ハンドルを握りしめたままの格好で、しばらく目を閉じ、そっと瞼を開ける。にたにたと笑いを浮かべている平の顔がこっちに向いていた。片手をフェンダーのタイヤカバーの辺りにつき、短い脚を組んでいる。陽灼けした顔と、半分禿げ上がった頭頂部が運転席から丸見えだ。

指がイグニッション・キーを探り当て、回した。

スターターが回り始める音がした瞬間、史郎はハンドルに突っ伏して呻いていた。後頭部に鋭い痛みが走ったからだ。まるで木の楔《くさび》で脳天を貫かれたようなぞっとする痛みだった。

いったいどうしちまったんだ。

涙で滲んだ視界の中で、平が口をぽかんとあけてこっちを見ている。

「だいじょうぶかい」

その口が動いた。

「あんたに殴られたかと思った！」

自分でも驚いたことに、憎まれ口を叩くぐらいの元気はあるらしい。平の表情が緩む。それで安心したのか、足下の道具箱を見下ろすと、靴のつま先で蓋を閉めた。デコンプレバーをもとに戻し、最初からやり直しだ。スターターに手を伸ばし、キーを回す。セルが回り始めたところで、デコンプレバーを戻す。ブルン、という大きな揺れがきた。細いハンドルを握りしめる手から振動が伝わり、足下の床がびりびりと震えだす。いい音だ。野獣の背にまたがっているような野趣がある。

平が親指を立てて、似合わぬウィンクをしてみせた。こいつ、アメリカ映画の観すぎじゃないか。そう思っているとフロントガラス越しに、平の体が迫り出してきた。開かれたままの、鳥の翼のように畳まれたエンジン・フードを丁寧に降ろす。右と左、それぞれのフード下部についている留め金を引っぱって掛けた。

振動とともに、オイルゲージ、燃料計の針が静かに上がっていく。そこでようやく、所期の目的を思い出し、傍らに放り出したままのボードを取った。紐でくくりつけた鉛筆を握り、細いエボナイトのハンドル越しに走行距離計を覗き込んでその数字をボードに書き込む。運転席を降りると、こすっからい目をして平がタバコをふかしていた。

「ありがとうよ」

「もう少し、エンジンの構造を勉強したらどうだ。途中で故障せんとも限らんぞ」

応えのかわりに、へっ、と肩を揺すった平は、ゆっくりと幌をかぶせた荷台の方へ歩いていき、積み荷の搬入具合を確認しにいく。運転席にもどり屋根のレバーを回した。運転席上部で表示板がぐるぐる回り始め、「平塚」と出る。

「それよかさ、もっといいトラック買う金、ねえのかよ。こんなポンコツ」

史郎が眉を顰《ひそ》めたとき、ターミナルの端から片岡鉄男《かたおかてつお》がゆっくりした足取りでやってくるのが見えた。

「よっ、重役」

と平がからかう。片岡は笑いかけたが、背後に史郎の姿を見て、頬の緩みを素早く消した。

「すんません、ちょっと出掛けに腹が痛くなっちまって」

神妙な顔をしてみせるその演技が真に迫っていて、余計にこの男の狡猾さを際だたせた。片岡は、ボクサー崩れという噂のある二十六歳。猫背だが、贅肉の欠片《かけら》もない痩躯は大田区の場末にある運送会社より、いっそリングのほうが似合いそうだ。そげ落ちた頬骨の上にある深い眼窩の奥からじっとこちらに目を向けてくる。対戦相手の繰りだすパンチを読もうとする目だ。

「腹が痛くなったのは今月何度目だ」

平が、横でニヤニヤしたまま聞いている。

「出発までに間に合えばいいってもんじゃないんだぞ。決められた時間に来い。遅刻するならもう少しましな言い訳考えて、せめて俺に連絡ぐらいしろ」

片岡は目から表情を消した。こいつは怒りを感じるといつもこういう態度をとる。両腕を脇から垂らして突っ立つ様は魂を抜かれた木偶《でく》のようで不気味だ。

「来るか来ないかわからん奴を当てにしなきゃならん身にもなれよ、片岡」

覗き込んだ瞳には、深い闇が横たわっていた。

「返事ぐらいしたらどうだ」

じっと見ていると、やがて、はい、という声が唇から洩れてくる。もっと言ってやりたかったが、「そのぐらいにしてやってくださいよ」という平の言葉が割って入る。

「俺からよく言い聞かせておきますんで」

「そうしてくれ」

溜息まじりに史郎が言ったとき、片岡の視線が動いた。一台の日野コンテッサが表を走る産業道路から敷地内に入ってきたところだった。クーペは、敷地内にできた水たまりを避けながらゆっくりと事務所棟前まで来て停まる。

何人かが作業の手を休めて、高級スポーツカーに見とれていた。

ドアを派手に開け、中から降り立った相馬倫子《のりこ》の姿が見えると、神妙な顔をしていた片岡がにんまりするのがわかった。事務所棟へ消えていく倫子の姿に、ひゅっ、と倉庫のどこかで口笛が鳴る。

「出発まで暇があるんなら、搬入を手伝え」

すごすごと倉庫内へ入っていく片岡を見送り、「大丈夫か、あいつ」と史郎はつぶやく。まだ若いですから、という平に出発予定時間をきいた。午前八時。もう十分ほど過ぎている。最近、集荷の遅れは日常茶飯事だ。それが搬入時間の遅れにつながり、目的地の到着時間をさらに遅らせる。こんなところにも、業績不振の一端が現れている気がして史郎は顔をしかめた。

「遅れをスピードで取り戻そうとするなよ」

「このオンボロにそんなスピードが出せるくらいなら最初から苦労しませんや」

平は、洋犬の鼻のようにつきだしたボンネットを手のひらでぺたぺたと叩いた。

事務所に戻った史郎は、相馬倫子が総務課にある自分の椅子にかけているのを見て秘かに眉を顰めた。

「ウチの父、どこへ行ったか知らない」

「さあ、伺っておりませんが」

史郎が自分の席に近づいても倫子は席を立とうとはせず、少し困った顔をして、そう、と応える。おおかた小遣いでもせびりにきたのだろうが、あいにく社長の相馬平《へい》八《はち》の行き先は聞いていない。聞いていれば、それを話してとっとと倫子を追い出すことができるのだが。

どうも史郎は倫子が苦手だった。

「会社に来てないの」

「ええ、いらっしゃってません」

史郎は走行距離の記録ボードを机に置き、仕方なく傍らの椅子を引くと倫子を眺める。倫子が顔を覗き込んできたが、史郎はなんとか無表情を押し通した。

相馬平八は、戦後のどさくさ紛れに鉄クズを売って作った金でトラックを買い、運送業で身を立てた男だった。なかなかのやり手だったのは過去の話で、五年ほど前に結核で妻を亡くして以来、水商売の女に溺れる日々だ。

どうせ、どこか女のところだろう、と史郎は思ったがそれは言わなかった。倫子にもおおかた察しはついているだろうが、お互いに腫れ物に触るように知らぬ顔で表面だけ取り繕っている。

さて仕事を始めたいのだがどうやって倫子に場所を空けてもらおうかと算段を始めたとき、「おお、倫ちゃん」という声が背後から飛んできて史郎をほっとさせた。総務部長の権藤毅《ごんどうたけし》が馬面に黄色い歯をむき出しにして、こっちへおいでと自分の個室へ倫子を手招きする。

倫子に、一瞬だけうんざりした表情がかすめた。が、それに気づいたのはたぶん史郎だけだ。次の刹那、さっとにこやかな顔を作ると倫子はもう史郎のことなど眼中に無い様子で席を立ち、「権藤のおじさま」に愛想を振りまき始めた。

実は今日、大学で入り用があるのだけど――どうせそんな話を持ち出すのは目に見えていた。権藤は相馬の遠縁になる男で、発展家の倫子にまんまと利用されてしまうことでは社長の相馬と良い勝負だ。

総務部長室のドアがパタンと閉まるのを見届け、史郎はふうと溜息をついた。

今し方記録してきた走行距離を転記するための台帳を出し、三十一台分の数字を書き込んでいく。書き込んだら前に記録を取ったときからの日数を数え、一日当たりの平均を算出するのだ。

そうすれば一台毎の効率を単純に推し量ることができる。

史郎の考えでは、走行距離は、運送会社の業績と比例するはずであった。トラックを動かせばそれだけ売上げがあがるはずだからだ。戦後の混乱期から運送業を興した相馬運送は、そういう意味ではいい時代を泳いできた。トラックさえあれば注文が来て、走れば走るだけ儲かる。そんな時代である。

ところが最近では同業他社との競争が激しくなって事情が変わってきている。値下げが過ぎて儲からなかったり、中には走れば走るだけ赤字が膨らむ路線も出てくる始末だ。

雑用から会社の経理、帳簿類の整理までを手掛ける史郎は、会社が直面しつつある窮地に言いしれぬ不安を感じた。

本当にこのままで大丈夫だろうか。

そんな懸念をかつて権藤に話したことがある。権藤の応えは、「景気がよくなればウチも良くなる」だった。確かにそうかも知れない。運送業は物流であり、会社相手の商売だ。景気が良くなれば運ぶ物も当然増えてくる。

運送業界全体で言えば、確かにその通りだろう。

だが、相馬運送の受注量そのものは、不景気だったここ数年でもそれほどの変化はないのだった。

それにもかかわらず利益が出なくなっているのは、どういうことか。

値下げ競争に耐えうるだけの体制が整っていないからである。

問題は、社長の相馬がその現状を全く認識していないということだ。会社を立て直すつもりなら思い切って社員の首を切り、儲からない路線を廃してトラック台数を少なくする改革に着手しなければならない。それなのに、相馬の頭の中に収まっている思考回路は事業の拡大路線だけに順応し、縮小させて収支を合わせるという逆の発想は受け付けないのだった。

困ったものだ。

走行記録を付け終えてから、検算しつつ再度その数字に目を通す。とくに、コメントすべき変動はないように思えた。

いや、ちょっと待て――。

「BT21」という車番に目を留めた。BTはボンネット・トラックの略、21番は、平と片岡が担当していたトラックだ。

一日当たりの平均距離は、前回記録を取ったときよりも逆に増加していた。一見、好ましい状況と思い看過した史郎だったが、ひとつ忘れていたことを思い出した。

このトラックは先週の月曜日から、エンジン周りが調子が悪いというので修理に出していたはずなのだ。

その間、BT21は運行していなかったわけだから、平均走行距離は減っていなければおかしい。

史郎は、BT21の諸記録を保管したファイルをキャビネットから取り出すと、自分の記憶が正しいことを確認した。

修理に出した日は、昭和三十八年四月八日。つまり先週の月曜日だ。

戻ってきた日は、同十二日。

あのトラックは修理から戻った数日間で、一日平均二百キロもの距離を稼いだというのだろうか。

まさか。目下、建設中の高速道路ができれば別だが、そんなことはあり得なかった。

こいつは解《げ》せないぞ。

二階の窓に立って広大な敷地を持つターミナルを見下ろしたとき、ちょうど問題のBT21の巨軀が視界の右から左へゆっくりと横切っていくところだった。敷地の端までいくとフェンダーから突き出したウィンカーが点滅し、もうもうと地面の埃を舞い上げながら表の道路を右へ曲がり、小さくなっていく。

灰色の空の下には、大田区界隈の工業地帯が広がっている。東京オリンピックを来年に控え、急ピッチで近代化の進む東京にあって、いつまでも煤《すす》けたイメージから抜け出せないでいる地域。近くを走る京浜電鉄穴守線を乗客で一杯の車両が横切っていく。レールを打つ微かな音が次第に小さくなるのを聞いていると、権藤の個室のドアが開き、にこやかな顔で倫子が出てきた。どうやら小遣いせびりが成功したらしい。

机に戻った史郎は疑問が解消しないままの資料を机にしまい込むと、すでに堆《うずたか》く積まれた経理伝票に目を通し始めた。

名前を呼ばれたのは、そのときだ。権藤が自室のドアから半身を出し、神経質そうに手を振る。

史郎は検印が途中になった伝票を再び箱に戻し、腰を上げた。

〝急用〟の社長に代わって、銀行へ行ってくれないか、というのが権藤から命じられた用向きだった。

急用の内容はともかく、この業績不芳《ふほう》の中、主力銀行の三つ葉銀行から融資を引き出す交渉をするのは容易なことではない。これは、社長でなければ総務部長の権藤の仕事なのだが、いい顔をしない銀行にねちねち言われる仕事を体よく史郎に押しつけたというのが真相のようだった。

権藤は部長という肩書きをもらっているものの、実態は丙種認定で戦争へも行かず、戦後もふらふらしていたところを相馬に拾われただけの男である。せいぜい小遣い狙いの倫子と金銭交渉するぐらいが関の山で、融資を渋る銀行を翻意させるほどの力量など望むべくもなかった。「これでも総務部長か」と銀行をあきれさせる対応は毎度のことなので、どうせなら最初から「お前が行って来い」と言われたほうが話は早い。

三つ葉銀行羽田支店は、相馬運送から徒歩十分ほどの同じ幹線道路沿いに店舗を構えていた。明治時代の建築になる古い石造りの玄関を三段上がり、天井の高い一階のフロアに入る。そろばんを弾く小刻みな音と、小銭をじゃらじゃら言わせるがさつな音に混じり、腕抜きをした銀行員たちが忙しそうに立ち働いていた。そういえば、いつか相馬が支店長と面談したのに同席したとき、「将来、ウチの倫子を御行に入れていただけないか」と本気で頼んでいたことを思い出す。あんな娘にこんな堅い商売が務まると本気で思っているのかと史郎は大いに疑問を抱いたものだ。

顔見知りの行員と手を挙げて挨拶をした史郎は、フロアの端にある階段を上って、貸付係のある二階へと向かった。

待合室には人が溢れていた。

来年行われる東京オリンピックに間に合わせるために、都内では急ピッチで首都高速道路が建設されるなど、近代化促進の真っ最中だ。景気もそろそろ底を打ち上昇に向かい始めたという見方も出ているし、世の中では前向きの資金需要が溢れはじめているに違いない。それに比べて我が社は……。

史郎は、相馬運送を担当している男の窓口に近い待ち合い用の長椅子にかけ、胸ポケットに入れたハイライトを一本抜いた。

融資担当の名前は、桜庭厚《さくらばあつし》という。まだ三十そこそこだが相当な切れ者で、女にうつつを抜かして社業を軽んじている相馬社長や権藤部長ごときに敵う相手ではなかった。無論、敵わないという意味では史郎にしても同じかも知れないが、会社の内容を知り尽くし、会社を良くしたいと本気で願っているという点で、交渉するにおそらく自分にしく者はなかろう。そうとでも思わなければ、こんな気の進まない仕事もあったものではない。

いま桜庭と話し込んでいる男は、史郎も知っている男だった。

確か、太賀建設という会社の社長だ。建設稼業はいま絶好調と見えて、太賀は顔に似つかぬ立派ななりをしていた。着る物に興味の無い史郎が見てもそれとわかる上等の背広を着て、舶来物のネクタイを巻いている。金のカフスを通したシャツの袖は真っ白で、袖口から出ている陽に灼けて皺の寄った手とえらく不釣り合いだ。

〝と金紳士〟か。しかし、三千万円という言葉がちらりと聞こえ、史郎は内心目を瞠《みは》った。おおかた建設ブームのおこぼれだろうが、でかい商売を探り当てたに違いない。それにひきかえ……。

史郎の前に相談待ちは二人。三十分ほどしてようやく自分の順番が回ってきた。さっきから史郎が待っていることは桜庭も知っていて、詫びの一言を忘れない。

「実は、運転資金が必要になりまして」

史郎は切り出し、会社の状況をかいつまんで説明しようとしたが、おおよその内容はわかっているつもりですから、という桜庭の言葉に遮られた。

「運転資金の中味はなんです」

桜庭は、「相馬運送」と表紙に書かれたオレンジ色のファイルを史郎に見えないよう膝の上で広げて聞く。史郎は困惑して、ハンカチで額を拭くと、大仏様のような顔をした桜庭を見た。

「売上げが増えたわけではありません。まあ、なんと申し上げてよいやら——資金繰りのためでして」

「要するに返済資金ですか」

言いにくいことを桜庭ははっきり言う。儲けが減り、借りた金を返すだけの余力がないのが今の相馬運送の状況だった。それでも無理に返済を継続してきたため、本来取引先への支払いに回すべき資金が枯渇してしまったのである。

「お恥ずかしい次第で。是非、お願いします。新規融資のお願いといっても、今まで融資していただいたピークを超えるものではありませんし」

「でも、こんな状況が長く続けば、赤字になるかも知れませんね」

史郎は苦虫を嚙みつぶした表情になる。

「耳が痛いことをはっきりおっしゃる」

「収益率が相当悪化しているわけですから。何か対策は」

ありません、とは言えず、史郎は言葉を濁した。

「まあ、考えてはいますが……」

「社長さんや、権藤部長さんはどうお考えなんですか」

「いま具体策を練っているところなんですが、なかなか」

史郎はその場を取り繕うだけの嘘をついた。社長にも権藤にも、危機感などこれっぽっちもありはしない。このままでは赤字になって銀行に見放されるまで、会社の構造改革に着手するなどしそうにない。

すると、桜庭は「大間木さんは、どう思われますか」と史郎自身の意見をきいた。已《や》むなく自説を展開する。史郎の話を黙って聞いた桜庭は、ひとつ大きくうなずき、改革案は大間木さんから社長に上げるべきでしょうね、と言った。

「今回の件は、大間木さんの活躍に期待して稟議を上げさせてもらいますが、現状が変わらなければ今後のことはわかりませんよ」

その言葉の重みを感じながら、史郎は三つ葉銀行を後にしたのだった。

帰社の道すがら、ぽつぽつと雨が来た。なま暖かく、糸を引くような雨だ。

「冴えない天気に冴えない気分、か」

どうすれば相馬運送の危機を相馬に認識させることができるだろうか。このままでは本当に、近い将来、我が社は行き詰まるぞ。危機感はひしひしと史郎の胸に迫り、息苦しくさせた。

史郎は次第に雨脚を強めてくる雨に、鞄を頭上に掲げ、小走りになる。

もうとっくに帰ったと思った倫子のコンテッサが停まっていた。まだいたのか。しかし、事務所の二階に上がった史郎は、そこに倫子の姿が無いことに気づいて首を傾げる。車だけ置いて買い物にでも行ったか。だが、倫子の購買意欲をそそるような店がこの工場ばかり建ち並ぶ界隈にあるとも思えない。そういえば倫子が会社に顔を出すようになったのはここ最近のことだ。小遣いをもらいに来ているものとばかり考えていた史郎だったが、なにかそれ以外にあの計算高い小娘には目的があるのかも知れないと思った。

「どうも解せないことばかりだな」

そして、何事も思うようにならないことばかり。銀行の桜庭と話している最中からストレスに晒《さら》された胃がちくちくと痛みだしていた。今朝ほどの頭痛といい、この胃痛といい、体調にまで裏切られた気分だ。

降り出した雨が、糀谷《こうじや》の工場街からなま暖かい臭気を運んでくる。便所に立った史郎は、古ぼけた鏡の前に立ってそれを覗き込んだ。自分の顔をこうしてとくと眺めるのは随分と久しぶりのような気がする。太い首に色黒の強面《こわもて》がこちらを睨み付けていた。この顔を見た者は、いかにも〝荒くれ〟のような印象を持つらしいが、実際の史郎は繊細で几帳面な男だった。腕っ節には多少の自信はあったが、それは学生時代柔道部で鳴らしたことからきているだけで、誰それと喧嘩をして得たものではない。

体調を崩したのは、このはっきりしない天候のせいだろうか。

じっと自分の目を覗き込む。

「どうしちまったんだ、まったく」

体調が悪いという感覚はない。しかし、こうしてみると何か妙な感覚が頭の芯に残っている気がする。昨日までは無かった感覚だ。いつから？　そう、今朝からだ。BT21号車のエンジンを回したときだ。脳天に一撃を受けたときだった。

「よっ、色男！」

脇から声がして、史郎は気まずい思いで鏡から顔を離した。入ってきたのは倉庫で働く荷扱いの男だ。新顔で名前はすぐに思い出せない。相馬運送の運転手と倉庫内従業員は合わせて約二百名。人事面接をする立場上、向こうは史郎のことを知らないはずはないが、こっちは入れ替わりの激しい労働者の名前を全員覚えるのは難しい。やっと覚えたと思ったら辞めて運送会社を移っていく者も少なくないのだ。そのため、求人広告はひっきりなしに出しているし、面接も随時というのが相馬運送に限らず町の運送業者の実態である。

新顔の冷やかしを黙殺した史郎は、黙って便所を出ると二階にある事務所へと向かった。思わぬ後れをとってしまったが、仕事は今日も山積みだ。総務課の人員補充のために出した新聞広告がそろそろ出る頃だ。新しい人を雇えば少しはこの労働条件も良くなるだろうかと史郎は思った。

3

目を閉じたところに暗渠《あんきょ》があった。そして、二つに割れた底から光が飛び出してきた。

琢磨の視界を染め上げたグリーンは、やがて色彩の粒子が予め定められた場所に向かって収束を始めるかのように、像を結んでいく。

スフィンクス？

最初に連想したのはそれだった。形が似ていたからだが、すぐに色がまるで違うことに気づいて琢磨の脳は「苦笑」の命令を出した。だが、実際に琢磨の肉体がそれに従ったかどうか定かではない。

滲んでいた光景が鮮明さを増してくる。スフィンクスではなく、ボンネットのようだった。窓枠に切り取られた大型トラックのボンネット。だが、完全に見えるわけではなかった。聞こえる声も間延びしていて、喩《たと》えれば、うとうとしながら人の話を聞いているような状態だ。

あやふやで、もどかしく、だが、不思議に危険を感じない場所。それが琢磨の意識が滑り込んでいる隙間だった。

目の前に、握りの細い、しかし大型のハンドルがあった。その向こう側に、琢磨にも馴染みの計器類が見える。スピードメーター、燃料計、水温計。

視界が次第に鮮明になるにつれ、もう見誤ることはなくなった。目の前にあるのは車のダッシュボードだ。間違いない。

その視界に男の顔が唐突に現れ、琢磨を驚かせた。浅黒い顔をした男の目も驚きに見開かれている。

「だいじょうぶかい」

どう応えようか、刹那戸惑った琢磨に代わり、野太い声が応える。「あんたに殴られたかと思った！」

あの胴間声だった。デコンプレバーを引け、と怒鳴っていた声。急速に頭を回転させた琢磨は自らの居場所について考えた。

やがて、野太い音がして、視界がかたかた揺れ始める。エンジンの音？　混乱した頭でそれを察すると同時に周囲を埋めている騒音についても、どうやら同じ類のものだと察しがついた。

それから琢磨の前で、様々な光景が繰り広げられた。

痩せこけているが目だけをぎらつかせた男が出てきたかと思うと、やけに男好きのする若い女が見たこともないスポーツカーで現れる。圧巻だったのは、何十台と大型トラックが並ぶターミナルらしき光景だった。その背後で交錯する怒号、せわしなく、殺伐とした倉庫の作業風景が続き、再び先程の女が間近に現れた。着ている服のデザインは古めかしいが、スタイルは抜群だ。見事な胸をしている。

こうした光景は不連続に繰り広げられ、中断と再開を繰り返した。

女の次に現れたのは、大通りの光景、次に石造りの重厚な建物が現れた。三つ葉銀行という看板が見える。古い木の階段、混雑した待合室、その後に登場してきたのは頭の大きな鋭い目の男だった。その男との会話は聞こえたが内容までは理解できなかった。どうやら経理に関係することらしいが、琢磨にとってそっちの分野は全く未知の世界である。

寸断された世界を見ていて思い出した光景がある。かつて琢磨が子供の頃に入った場末の映画館だ。映画を観るたび、しょっちゅう映写機が止まり、音声が途絶える。そうして次に正常にもどるとストーリーだけが先に進んでいたりするのだ。

自らの手からすり抜けていった精神の彷徨に戸惑う。だが、精神分裂に悩まされて二年間も療養を続けた挙げ句、職も妻も失った男の諦めは開き直りにも似て、極度の混乱を回避するのに多少なりとも役立ったかも知れない。驚きつつも、琢磨は次第に冷静さを保つことができたからである。

やがて薄暗い空と、そぼふる雨、低い工場の屋根屋根、そしてだだっ広いがあまり交通量の多くない道路が現れた。それはどこか、学生時代に一度だけ行ったことのある中国の光景に似ていなくもない。

再度、寸断。

次に見え始めたのは、汚れた窓枠だ。視界が二度、三度大きく揺れ、下方に振れる。このときばかりは琢磨も無意識のうちに叫びを上げた。

ペニスが現れたからだ。

それがズボンに仕舞われ、指がチャックを上げる。

たまげた――と琢磨はつぶやいてみた。音は聞こえなかったが、もしそこに琢磨の肉体があればそう声に出していただろう。

視界はしばらく窓枠の向こうに広がる光景を眺めている。

煤けたように見える小さな工場群があり、その中を一本の鉄道が走っているのが見えた。見知らぬ光景、見知らぬ時代――時代？

時代、か……。

琢磨の意識が考え込む。

再び視界が動き、黄ばんだ洗面台らしきものが現れた。錆び付いた蛇口から水が漏れている。手が、カランを捻る。誰の手だ？　流れ出した水で手が洗われ、そして視界がさっと上に振られた。

そこで琢磨は驚愕した。唐突に、無骨な表情をした男が覗き込んできたからだ。その顔を見たとき、琢磨の意識は荒波に揉まれる小舟のように揺さぶられた。

思わず声が出る——声を出せ、と脳が命令していた。そして、今度こそ本当に声が迸《ほとばし》り出た。意識がすっと遠のき、目の前に薄明かりの部屋が現れる。

「父さん——！」

紛れもない自分の声がそう叫んでいた。

やがて、たんたんたん、と階段を駆け上がってくる足音がしたかと思うと、がらっと音を立てて襖が開く。顔を出した母は、琢磨の姿を見て思わず口を押さえ、今にも泣き出しそうな顔になった。

「琢磨、あんたどうしたんだよ、そんな格好しちゃってさあ」

気がつくと、ベッドの真ん中辺りで、琢磨はまるで腰でも抜けたようにすとんと座っていた。見下ろした視界に、紺色の制服が飛び込んできた。短い袖からパジャマの袖口が飛び出している。金モールが朝早い乳白色の光のなかで優しく輝いて見えた。

「ちょっと着てみただけさ」

咄嗟に冷静を装った琢磨を、母は疑わしげな目でじっと覗き込んだ。琢磨はさっさと上着を脱ぎ、それをハンガーに掛けようとする。立ち上がろうとして、途方もなく自分が疲れていることに気づいた。まるで一晩中、あの連中と付き合っていたような気分だ。

あの連中？

いま見たのはいったい何だったのだろう。

最後に現れたのは紛れもなく父だ。琢磨が知っている父よりもずっと若く、頬の辺りも張りがあってふっくらとしている。だが、あれは琢磨の父、大間木史郎に間違いなかった。

夢、か。それにしてもリアルな……。

デコンプレバーを引け！――その声から始まった光景は、コマ送りで再現できるほど鮮明だ。でも、デコンプレバーって何だ？　不思議なことに琢磨自身も知らない言葉だった。だいたい、今の車にそんなレバーはついていないじゃないか。

琢磨はそっとハンガーの制服に目を向ける。夢を見させたきっかけを見上げる。そのとき、

「――なんとか言っておくれよ」

という言葉が琢磨の意識を目の前の母に引き戻した。

「大丈夫だって」

「どこが大丈夫なんだい、もうほんとに」

カーテンを引く。日の出前の空が黄色く染まり出した頃だった。ベッドサイドにある目覚まし時計は午前五時を指している。窓をあけ、風を入れた。五月の爽やかな風だ。

「俺、なんか言ってたかい」

だから慌てて見に来たんじゃないか、と母は言った。

「夢見てたんだよね」

デコンプレバーを引け、か。

「トラックが並んでいたな」

「いい男が夢の話なんかするもんじゃないよ。ばかばかしいったらありゃしない」

「それもそうだ」

母がずしんずしんと足音を響かせて部屋を出ていった後も、琢磨は暫くの間、窓からの光景を眺め続けた。疲れ切ってはいるが、不思議ともう一度眠る気にはなれない。

代わりに、今見た夢を回想してみる。いい女だったな。あの緑色のスポーツカーに乗っていた女だ。なんていう車だろう。夢の中の車だからドリーム・カーか。つまらない冗談に笑う気にもなれなかった。

今日は晴天のようだった。あの曇り空と、薄汚れた工場群のことをふと思い出す。

琢磨が見た夢に出てきたトラックに会社の名前が入っていた。

なんて名前だったっけ。

しばらく考えていると、ようやく出てきた。相馬だ。相馬運送と書いてあった——夢の中で。それにしても、なんで相馬なんて名前が出てきたんだろう。琢磨の周りには、相馬という名前の人はひとりもいない。夢という奴は時折、突飛な発想をはぐくむものだ。

ベッドに仰向けになり、しばらく目を閉じてみる。

再びあの光景が戻ってくるかと思ったが、自らの精神は自らの肉体に宿ったまま、どこへもすり抜けることはなかった。

急に安心し、ふっと、頰が緩む。ばかばかしい。俺はもう、正常なんだ。病気は治ったんだともう一度自分に言い聞かせる。

俺は、大間木琢磨だ。他の誰でもない。

風が心地よくカーテンを揺らしている。少し肌寒いが、それがちょうど良い眠気覚ましになった。閉じていた目を開けたとき、ハンガーに掛けた制服が目に入った。

そのとき、どさっという音とともに、それが琢磨の足下に落ちてきた。慌てて掛けたせいで、風に煽られ落ちたのだ。起きあがった琢磨は、それをもう一度ハンガーに戻そうとして、手を止めた。

制服の裏に、名前が縫い込んであるのに気づいたからだ。黄色い糸の刺繍《ししゅう》だ。

相馬運送　大間木――。

心臓が、音をたてた。

広尾にある都立病院に琢磨が検査入院したのは、五月七日のことだった。二日間にわたる退屈な検査の間、琢磨の頭を占めていたのはもっぱら自分が見た幻のことである。

相馬運送という名前を琢磨は知らなかった。――たぶん。それとも、自分は以前にこの名前をどこかで聞き知っていて、偶然それを夢の中で思い出したのだろうか。

だが、過去の記憶をどれだけひっくり返しても、相馬運送などという名前は出ては来なかった。

気になる琢磨は、検査のときに面談した主治医に尋ねてみた。

「先生、町でなにげなく看板を見かけた、あるいは聞いた名前が、本人も忘れているのに突然、思い出されることってありますか。夢の中とかで」

そんな質問をして困らせるつもりはなかったのだが、内藤という医師は両腕を組んで思いがけず考え込んだ。琢磨の病状との接点を疑っていたのかも知れない。

「まあ、記憶のしまい方というか、あなた自身は何の気なく聞き流したりした名前でも、別の要因——たとえばその名前を口にしたのがあなたにとって特別の相手だったり、といったことで不意に思い出されるということはあるかも知れませんね」

内藤医師は、温厚な顔を琢磨に向けた。

「なにか突然思い出したりしたことがありますか」

よほど、あの夢のことを話そうかと思ったが、やめておいた。もし話をして病気が再発したと思われたら困る。俺はもう病気なんかじゃない。全てにおいて正常な判断をしているし、やれば以前のようにコンピュータのプログラムも組めるだろう。何の問題もない。一刻も早く、再就職して母を安心させてやりたかった。

「いえ、別に大したことではありません。薬のせいか、良く眠れて、あまり眠り過ぎるせいか夢もよく見るようになったようです」

そう言い訳したとき、思わず琢磨は口を滑らせた。

「先生、デコンプレバーってご存じですか」

カルテに書き込んでいた手を止め、内藤が顔を上げた。反応があるまでに数秒かかった。診察室にはブラインドの隙間から柔らかな日射しが差し込んでいる。外は薄曇りだ。

「デコンプレバー……ですか？」

内藤が真面目な顔をしてきいたので、琢磨は慌てて両手を胸の前で振った。

「いや、いいんです、先生。ご存じなければ」

ところが、内藤はボールペンを置いて琢磨と改めて対峙すると、車のですか、と訊いたのだ。驚いた琢磨は、手を膝の上において心持ち体を乗り出した。

「そうです。先生、ご存じなんですか」

「知っていると言えるほど、詳しいわけではありません。実は、私の叔父に運送業をしている人がありましてね、同い年の従兄弟《いとこ》がいたんですよ。子供時分、よくその家に遊びに行っては当時はまだ珍しかったトラックに乗せてもらったりしたわけですが、デコンプレバーというのは確か、そのときに聞いたことがありますよ。なんか妙ですね、何十年も忘れていたのに、あなたの一言でひょっこり思い出すなんて。懐かしいです」

初期のトラックに搭載していたエンジンは、スターターを回す前にエンジンの圧縮を逃がしてやる構造になっていたのだと内藤医師は説明した。

「今の車というのはイグニッション・キーを回すだけでエンジンはかかります。それは大型トラックでも同じはずですが、昔は違ったのです。デコンプレバーというのがあって、それを引くとエンジン内の圧縮が下がります。下げてやったところでスターターを回し、回ったところで圧縮を上げてやる。つまりデコンプレバーを戻すわけですね。それで初めてエンジンが始動するという三段階になっていたのです」

それは間違いなく、琢磨の初めて聞く話だった。

「そういうトラックはいつ頃まであったんですか」

「いつ頃までかなあ」

内藤は乳白色の天井を見上げて腕組みする。

「私がそんな構造について叔父から聞いたのは昭和三十年代後半ですよ。ご存じだと思うけど、ボンネット・バス——ほら、今のバスは箱形だけど昔は運転席の前にエンジン・ルームがあって犬の鼻のような形をしていたでしょう。あの形が主流で、トラックもそうだったんです。おそらくエンジンは同じディーゼルの大型エンジンを搭載していたと思いますよ。昭和四十年代の初め頃ぐらいまではそうじゃなかったかな」

するとと琢磨が生まれた頃もまだ、ボンネット型の大型車が走っていたことになる。わずかだが、時期的に重なっていたと言えば言えなくもない。だが、琢磨が物心ついて、エンジンの圧縮云々といった話を理解できる年齢になった頃にはもうそういう大型車を見た記憶はない。どこか田舎町へ行けば中古バスが運行していた可能性はあるが、少なくとも琢磨が育った川崎で見かけたことはなかった。

するとデコンプレバーなどという知識を俺はどこから仕入れたのだ？　知りもしない知識が夢に出てくるはずはない。

内藤医師と別れ、ゆっくりと病棟に戻りながら琢磨はひとしきり考え、結局納得のいく回答が見つからないと悟ったとき、出てきたのは夢で見た「あの場所」を探してみてはどうかというかなり突飛な考えだった。

自分の精神に一抹の不安を抱いている琢磨にとって、あれだけリアルな夢を見てしまうと、たかが夢と片づけることはできなかった。

本当はいつか見た光景なのに思い出せないだけじゃないのか。

もし、あの場所が本当にあってそこに立ったのなら、その忘れていた記憶を思い出すことができるかも知れないと琢磨は思ったのである。


検査を終えて自宅に戻った翌日、外出準備をしている琢磨を見て母は不思議そうな顔を向けてきた。

「今日はお出かけかい？」

「ちょっとね」

付いていってやろうか、と案じる母の言葉を笑って聞き流した。

「いいよ、気晴らしに散歩に行くぐらいのもんだからさ」

〝あの場所〟が果たしてどこなのか、ずっと考え込んでいた琢磨は、夢の中にひとつだけ自分の記憶と一致するものがあると気づいていた。

窓から見た工場が建ち並ぶ光景とその中を貫いて走っている線路、その上を赤地に白いラインが入った電車が走っていた。

その電車に琢磨は見覚えがあった。幼い頃の記憶である。鉄道好きだった琢磨を喜ばせようと、たまの休みに父が連れていってくれた品川の駅でだ。まず東横線に乗り、それから当時の国電に乗る。品川は様々な列車の発着場で、絵本で見かけるだけの電車がずらりと並んだ光景を飽くことなく眺めて過ごした。「乗りたい」という と、父が選ぶのは特急でも寝台列車でもなく、決まってその色の電車なのだった。なぜ、その電車か。当時はそんなことは疑いもしなかったが、いまは簡単に理解できる。父の会社がその電車の沿線にあって、定期券を持っていたからだ。つまりは安上がりに済むからである。

その電車が、夢の中にも走っていた。

たぶん、京浜急行だ。

4

東横線に揺られて渋谷まで行き、そこでＪＲに乗り換える。ルートは、幼少の頃、父がとったものと同じだが、考えてみればトラックがその姿を変えたように電車も随分と様変わりしたものだと思う。昔の、ペンキを塗りたくったようなくすんだ色彩の車両は姿を消し、東急線もＪＲもシルバーを基調にした洒落《しやれ》たデザインに代わった。

琢磨は品川駅で京浜急行への連絡切符を買い、プラットフォームに立った。

到着案内のアナウンスが入る。電車がレールを打つ音が徐々にボリュームを上げて近づいてくる。入線してくるのは羽田行き普通電車だ。長く乗っていなかったからおそらく京浜急行も洒落た車両へと変わっているだろう。そう思って目を向けた琢磨は、あっ、と小さな声を上げた。

風が舞う。ジャケットの裾がはためき、少し長くなった髪が乱れて視界でばらけた。

赤いボディに白いラインの入った昔と同じデザインの車両が、ブレーキの甲高い音をたてながら琢磨の前でゆっくり停車したのである。

何十年も前の車両がそのまま走っているわけではない。しかし、デザインは同じなのだ。

自分の推測に秘かに自信を持った琢磨は、気分よくベンチシートに掛けて発車のベルが鳴るのを聞いた。

すでに通勤時間を過ぎているせいか、品川から羽田へ向かう車両は空いていて、学生や老人、それに羽田空港を利用するらしいスーツケースを抱えた人たちが目立った。天気の良い日で、すでに初夏を思わせる日射しが差し込んでいる。琢磨は車窓に目を向け、沿線の風景をぼんやりと眺めていた。

琢磨が見た幻影の中を走る電車は、ゆるやかな弧を描いて走っていた。それともうひとつの手がかりは、あの広い道路だ。三つ葉銀行という看板のある建物――その銀行名を琢磨は知らない――その道路に面していたはずだ。

道路はきっと、環状八号線だろう。場所を特定するために地図で京浜急行の沿線を辿っていた琢磨は、そう考えていた。環八は京浜急行糀谷駅から大鳥居駅までの区間で線路と交わる。琢磨が見た夢の舞台は、その沿線のどこかではないか。

電車がスピードを落とし、糀谷駅へ進入する。

下車した琢磨は、駅前の道を歩いて環八方面へと出た。病気をして長く自宅で引きこもっていた琢磨の目に、外の光景は眩しかった。琢磨が見た夢のなかで、そのだっ広い道路にあまり車は走っていなかったが、それはおそらく過去の記憶だからだろう。目の前の環状道路は、さすが産業を支える基幹道路にふさわしい交通量がある。大型トラックや商用車がひっきりなしに走り、ひとつ向こうの信号が赤に変わるたびに長い信号待ちの列ができた。

琢磨はショルダーバッグに入れていた小型カメラを出して首からぶら下げると、羽田方面に向かって歩き出した。

記憶の町と現実の町。琢磨が実際に見た町が夢になって現れたとすれば、それは三十年以上前の記憶ではないか。だが、その後町は変貌を遂げ、発展したはずだ。町がかつての面影をどの程度残しているのか、或いは消し去っているのか、琢磨の想像可能な範囲をとうに超えている。

なにはともあれ、歩き出した琢磨が目印として定めたのは、三つ葉銀行だった。夢に出てきたそれは重厚な石造りの建築物で、おそらくは明治時代に建てられたものだろう。今はもうその建物自体残っていなくても、近代的な銀行の支店として再建されている可能性は高い。

そして最終の目的地は何といっても相馬運送だ。なぜ、相馬運送などという会社の記憶が自分にあるのか、デコンプレバーなどという名前を知っているのか、その場所へ行けばなにかわかるかも知れない。あのトラック・ターミナルぐらい広い敷地であれば、徒歩の琢磨が見逃すはずはない。

糀谷付近から大鳥居駅がある羽田一丁目付近まで約一キロ。ゆっくり歩いたとしても三十分とかからないだろう。いまでも相馬運送ではあんな派手な制服を着てトラックを運転しているのだろうか。そんな滑稽な場面を想像すると笑いが込みあげた。

環状八号線沿いの歩道を歩き出した。道の両側の景色にしきりに気を配りながら、銀行の支店、そして運送業者を探して歩くちょっとした探検だ。道路を疾走する大型車がまきあげる風に髪を吹き乱され、耳を聾《ろう》するばかりの騒音に悩まされながらも、夢の原風景を探す旅という発想の魅力は、その不快さを消して余りあるものだった。

琢磨の期待は、やがて環状八号線と京浜急行が交差する場所で最も高まったが、その後急速に萎《しぼ》んだ。すでに目の前に大鳥居駅の看板が見えているというのに、それらしい銀行の支店も運送業者のターミナルも発見することができなかったからである。見落としたはずはなかった。目を皿のようにして見てきたのだ。

とすれば、もう少し先か。

路傍で突っ立ち、いま歩いてきた方向を眺めて、それからこの先、羽田空港まで続いている道路を振り向いた。滑走路へと進入する旅客機が、ジェットエンジンの音を高く鳴り響かせながら上空を滑っていく。

琢磨は羽田方面に向かって歩いてみることにした。もう昼近く。久しぶりに長い距離を歩いたせいで疲労を感じたが、そこから羽田まではさらに五キロ程度の道のりだ。帰りは羽田から京浜急行に乗ればいいのである。

しかし、再び歩き出した琢磨は、前方に航空会社のロゴを入れた機体が見え始めたところで、その努力が徒労に終わったことを知った。夢で見た場所は、ついに発見できなかった。

夢は所詮、夢か。

足取りも重く立ち止まり、琢磨は落胆した。旅客機の巨体がのろのろと動き出し、羽田空港ターミナルビルの陰に隠れて見えなくなる。また新しい機体が現れ、琢磨には理解できない道順で迂回を繰り返して停止する。

とりあえず空港ビルまで歩いた琢磨は、レストランに入って疲れた体を休めることにした。ハンバーグ・ランチを注文し、平日の昼とあって比較的空いている窓際の席から飛行機の発着に虚ろな視線を向ける。

検査の結果がでるのは来週らしい。

琢磨は今朝方までかろうじて保っていた自信がぐらつくのを感じた。自分が頼りなく、弱い存在だと思った。他人はおろか自分自身でも信頼の置けぬ存在だ。こんな悲惨なことがあるだろうか。自分の精神状態が信用できないなんて。いまこうしてコーヒーを飲んでいるように見える姿は本当に自分なのだろうか。本当は頭からコーヒーをかぶったり、見ず知らずの人に歯をむき出して笑いかけたり、どうしようもなく妙なことをしていたりはしないか。

そう思うと今度は人の視線が気になりだすのだった。秘かに自分の格好を見下ろしてみる。歩きやすいようにと履いてきた運動靴とベージュのコットンパンツ、それに半袖のポロシャツを着てサマージャケットを羽織っている――ように見える。

本当にそうか？

疑いだせばきりがない。正常だと思っているのは自分だけで、本当はひどく突飛な格好をしているのではないか。たとえばあの金モールの入った丈の短い制服を着ているとか。

だが、かろうじてその疑いだけは晴れた。出掛けに母と話したことを思い出したからである。そんな格好をしていれば、母が何か言ったはずだ。

やはり俺は正常なんだ。

気分が落ち着くまで、ゆっくりとコーヒーを飲み、片づけにきたウェイターにお代わりを注文する。午後一時の羽田上空はうっすらとスモッグがかかっていた。今歩いた大田区糀谷、羽田界隈はこのビルの背後になって見えない。

琢磨は、午前中に歩いた環八沿線のことを考えてみた。大型トラックは、羽田一丁目をすぎた辺りから付近の工場地帯へと消え、少なくなっていった。道路は工事中になり、まだ未整備のまま羽田空港のある土地へと続いていたのだった。何かおかしい。

小さな疑問が頭をもたげた。

夢に出てきた、あの広い道路のことである。

自分はなんの疑いもなしに環状八号線ときめつけていたが、そもそもボンネット・トラックの走っていた昭和四十年代初頭に、環状八号線はあったのだろうか。東京には何本かの環状線がある。明治通りは環状五号線、山手通りは環状六号線だ。そして都心の外側へ向かって、環状七号線、八号線となる。

それらの道路が一気にでき上がったかというと、そうではない。それはさっきの大鳥居駅辺りの道路工事を見てもわかる。環状八号線は、時間をかけて拡張され、やがて現在の姿になったのではないか。

調べてみればわかることだ。

レストランを出た琢磨は、電話番号を調べて東京都庁に電話をかけてみた。ものが東京都内を走る環状道路である以上、管轄する行政単位は東京都か国土交通省だ。ただ、あまり堅苦しい場所に電話をするのは気がひけて、都庁を選んだのだった。

道路管理をしている東京都第二建設事務所は都庁から離れた品川にあるとわかって、そちらにかけ直す。

「大田区の糀谷から羽田に至る環状八号線がいつできたか知りたいんですが」

電話に出た女性は、当然のことながら怪訝な応対をしたが、それでも道路台帳管理のセクションに回してくれる。新たに電話口に出た男性に同じ質問をぶつけた。

「その区間の道路が何年にできたかというのは少し時間を頂かないとわからないですが、お尋ねの昭和四十年代にその辺りはまだ一般道のままで拡張工事はされていなかったはずです。それは間違いありませんね」

やはりそうだったのだ。礼を言って受話器を置いた琢磨は、もう一度地図を広げてみる。

広い道路イコール環状線と思ったのは、早計であった。だが、この界隈にそれ以外の広い道路などあったのだろうか。

待合いロビーの椅子に掛け、糀谷と羽田界隈の地図を探す。環八、京浜急行の線路、それにそって指でなぞった琢磨は、羽田一丁目の手前に大森方面から伸びた国道があることに気づいた。

国道一三一号だ。カッコ書きで、「産業道路」との通称が入っていた。

これだ。

もう一度、東京都の管理事務所に電話をかけて確認してみる。先程と同じように、完成年を正確に知るためには時間が必要だが、昭和三十八年頃にはもうできていた、と電話口の男性が自らの記憶を辿って答えてくれた。

「正確な完成年度は必要ですか」

親切な申し出を辞退し、丁重に礼を述べて電話を切る。軽くなった足取りで空港ビルを出た琢磨は、午後の日射しを浴びながら再び環状八号線を戻り始めた。

産業道路は、大森で第一京浜から分岐し大鳥居を経て、横浜市生麦まで続く道路である。

羽田空港から一時間ほど歩いた琢磨は、先程は何の気無しに通り過ぎてしまった信号に立った。それが産業道路との交差点だったのだ。道路を渡り、右折。すると、名前の通りいかにも工場密集地域の産業を支える動脈らしく両側は殺風景な工場地帯になる。それがなんとなく元気が無さそうに見えるのは、この不景気のせいだろうか。

十分近く歩いた。

道路の左手に銀行の看板が見えてくる。青地に白文字の看板は「東京第一銀行」だ。しかしそれは記憶にある石造りの店舗とはまるで違う、ガラス張りの近代的な構えだった。

入ってみるとBGMのクラシックが流れ、洒落た制服の女子行員が軽やかに声をかけてきた。重厚な石造りの階段と回廊でもありそうな高い天井、二階へ続く木の階段など想像もつかない風景だ。

「本日はどのような？」

あまりの落差に茫然とした琢磨に、腕章をした案内係が近づいてきた。背の低い、初老の男性である。

「ここ、三つ葉銀行という名前だったでしょうか」

は、と問うたきり、相手は琢磨の質問に目を丸くした。三つ葉銀行という名前を行員の乾いた唇が繰り返し、「当行はずっと、東京第一銀行という名前ですよ」と応える。親切な口調だが、目に不審が表れているのに気づき、琢磨は、こんなこともあろうかと用意してきた、会社員時代の名刺を取り出した。

「私、こういうものです。実は、大田区の地図を過去から現在にわたってデジタル化するという企画がありまして、その下調べをしているのです。昭和四十年代の初め頃、この辺りに三つ葉銀行という名前の銀行があったと聞いたのですが、そんな銀行、ご存じありませんか」

手にした名刺と琢磨の顔を交互に見た行員は大げさに首を傾げたが、「少々お待ちください」と言い残してカウンターの奥へ消えていった。歩き疲れたのでソファにかけて待っていると、しばらくして男が戻ってきた。

「お待たせしました。三つ葉銀行さんというのは、もう吸収合併されまして、いまはないそうです」

「いつですか？」

首を傾げた男が再び調べに戻ろうとするので、慌てて止める。「吸収合併されたということは、他の銀行になったということですよね。この道沿いにその銀行の支店はあったんでしょうか」

ようやく相手にほっとした表情が浮かんだ。琢磨を店舗の外まで連れ出すと大森方面を指し示す。

「後、五十メートルほど先へ行きますと、中央シティ銀行さんの羽田支店があるんですが、そこが昔の三つ葉銀行羽田支店らしいです。詳しいことは行って聞いてごらんになってはいかがですか」

無論、言われるまでもなくそうするつもりだった。行員に礼を言い、再び歩き出した琢磨は、話の通り、中央シティ銀行の真新しい三階建てのビルを見つけて中に入った。

同じように店内案内をしている行員をつかまえて名刺を出した琢磨は、今し方と同じ作り話を繰り返し、三つ葉銀行の名前を出した。

「石造りで重厚感のある建物だったと聞いたのですが」

「残念ながら、その建物は建て替えてしまったのでもうないんですよ」

中央シティ銀行で案内係をしていたのは年配の女性だった。

「すると、この場所に建っていたんですか」

「そうです。もう何十年も前のことなので詳しいことはわからないのですが、もしお写真で良ければありますよ」

琢磨は内心、快哉を叫んだ。

行員は、ちょっとお待ちくださいね、と言い残してカウンターの内側に入ると、その奥にいる管理職らしい男と何事か相談して戻ってきた。琢磨の名刺を渡された管理職の男性が琢磨を見る。軽く会釈を交わすと、さっきの女性がどうぞこちらへ、と琢磨をカウンターの内側へ入れてくれた。

オンライン端末が並び、行員が忙しそうに行き交うフロアを抜け、表からは見えない裏階段を上がる。

「実は、半年ほど前にここのフロアを利用して当店の歴史展というのを催したんですよ。そのときの資料がまだ残っていますから、それをご覧になってください」

三階の、書庫と思《おぼ》しき一室に通された琢磨は、ずらりと並んだ書架から段ボール箱を女性が下ろすのを手伝った。

「こんなものですけど」

箱の中から出てきたのは、古びて黄ばんだアルバムである。部屋の片隅にあった椅子に掛け、テーブルの上で広げた琢磨は、最初に出てきた写真に言葉を失った。

その写真は、支店正面から建物を撮影したもののようだった。石造りの建物、その中央に配した入り口にはあの三段の階段がついている。

「これだ……」

そんな言葉が考える間もなく唇からこぼれていた。年配の行員は目を細め、嬉しそうな顔で琢磨の様子を見ている。

のだ。


「お役に立ちましたか」

「もちろんです。写真、よろしいですか」

震える手でカメラを構え、その小さなモノクロ写真をフィルムに収めた。そして、自分の記憶の底を浚《さら》う。この建物を見たことがあるはずだった。だから夢に出てきたのだ。

しかし、いつ？

思い出せなかった。それとも、心の病を患う前なら思い出すことができただろうか。いや病気をしたからあんな記憶が飛び出したということも考えられる。病気が記憶というびっくり箱の蓋を開けたのだ。そこから飛び出したのは、忘却という引き出しに入った無数の欠片だ。それが一気に噴き出してきて、琢磨の頭の中に散らばった。それがあの夢だったのではないか。そう琢磨は解釈しようとしていた。

興奮で上がった息を整えながら、琢磨はアルバムのページを捲《めく》ってみた。

支店の内部を写した写真は、まさにあの夢とそっくりだ。天井は高く、てっぺんに古いタイプのシャンデリアがぶら下がっていた。別な角度から捉えた写真には二階へ続く階段が写っていた。木製の、すり減った階段だ。この上階に、あの男がいる。大仏顔の男。名前は――。

なんだったっけ。

写真には、当時の行員が写っているものもあった。集合写真も一枚入っている。正月に撮影したものなのだろう。女性の多くは振り袖姿で微笑《ほほえ》んでいる。行員の数を数えた。大勢いる。百人近くか。その一人一人の顔を確認していったが、記憶の男は見当たらなかった。

写真には、撮影者の手によるものか、昭和四十二年と記されていた。

「ああ、旧館の建て替えはたぶん四十二年ですよ」

そのとき、傍らの女性が思い出したらしく言った。「これ、確かその最後の年に撮った写真だとそのとき聞いたんです。この後すぐに建物が取り壊されたらしいですよ」

するとこの写真は四十二年の正月ということになる。琢磨は唸った。琢磨が生まれたのが四十一年七月。もしこの話が正しければ――無論、疑う根拠はどこにもないが――琢磨の頭の片隅に押し込められていた記憶は、生後何ヵ月かのものということになる。

そんなことがあるだろうか。生後まもない赤ん坊が見た記憶が残るなんてことが。そもそも、目が開いていたかどうかさえ怪しいじゃないか。

「どうかされましたか」

声を掛けられて考え込んでいた琢磨は我に返った。振り返ったとき、女性の胸のネームプレートが目に入った。安西とある。目を移すと、どこか悪戯《いたずら》っぽい顔が琢磨を覗き込んでいる。

「いえ、この当時のことというのは比較的最近のようで意外に古いものですね。それとも僕が年をとったのかな」

本音だったが、安西は、ほほほ、と楽しげに笑った。何か心の凝りをほぐすような笑顔である。思わずつられて笑った琢磨だったが、蓋の開いたままの段ボール箱に目を転じたとき、そこに古ぼけた地図を見つけ笑いを引っ込めた。

「それは？」

「ああ、羽田支店の担当エリアを示した住宅地図です。ご覧になりますか」

安西はそれを取りあげて広げてみせる。「銀行の支店というのは同じ銀行の他店と競合しないように、店毎の守備範囲をきっちり決めてあるんです。この赤い線が当時羽田支店が担当していたところなんですね」

テーブルに広げた地図は、きっと壁に張られていたものだろう。四隅に画鋲で留められた穴と共に、何度もテープで補強されたらしい跡があった。

それを覗き込んだ琢磨は、秘かに息を呑んだ。

地図を斜めに分断している産業道路の中央に、赤く塗りつぶされているのがこの支店がある場所だ。付近に点在する商店、会社名がそれぞれの所有地を示す区画とともにに表示されている。支店のある場所からさらに北上したある地点。そこに探し求めていた名前を見つけたからだ。

相馬運送。

慌ててショルダーバッグの地図を出し、現在の位置関係を確認して印を付けた。見つけた。夢に見たトラック・ターミナルの光景が瞼に浮かぶ。きっとこれで謎が解けるぞ。琢磨は確信を持った。

5

銀行を出た琢磨は、地図を頼りに産業道路を大森方面に北上していく。相馬運送までの距離は五百メートルほどだろうか。沿道には会社事務所や工場が建ち並び、道路には京浜工業地帯が産出する様々な物品、あるいは材料を運搬するトラックがひっきりなしに行き交う。埃っぽく、排気ガスにまみれた町だ。長く入院と自宅療養を繰り返してきた身には多少応《こた》えるが、琢磨の気持ちはすでに「相馬運送」に集中していた。

「あそこか」

交差点を三つほど過ぎると、その向こうに広大な敷地を囲む塀が見えてきた。おそらく倉庫か何かだろう。背の低い屋根が見えている。大型トラックが一台、産業道路に面した出入り口から中へ入っていった。ゲート上にある黄色い警告灯が回転している。小さなブースが見え、中に警備員が座っていた。敷地内に敷設された濃紺のアスファルトが目に染みる。

着いた。

達成感が体を包み込んだ。夢で見た光景を単純に探し当てた、ただそれだけのこととは思えなかった。なにか特別な意味のある行動のような気がした。妙に嬉しい。自分の中にようやく信じられるものを見いだした。そんな思いだった。

「本当に、こんなことってあるんだ」

夢というのは不思議だ。いや、人間の脳の働きが不思議なのだ。

しかし――。

ゲートの中央付近に立った琢磨は、目の前に現れた建物が夢とまるでかけ離れたものであることに戸惑った。

まず建物の構造が違う。暗く薄汚れた古ぼけた建物はそこにはなく、あるのは近代化された配送センターだ。もちろん、建物が新しくなるのは、いま見てきた銀行の建物がそうであったのと同様、当然予想されたことなのだが、問題は名前だ。

琢磨が目にしている建物のどこにも相馬運送という名前は無い。代わりに、「南原電機」という大看板が倉庫の屋根に掲げられている。

「南原電機？」

確か上場もしている大手電機会社の名前だった。そのとき、腹の底を震わせるほど太いクラクションが鳴った。大型トラックだ。飛び退いた琢磨は、敷地内に入ったトラックが倉庫の搬入口に荷台を近づけていくのをぼんやりと眺める。

警備員が不審な目で琢磨を見ているのに気づいた。まだ若くがっしりした肩をした男だ。警官とよく似た制服に身を包み、エンブレムを付けた帽子をかぶっている。口元を引き締め、琢磨の行動を監視している。

琢磨はその男に会釈を送り、近づいた。男の表情は変わらない。警備員の詰め所は、この陽気のせいか背後の扉を開け放しにし、正面ガラスの小窓も半分開けてあった。入場者が名前を記入するノートと紐のついた鉛筆が置いてあった。ノートのページは風でひらひらと揺れ動いている。

琢磨はかがみ込み、小窓から警備員を覗き込んだ。

「すみません、ちょっとお伺いしたいんですが。ここに以前、相馬運送という会社、ありませんでしたか」

陽灼けした顔が、さあ、と傾げられた。

琢磨は銀行で見た住宅地図のコピーを取り出した。先程、安西という行員に頼んでとってもらったものだ。それを詰め所の小窓から差し入れ、相馬運送と書かれた箇所を指で指し示した。

「この場所、この相馬運送と書かれたところですよね。土地の形も同じだと思うんですが」

警備員はそのコピーを覗き込み、さらに上下をひっくり返したりした。

「この地図古いでしょう。何年前のやつ？」

「昭和四十年頃のものらしいんですが」

琢磨は応えた。「私、この相馬運送という会社を探しているのですが、ご存じありませんか。この辺りにそんな会社の名前はありませんか」

聞いたことないですねえ、と警備員は首を振った。

地図で見る限りこの南原電機の配送センターらしき建物が、かつて相馬運送があった場所としか思えない。

さて、どうする。琢磨は自問した。謎が解けるとの確信は消え、困惑に転じる。

しばらくその場に突っ立ってみたが、何も新たに思い出すことはなかった。

仕方がない。

過去の記憶を訪ねる探検は、相馬運送の存在を確認したことで所期の目的を達したと考えるべきではないか。そんな総括をしてみる。なぜ、トラック・ターミナルの夢を見たのか、なぜ、昭和四十年初頭の詳細な記憶を持っていたのかという疑問はさておき、それが妄想などではなく、過去に実在した光景の忠実なフラッシュバックであったという推測は、なんとか成り立つようにも思えた。

家に帰ったら父の遺したアルバムを見てみよう。意外に、相馬運送も三つ葉銀行もその中にあるかも知れない。幼い頃に自分はその写真を見ていて、その記憶が脳裏に残っていたとも考えられるじゃないか。

それならば全て平仄《ひょうそく》が合う。人間の脳というのは不思議なものだという、ありきたりな感想と共に。

相馬運送があったはずの土地を離れて京浜急行の大鳥居駅へ向かいながら、琢磨は釈然としない思いになんとか理由をつけ、自分を納得させようとした。


「母さん、古いアルバムを見せてくれないか」

その夜、食事と風呂を済ませた琢磨は、居間でくつろぐ母にきいた。母はきょとんとした顔を向けてくる。

「アルバム？　どうするんだい、そんなもん」

「ちょっと親父の若い頃がどんなだったか知りたいと思ってさ」

小首を傾げながらも、母は自分が寝室に使っている奥の六畳間に向かい、やがて

「ちょっと来ておくれよ」と琢磨を呼んだ。

アルバムは、押入の天袋に六冊保管されていた。

背の低い母に代わってそれを降ろすと、待ちかまえていた母が掃除機で埃をとり、風呂場から持ってきた濡れ雑巾で表紙を拭く。

琢磨はそれを居間に運び、古い順に並べた。

痩せたいがぐり坊主の写真は、新潟の造り酒屋の次男坊だった父の少年時代だ。琢磨の心の中で永遠に生き続けている父の表情、その輪郭を備えた子供が笑っている様は、ほほえましく、もの悲しい。

その少年が成長し、学校へ通い、やがて戦争へ行く。無邪気に笑っていた子供が、いつのまにか瞳のどこかに憂いを持つようになる。妙にまじめ腐ってみたり、歯を見せて笑っていたりする様々なスナップは、人生の孤独や苦しみ、尊さを写している。

二冊目のアルバムが終わったとき、父は終戦を迎えていた。

父の几帳面な万年筆の文字は、簡単なキャプションをセピア色の写真の下に書き込んでいる。

やがて一枚だけ、ボンネット・トラックの前に立っている父の写真を見つけて、琢磨は頁をめくる手を止めた。

写真に収まっているのは父一人だけではなかった。おそらくは仕事仲間だろう、父よりも若い男、そして年配の男性など数人と肩を組んで笑っている。夏だろうか。ズボンに半袖のシャツを着て、首にタオルを巻いている。逞しい父の表情には、しかしどこか疲れた様子が見て取れた。写真の下、年代を書いた横に「相馬運送トラック・ターミナルにて」という文字が続く。

これが、夢の原型？

琢磨はどうにも割り切れない思いでその写真を凝視する。たった一枚の写真が自分にあのリアルな夢を見させたというのだろうか。

アルバムの続きを見てみたが、職場の写真はそれ以外にない。また、三つ葉銀行の石造りの支店についても、見当たらなかった。

おかしい。

考え込んでしまった琢磨に、それまで辛抱強く見守っていた母がきいた。

「あんた、何調べてるんだい。なんか気になることでもあるのかい」

真剣な眼差しに、琢磨はついに夢の話をしてきかせた。

「また夢の話かい」

と母はあきれる。その言い草に少し腹を立てた琢磨だったが、母なら何か知っているかも知れない。夢に出てきた相馬運送や三つ葉銀行の話を続け、母にきいてみた。

「こんなことがあるとは到底信じられないけどもさ、もしかして俺が赤ん坊のときに見た場面がだよ、頭の中でずっと眠っていてある時夢になって現れる。そんな不思議な体験じゃないかと思うんだ」

「ばかばかしいねえ、そんなことあるはずないよ」

「なんだよ、母さんが聞いたから話したんじゃないか」

するど、母は意外なことを言った。

「違うよ。ばかばかしいと言ったのは、そうじゃないんだよ。あんたが生まれてから母さん体調を崩してしまってね、その年は実家の長野でずっと療養していたんだ。あんたも一緒にね」

琢磨は啞然として、暫くは声も出なかった。

腑に落ちないことがあるとどうにも気分の晴れない性分は、父親譲りなのかも知れない。

翌日の午前中に家を出た琢磨は、東急線を乗り継いで東急多摩川線の鵜の木駅で下車し、大田区の法務局へ行ってみた。

相馬運送がその後どうなったのか調べるためである。法務局には、会社を設立したときに作成する商業登記簿謄本がある。それを閲覧すれば、相馬運送のことが何かわかるかも知れない。

ところが、調べてみると同管轄内に相馬運送という会社が見当たらないことがすぐに判明した。

係の人に聞くと、商業登記簿謄本の保存年限は二十年で、それを越えると廃棄処分になるという。

「すると、相馬運送は二十年以上前に、無くなってしまったということか」

またしても行き止まりだ。

そのとき、別な考えが頭に浮かんだ。

不動産登記簿謄本を閲覧すればわかるのではないか。かつて相馬運送があった土地は、いま南原電機に所有されている。その土地の謄本を見れば、持ち主の移り変わりを知ることができるはずだ。

商業登記の係から不動産登記の係へ移動し閲覧を申し込んだ琢磨は、読みが的中したことを知った。

大田区糀谷にあるその土地は、確かに相馬運送によって所有されていたのである。

だが、昭和四十年代になってその所有権は相馬運送から離れ、第三者に渡っていた。次の所有者名を見た琢磨は、戸惑い、考え、そして漸く事の真相に思い当たったのだった。

そこには、三つ葉銀行の名前が記録されていたのである。登記簿の所有権変更登記は、昭和三十九年十二月二十日。同時にその土地にまつわる権利関係を登記簿謄本の乙区欄で調べた琢磨は、相馬運送の土地が抵当に入っていたことも確認した。

これらの事実が意味することはひとつしかない。昭和三十九年、相馬運送は倒産したのだ。

第二章　迷路

1

壁の高いところに取り付けた小型扇風機が、開放された窓から忍び寄る湿気を孕んだ空気を攪拌《かくはん》し、生ぬるい風を大間木史郎の首筋に撫でつけてくる。さっきから蛍光灯の周りを乱舞している小さな蛾が数匹。不意に、そのうちの一匹が書きかけの書類に落ち、払ったところに鱗粉の筋をつけて史郎を苛立たせた。

史郎は帳簿をつけていた手を休め、額の汗をタオルで拭った。眼球の奥に軽い鈍痛を感じたのは、ちらつく蛍光灯の下で長く細かい文字を書いていたせいだ。窓の外を見た。糀谷《こうじや》界隈の屋根の低い工場街が建ち並んでいる。向こうに一筋光の帯が移動していくのは、京浜電鉄穴守線の電車だ。午後十時を過ぎ、誰もいなくなった事務所の二階で、史郎はひとり立ち上がって窓辺に寄り、すっきりしない気分と同じく、曇って星のない夜空を眺め上げた。

いま、史郎の胸にひっかかっているのは、相馬《そうま》運送の業績のことである。

桜庭は、会社の改革案は史郎がまとめ上げて社長に提案すべきだと言った。今回の融資はなんとかするが、このまま業績が回復しなければ今後の融資についてはどうなるかわからないとも言った。

「改革案と言われてもな」

史郎は嘆息した。

経理一筋に歩いてきた男である。貸借の違いはわかるし、原価計算ぐらいはできるが、こと会社をどうすればいいか、というような大きな話はどうもピンと来ない。日頃、会社の業績を数字というはっきりした形で把握している史郎にしてみれば、相馬運送が多くの路線で採算割れを起こしていること、競合他社との価格競争力を急速に失っていることはわかる。だが、ならばどうするべきなのか、という経営判断ともなると、それはまた別の発想であり、知識であり、技術だと思うのだった。いわばそこには、実直さだけではない、創造力が必要なのだと史郎は思う。

「俺はそんな器用な人間じゃないんだ」

そのことは史郎が一番よくわかっているつもりだった。その意味で社長の相馬平八には、史郎にはない遊び心があり、経営者としてのセンスも感じるのだが、それもかつての話でいまは女に溺れて会社どころではない。

事実、相馬には史郎の抱いている危機感がわからないのだ。

収益改善について問題提起をしたくて相馬に相談を持ちかけたのは一週間ほど前のことだ。三つ葉銀行の桜庭からそうするようにと言われていた改善案を練り上げ、自分なりに検討を重ねたものを相馬に提案しようとしたのである。

「ほう。銀行がそんなこと言ってんのか」

相馬は渋い顔をした。桜庭との話し合いの内容については総務部長の権藤に全て報告したはずなのだが、具体的なことは伝わっていないようだった。権藤は言いにくいことは言わず、都合の良いことだけを報告する傾向がある。権藤なりの逃げだが、いつもそれで皺寄せを食らうのは史郎のほうだった。

史郎は内心の苦みをこらえてうなずいた。

「確かに、利益率は下がっていますし、銀行にしてみれば当社の先行きが不安になるのも無理はないかと思います」

「五年だからな」

机で足を組み、ヤスリで爪の手入れをしながら相馬はつぶやく。その意味がわからず黙った史郎に、「申し込んだ借金が五年返済ってことよ」と付け足した。五年先まで見通せないってことだ、と相馬はいう。

「ええそうです。将来性が気になるのでしょう」

本当に将来性を気にしなければならないのは銀行ではなく当社のほう——経営者のあなただ、という思いが史郎の表情を微妙に歪ませたが、そんな機微に相馬が気づくはずはない。

ハイカラ趣味の相馬の部屋は、アメリカさんから仕入れた両袖の机に背の高い椅子、壁にはモネだかマネだかの絵——もちろん贋物だが——を飾り、足首まで埋まろうかという毛足の長い絨毯が敷き詰められていた。史郎は、机の向こう側の相馬に話しかけるのに、どうにも落ち着かない気分にさせる輸入物のソファにかけていた。

相馬は痩軀長身で、背広姿のよく似合う男だった。相馬の妻は実に美しい人だったが、戦後の何もない時代から相馬を支えただけあって飾るところの無い楚々とした女でもあった。史郎が出会った頃の相馬は、真面目に社業に精を出し、何事も率先して取り組むタイプの経営者だった。上昇志向が強く、会社を大きくすることに生き甲斐を感じ、常に史郎たち部下に将来の夢を語って聞かせてくれたものだ。「いまに相馬運送は日本一の運送会社になるぞ」が相馬の口癖だった。

だが、最近の相馬は人が違ってしまった。妻の死、ひとりの人間の死が、遺された者をこれほどまで変えるかと愕然とするほどにだ。

宝石のついたカフスを通した袖を小刻みに動かしながら、相馬は机に両肘をついている。史郎は立ち上がって、二十頁ほどの資料をその前に置いた。相馬はその表紙を見たが、手にはとらず代わりに目を上げた。

「一応、桜庭さんから、収益改善計画を検討してくれるよう、言われておりましたもので」

「考えてくれたんか」

爪を研ぐ音が相馬の無関心さを代弁しているようにも聞こえたが、駄目か、と史郎が諦めかけたとき、相馬はヤスリを机脇のペンケースに戻した。色白で骨張った指先が、史郎の書類を手に取る。

「当社の問題点について私なりの考えですが、まとめてみました」

黙って相馬は頁をめくり、手で座れというように史郎に指示した。後で読む、と言わずに相馬がその場で資料を読んでくれることが史郎は嬉しかった。放蕩して消えかかろうとも、相馬にはやはり社長としての魂を感じる。それを再確認できたことだけでも、収穫はあったな、と史郎は思うのだ。自堕落な経営者に成り下がった相馬だが、それでも史郎は心のどこかで、この男のことが好きなのだと思う。

しかし、相馬の感想はそっけなかった。

「お前は、経理屋だな」

「は、と仰いますと」

尻を浮かせた史郎に、相馬は「臆病だ」と続けた。

「そうでしょうか」

いつもなら黙る史郎だが、簡単に引くわけにいかなかった。いま変えなければ相馬運送は決してよくはならない。その信念のもと、史郎は言った。

「赤字路線の切り捨てと余剰人員の削減をすれば、そこに試算しました通り、当社の体質は良くなり、赤字に向かいかかっている現状を打破することができると考えますが」

「じき、景気は回復する」

相馬は楽観主義だ。全てを景気のせいにして片づけている。

「景気が回復しても、売上げが増えるだけです。競合する運送業者も雨後の筍《たけのこ》のごとく増えていますし、老舗《しにせ》というだけで良い仕事がとれるかどうか」

「取引先にとって相馬運送が一番親しい運送会社だということが肝心だ。その証拠にこの不景気でも仕事は減ってないだろうが」

史郎は黙った。確かに、選別を食らったことはないが、仕事量は増えてもいない。そして採算は悪化している。

史郎の見たところ、受注の量が変わらないのは関係が親密だからという短絡的な理由だけでは説明できなかった。相馬運送の主要取引先である電機メーカーの業績は苦戦している他業態と異なり、経済の牽引役と言われるほど堅調で売上げも増えている。受注量が変わらないことを誇るのではなく、増えないことに懸念を抱くべきなのだ。

なぜ、相馬運送の受注が増えないのか。

答えは簡単、他の運送業者が食い込んできているからだ。そういう新興運送業者は、旧態依然とした相馬運送のコスト体質を研究しつくして、安いコストで良質のサービスを提供している。注文が減らない背景には取引先との信頼関係が基礎にあるからだろうが、取引先の興味は相馬運送からそうした新興運送会社へ移りつつあるのではないか。

「だから臆病だというんだ、お前は」

相馬は笑って取り合わなかった。業績不振は一時的なものという考えが、相馬の表情から滲んでいる。

相馬は椅子の背に体をもたせかけると、連日の酒で澱《よど》んだ目を史郎に向けた。歳を取ったな、という場違いな感想が史郎の胸を衝いた。まだ五十前だというのに、やたら年老いて見える。

相馬は話題を変えた。

「ところで最近、倫子《のりこ》の奴、よく小遣いをねだりに来ているようだな」

史郎は経営から話が逸れたことにやや不満を感じながら、応えた。

「ええ、いらっしゃってます」

相馬の表情が渋いものに変じた。

「どうもあの年頃の娘というのは難しくていかん。いや、歳は関係ねえな。女という奴はいくつになっても何を考えているものやら、さっぱりわからん」

相馬は、ぼんやりした目で虚空を眺めやった。何を考えているのかわからないのは社長も同じだ、と思いながら返答に窮していると相馬が続けた。

「どうも付き合っている男がいるようなんだが、なんせ母親がいないもんで、どこのどんな奴とどんな関係になっているのやら見当もつかないんだ。あのぐらいの歳の娘というのは父親にはそういうことは言わんものらしい」

相馬に話すかどうかは別にして、倫子が男と付き合っていることについては何の不思議も感じなかった。そりゃそうだろう。派手で、男好きのする倫子のような女を若い者が放っておくはずはない。男女関係というのはシーソーのようなもんで、軽い女には軽い男で釣り合う。軽い奴は世の中に一杯浮いている。

「な、大間木——」

机から身を乗り出した相馬の顔を見たとき、なぜか史郎は嫌な予感がした。

「どんな男と付き合っているのか、倫子にきいてみてくれんか。俺には言わんが、案外、大間木になら話すかもしれん」

「そんな大役、私にはちょっと荷が勝ちすぎます」

史郎は、内心の嫌悪を悟られぬよう、頰の辺りに力を入れてかしこまった。

「私より権藤部長なぞが、適任ではないでしょうか」

相馬は顔の前で見えない蠅でもおっぱらう手つきをする。

「あれはいかん。俺の耳に聞こえがいいことしか言わんからな。それに身内では倫子も警戒する」

どうやら相馬自身も、倫子が親や親戚が賛成するような男と付き合っているとは思っていないようだった。それについては史郎も同感で、倫子という娘は、容姿こそ母似だが、身持ちの悪さは相馬自身の血を引いているらしい。

「頼む、大間木」

「はあ」

困ったことになった。相馬の懇願を前に、断る理由を必死になって探ったが、根が口べただけに、うまい言葉が出てこない。結局、相馬に押し切られる形で気の進まない仕事を押しつけられてしまった。

一週間が経つ。

幸か不幸か、それから倫子は会社に姿を現さなかった。

いま机の上には、相馬が一旦は目を通した提案書が載り、折れ曲がった頁が扇風機の風を受けるたび、ひらひらとめくれ上がっている。

相馬は部下の言うことに耳を貸さない経営者ではない。事実、この提案書には目を通したのだから、結局は中味の問題だと史郎は考えた。確かに、人員削減、赤字路線の廃止といった縮小均衡を目指す案に魅力は乏しいと史郎も思う。であれば他のアイデアを出すべきなのだろうが、この時代の運送業に果たしてどんな活路があるのか、いくら考えても答えは見えてこなかった。

「やれやれ」

史郎は溜息をつき、時計の針が午後十時を指しているのを見て、ターミナルの様子でも見て来るかと事務所を出た。そして、見覚えのあるスポーツカーが、敷地の片隅に停まっているのを見つけ、足を止めたのであった。

倫子だ。

やれやれ。でも、なぜこんな時間に。

史郎は、広い敷地内の片隅に目立たないように停められた車を不審の念で見つめた。学校の運動場ぐらいあるトラック・ターミナルは、薄墨をこぼしたような闇に半分ほど隠れている。史郎が立っている場所から右手に細長く続く倉庫では、これから夜通し行われる搬入出作業のための明かりが煌々と照っていた。行き先ごとに割り振られたプラットフォームに後部から接したトラック、その背後では荷扱いたちが、どこか不機嫌そうな横顔を見せながら作業に従事している。

野太いアイドリングを続けて暖機していたボンネット・トラックのひとつが、いま一段と高いエンジンの唸りを放ちながらターミナルを離れていくところだった。ハンドルを握っている最近入ったばかりの男の横顔が見えたが、名前は思い出せない。史郎は、トラックのテールランプが夜霧にけむる産業道路へ消えていくさまを見送り、同じようにそれを見ていた作業員を振り返った。

「倫ちゃん、見なかったか」

男は、胸ポケットから煙草を取りだして口にくわえたが、史郎の顔を見てもとに戻した。ターミナル内は禁煙だ。

「いいえ」

そう言いつつ、男の視線もまた敷地の片隅のスポーツカーに気づいたようだった。史郎の背後にある事務所棟の明かりが消えているのを見て、近くの積み荷に腰を下ろした同僚に目で問うた。その首が横に振られると、さあ、という返事になる。

「搬入で忙しかったもんですから」

「ご苦労さん」

史郎はコンクリートで固めたプラットフォームを歩き出した。右手の倉庫からトタン屋根のひさしが頭上に伸び、ぽっかり口を開けている巨大なシャッターから台車の行き交う作業場が垣間見える。

相馬運送では、取引先から預かった荷物をこのターミナルに搬入し、行き先別の積み分けを行っていた。倉庫に並ぶシャッターは、東京近郊から中部、関西、北陸、東北という行き先ごとに分けられている。勤務は二交代で、近距離ならば一日四便が基本だ。

ターミナルには、五台ほどの大型トラックが停まり、搬入作業の真っ最中だ。ひとつずつ作業の遅れがないことを点検して回った史郎は、倉庫の端にある運転手控え室の前でふと足を止めた。

女の嬌声がしたからだった。

倫子の声だと直感した史郎は、立て付けの悪いドアを開けて中を覗いてみた。

煙草の煙でもうもうとする中に、スプリングが剝き出しになった粗末なソファがある。汚いテーブル、それと向かい合うようにして置かれた肘掛け椅子——。全て、もとは事務所の応接室で使っていたものだが代替え時にここに運び込んだものだった。背後にはカーテンの仕切りがあり、そっちはロッカーと更衣室になっている。

ソファにかけて自分も煙草を吸っていた倫子は、「あら」とどこか媚びのある目で史郎を見た。

「残業、お疲れさま」

「どうしたんですか、こんなところで」

倫子がここにいることについて、なにをどう言って良いのかわからず、史郎は曖昧にたずねた。

倫子の向かいに座っていた男が首を捻って史郎の顔を見ると、小さく頭を下げた。和家《わけ》一彦《かずひこ》。去年入った運転手だ。歳はまだ二十代半ばだったと思う。新入りの名前はほとんど覚えられないのだが、和家の名前だけはすぐ覚えた。他の運転手にない異質な雰囲気があったからだ。

もう一人、倫子の隣でじっと動かない無口な男は下田《しもだ》孝夫《たかお》。暗い目をしている。そのくせ眼底にぞっとするような冷たさがある。嫌な奴だと思ったが、人手不足だから採用した。半年ぐらい前だろうか。もし人手が足りていたら採用を見送ったに違いない。

「父に会いに来たんだけど」

史郎は目を細めた。相馬がいないのは本当だが、こんな時間に来ても相馬と会えるはずのないことぐらい知っているはずだ。

史郎は、からかうような笑みを浮かべている倫子を見て、「そうですか」とつぶやいた。流行りのスカートから、形の良い脚を大胆にさらしている。

「もう遅いですから、お帰りになったほうがいいですよ」

こんな時間に運転手相手に話し込んだりする娘の考えることがわからなくて、史郎は諭すように言った。

「だって帰ったところで誰もいないのだし。大間木さんもここに来てかけたら」

いいえ私は、と遠慮したところで、相馬から頼まれている話を思い出してうんざりする。こんな娘とどうやって男の話をしろというのだ。史郎にとっては銀行交渉以上の無理難題だ。

「最近、社長も心配されているようですし」

史郎はやんわりと倫子をたしなめた。

「父が、私のことを？　まさか」

テーブルの煙草を一本抜き、マニキュアをした指で挟んだ倫子は、ねえ、と和家に相槌を求める。反応なし。分厚い黒縁メガネの底の思考回路は、解析不可能に近い。

「とにかく」

史郎はうわついた娘に言った。「もう帰ったほうがいい。こんなところで煙草なんか吸ってないで」

「なんか、大間木さんって怖いわ」

和家も下田も丸めた背中を石膏で固められたみたいに動かない。まったく手に余る娘だ。史郎が内心、舌打ちしたとき、倫子は吸いかけた煙草をもみ消した。スカートの裾を軽く引っぱって皺を伸ばす。

「またね」という言葉は石膏人間二人に向けたものだ。返事無し。

史郎の脇を通るとき、おやすみ、と勢いよくバッグの紐を持って背中へ投げる。ヒールの音を響かせながら颯爽《さっそう》と歩いていった倫子が自分の車のほうへ消えていくのを見送った史郎は、「ったく」と毒づいた。

「出発予定は」

和家はゆっくりと立ち上がり、運行表を見入る。ぼさっとした風貌、熊のような巨体で頑丈な印象だ。

十一時、と和家は応えた。

「箱がまだ戻ってないんで」

箱というのはトラックのことだ。運行表に記された「BT21」という記号と運転手の名前が読めた。

「平か」

運行距離のことが頭に蘇った。

「車の調子はどうだ」

和家は運行表の方を向いたまま、左手の中指でメガネのつるを押し上げる。

「いいんじゃないっすか」

運行表によるとBT21号の次の行き先は、厚木になっていた。平と片岡が乗って戻ってくるトラックに、和家と下田が交代で乗り込むわけだ。取引先の名前から荷物がパルプ材だとわかる。そういえば倉庫で巨大なロール状の荷物を見かけた。

「始末しておけよ」

史郎は、ソファの脇にあるスタンド型の灰皿を顎でしゃくった。吸い殻がくすぶり、誰も煙草を吸っていないのに煙が出ている。はい、という低い返事があり、和家は部屋の片隅にあったバケツをもってくると灰皿の中味をその中にあけ、控え室の裏手へ消えた。そこにゴミ焼却炉がある。

とらえどころの無い男の背中は、薄手のシャツを通して毎日の肉体労働で鍛えられた筋肉が盛り上がっていた。少し猫背で、ゆっくりと大股で歩く。学生くずれのような雰囲気のある和家だが、実際の経歴も都内私立大学中退。中退の理由は学費が払えなかったから、だった。

「なんで普通の会社に就職しないのかね」と、余計なこととは思いつつ面接で質問した史郎に、和家は「興味がないんで」とぼそりと応えたのだった。

興味がない、か。

なら運送会社のどこに興味があるのか聞きたかったが、やめておいた。理由はともかく、史郎の立場からすると不足した運転手が足りればそれでよかったからである。

運転手控え室を出る。倫子が運転する日野コンテッサが発進し、敷地内を大胆に横切っていくところだった。車は大通りを曲がって糀谷界隈の町へ猛然と消えた。相馬の家は、大田区山王の邸宅街だ。

じゃじゃ馬ぶりを嘆息しつつ見送った史郎は、歩き出そうとして足を止めた。入れ替わりに入ってきた大型トラックのシルエットが入り口に浮かんだからだ。全姿をさらすより前、地響きに似た水冷六気筒エンジンの唸りが低く史郎の足下にまで届いた。敷地にかかった霧が風に押されたカーテンのように膨らみ、もろい布のように破れる。その向こうから突き出てきたのは、洋犬の鼻を思わせる巨大なボンネットだ。いつの間にかぱらつき始めた小雨を、ワイパーがぎこちない動きではらっている。四角く小さなフロントガラスは黒いセロハンを張ったように街灯の光をかすかに反射させていた。ハンドルを握る男の表情は見えない。しかし、史郎にはそれが誰だかわかっていた。

平勘三だ。トラックはＢＴ21号車。

車体の右側から霧に風穴を開けて排気が闇に溶けていく。相馬運送と横書きされた荷台の文字が史郎にも見えた。車体を小刻みに揺らし、ボディに蜘蛛の糸を引くようにまといつかせた夜霧が、熱くなったタイヤとタイヤカバーとの間で綿飴のように回転している。ウィンカーが消え、倉庫の照明が届く場所にまで来ると、両側に突き出した小さな耳のようなバックミラーが地面の凹凸を捉えたタイヤの振動を受けて揺れているかすかな動きまで、史郎は見てとることができた。

平はプラットフォームに立っている史郎の姿を見ると、短いクラクションを鳴らしてトラックの鼻先をゆっくりと旋回させる。ブレーキランプが点灯し、続いてギアがバックに入った。ハザードを点滅させながら、BT21号車は、ターミナル内中央の荷物搬入口ぎりぎりのところまでバックして止まった。

「残業かい」

雨を手のひらで避け、小走りにやってきた平は一段高いプラットフォームに身軽に飛び乗ると「いこい」を抜いてマッチで点けた。

濡れた幌が跳ね上げられ、荷扱いの連中が荷台に乗り込むと搬入作業が始まる。男達の手際を傍らに立って眺めながら、平はきいた。

「忙しいんですかい」

「毎度のことさ。どこからだ」

小田原と平が応えたとき、助手席側のドアが開いて片岡が降り立った。何か未練ありげに入り口の方に視線をやっているのは、たったいま倫子のコンテッサとすれ違ったからだろう。にやついた表情のまま歩き出したが、思いがけず史郎の姿を見つけ、表情を消した。

「遅れは」

「一時間半てとこかな」

平の口から出た言葉に、史郎はその横顔をそっと窺った。こいつ……。さきほど控え室で見た運行表によると到着時間は午後八時だったはずだ。帰着予定時間を意識しない運転手はいない。それなのに平は時間を間違えている。

いや、間違えているのではない。

そう史郎は直感した。こいつ、何か誤魔化そうとしてやがる。

何を隠してる？

そのとき、こそこそと場を離れていく片岡の背中が見えた。それが若さというものか、疲れを感じさせない歩き方とは対照的に、目の前の平には疲労の色がありありと浮かんでいる。

「ご苦労だったな」

と、とりあえず史郎はそう言った。どうも、とか何とか聞き取れない反応が平の口から洩れる。史郎が事務所棟に歩き出そうとすると、どこかほっとした顔になった。

史郎は立ち止まり、顎でグリーンに塗装された車体をしゃくった。

「ところで、こいつの調子は」

「まああですぜ」

平は長くなった煙草の灰を払った。

「混んでたのか」

「俺の責任じゃありませんぜ、それは。東海道のやつが悪いんでさ。早く、高速道路が出来ちまえばいいんだ。こんな遅れも無くなる」

「別に責めてるわけじゃないさ。混んでたかときいただけだ」

平は、言葉の真意を推し量ろうとする目をした。

「いつものことですぜ」

応えず、じっと平の目を見てやった。さっと逸らされた視線は、再び搬入作業の男達に向けられ、どこかちぐはぐな間だけが取り残された。

「作業が完了したら上がれ」

背中を向けて言った史郎に、「そのつもりです」という平のつぶやくような声が聞こえてきた。

どうにもいけすかない夜だ。

事務所に戻った史郎は、BT21号車の搬入作業が終わるのを待つ。一時間と目途を付け、走行距離の記録ボードを手に、史郎は事務所棟を出るとゆっくりと問題のトラックへ近づいた。

運転席にのぼると、雨のために閉め切った窓のせいか強い煙草の匂いが籠もってい
た。ハンドルに触れるとねっとりした感触がある。計器類を覗き込み、倉庫内部から
漏れ出た明かりを頼りに走行距離をボードに書き込んだ。

前回記録したのは今朝の八時過ぎだ。走行距離チェックは通常一週間に一度程度と
史郎は決めていたが、何事にも例外はある。朝、史郎がボードを持って現れたとき、
いつものように平は出発準備で忙しそうにしながら、それを見ていたはずだった。つ
まり、あと一週間、走行距離のチェックはないだろうと思ったはずだ。

いわば、抜き打ち検査というわけだった。

運転席を降りた史郎は再び事務所棟に戻って、今朝記録した数字からどれだけの距
離が伸びているか計算してみた。

およそ二百キロだ。

さっき和家が見ていたのと同じ運行表の手控えを広げ、BT21号車の動きと照合し
てみる。

午前中、横浜の吉河電機。小田原倉庫経由、午後八時帰着予定――。それが道路の
混雑で先程の時間にズレ込んだという平の説明だったが……。

おかしい。

横浜の取引先まで往復四十キロも無い。一方、小田原の往復は約百二十キロ。合わせて、百六十キロぐらいの走行距離になるはずなのに、距離計はそれを四十キロもオーバーしている。

遅延した二時間という時間と四十キロという距離。

「何かあるな」

史郎が落ち始めた雨粒に濡れた大型トラックの巨軀を見下ろしたとき、もやった敷地の端で何かが動いた。小さな赤い色が闇と霧の向こうで、ぽ、と灯る。煙草か。男だ。入り口脇にもたれて、相馬運送の敷地内を覗き込んでいる様子だった。

ターミナル倉庫の明かりが銀色のドーム形に輝いている。

「なにをしてやがるんだ。信用調査かなにかか」

最初、史郎の頭に浮かんだのはそのことだった。だが、それならわざわざこんな遅い時間に見に来なくてもよさそうなものだ。

しばらくの間、史郎は男がふかす煙草の火がちらちらするのを見ていたが、意を決すると窓辺を離れて事務所から出た。不審な人物に気づきながら放っておくわけにはいかない。

備え付けのこうもり傘は骨が歪んで傾いている。霧雨が地面を濡らし、ぬかるみ始めた足下を気にしながら史郎は、広い敷地を水たまりを避けてぴょんぴょんと飛び跳ねるように数歩進んだところで立ち止まった。音もなく降り注ぐ霧雨はターミナルの照明を反射させて銀幕のように美しい。掴もうとすると指先からすり抜けていく、そんな無数の粒子に包まれた途端、史郎は不意の孤独を感じた。

戦後混乱期の何もない時代に苦労して学校を出た史郎が二度の転職を繰り返してこの相馬運送の世話になったのが、もう七年も前のことになる。忙しさにかまけ、「そのうち」と思っていた結婚もどんどん遅れていまだ家族のない独り者だ。いや、忙しかったというのは単に口実にすぎない。本当は、これという女性に巡り合うことができなかったからなのだが、考えてみればここは荒くれどもの集う運送会社だ。一日の大半を会社でばかり過ごしていて、いい女に巡り合えるはずもなかった。

「まったく因果だ」

銀幕のように張られた雨のカーテンを抜けて敷地の端、開いたままの鉄扉がひっそりと闇に同化する辺りまで歩いた。

先程、事務所から見た人影が立っていたのは入り口辺り。だが、いまそこに人影はなく、大通りをたまに行き交う自動車の音を虚ろに響かせているだけだった。

史郎は、敷地の前の歩道にまで出て、左右に目を凝らした。男の姿はそこにもない。

雨宿りをするようなひさしもなければ、それほど急に降り出した雨でもない。腑に落ちないまま、史郎は事務所に向かって再び踵《きびす》を返した。

2

昭和三十九年、相馬運送は倒産した。

その事実を突き止めたとき、大間木琢磨が最初に抱いた疑問は、父は倒産時にもこの会社にいたのだろうか、ということだった。いて欲しくない。

鉄鋼会社で経理をまかされていた父の経歴からいって、相馬運送でもおそらく同じような仕事に就いていたはずだと琢磨は考えた。一途だった父が、会社の倒産によってどんな精神的打撃を受けたかと思うと、胸が痛んだ。そして、この運送会社当時の父を母はあまり知らないといった。ほんとうだろうか。知らないのではなく、それが話して聞かせるようなものではなかったからとは考えられないだろうか。

「親父があの鉄鋼会社に入ったのは、いつだったんだい」

法務局から電車を乗り継いで自宅に戻った琢磨は、母に尋ねた。記憶を辿ろうとした母は正座をしたまま洗濯物を畳む手を休める。

昭和三十九年十二月より、前だろうか。

「昭和三十九年の二月だったかねえ」

琢磨はほっと安堵の吐息をもらした。すると、父は会社倒産の憂き目を見る前に転職したことになる。

「ああ、良かった」

「何が良かったんだい」

琢磨は相馬運送が昭和三十九年に倒産したことを母に話して聞かせた。

「父さんが、会社の倒産で嫌な目にあったんじゃないかって思ったんだ」

母は黙って聞き、そしてやおら洗濯物を畳む手を前よりも速いスピードで動かしはじめた。

「父さんはね、倒産に立ち会ったんだよ」

「なんだって」

琢磨は驚いてきいた。「だって、俺は土地の謄本を見てきたんだぜ。それだと昭和三十九年に……」

そこまで言ったところで、琢磨は黙った。

土地の処分と倒産は必ずしも一致するものではないと気づいたからだった。倒産した会社が銀行の担保として入れた不動産が処分されるのは、倒産から暫く時間が経ってからのはずだ。同時ということはありえない。

そういうことか。

「父さんはね、その相馬運送って会社で、死ぬほど大変な目に遭ったんだよ」

倒産整理か。

琢磨の頭に浮かんだのはその言葉だった。

琢磨は大学を卒業してすぐ、大手電機会社系列のソフト会社に就職した。今までの十年余りのうちに、少なからず同業他社が倒産し、不良債権や権利関係の整理、委譲といった問題に直面した経験がある。とくにバブル経済崩壊後、ソフト会社が軒並み苦境に陥った時代には、取引先、あるいは競合会社の倒産と聞いても日常茶飯事でとくに驚くこともなくなった。

だが、その不幸が三十年以上も前、実父の身に起きていたとなると、話は別だ。

琢磨の父は、相馬運送の倒産で辛酸を嘗《な》めた後、鉄鋼会社に再就職し、そこで母と出会った。

「何か言ってた、父さん。相馬運送のこと」

「別になにも」

ふっと母の目から生気が抜け落ちる。唐突に、母は父の運送会社時代のことで何か気に病むことでもあるのではないか、という気がしたが、きけなかった。

ふう、と胸を上下させて息を吹き出す。

「ねえ、琢磨。あんた、そんな昔のことなんてどうでもいいから、これからのことを考えてちょうだいな。母さんを安心させておくれよ。お願いだから」

痛いところを衝いてきた。

「わかってる。だけど、どうにも気になってさ」

「元はといえば、夢じゃないか」

母は言う。

「そんなどうでもいいことなんて忘れちまいなよ」

どうでもよくない。母も、どうでもいいこと、とは思っていないはずだった。それは顔を見ればわかる。

「これからのことを考えるにも心の整理がつかないんだよ」

本音だった。自分は本当に正常なのか。その自信がぐらついている間は、何も新しいことなんてできやしない。夢を追いかけているのではなく、琢磨がしていることは自分という人間が本当にこの世に正しく存在しているかという確認作業なのだ。

「明日、検査の結果がでるじゃないか。母さん、なんか心配になってきたよ」

「だいじょうぶさ、きっと」

琢磨は座っている母の肩に両手を添え、凝りをほぐすように指先に力を入れた。ほつれ毛がある。母の肩は、琢磨が思っていたよりずっと華奢で、頼りない。その感触に琢磨は追いつめられる気がした。

「さっき、亜美さんから電話があったよ」

母が言った。今まで言おう言おうとしながら、言い出せなかった言葉をついに口にした――そんな言い方だ。琢磨は、動揺を隠そうとしたが、母の肩を揉む指は知らぬ間に止まっていた。

「なんて？」

「家、売っていいかって」

その言葉はじわりと胸に沁み、琢磨を茫然とさせた。

売る。

二人の家を、俺達の家を――。

売る……。

「どうして」

「売りたいんだって」

「だから、どうして」

「そんなこと知らないよ。でも、つらいんじゃないかねえ。女にとって過去は敵なんだよ。いつだって敵なんだよ」

過去。その言葉は鋭い棘に似て、琢磨の胸に刺さった。亜美にとって、琢磨は過去なのだろうか。忘れ去りたい過去なのだろうか。

「亜美さんを恨んじゃいけないよ。仕方のないことなんだから」

「別に恨んでなんかないさ」

琢磨はやっとのことで言った。母はその顔を一瞥すると、何も言わず、洗濯物の片づけを続ける。やがて言った。

「退院したと言っといたよ」

「なんて言ってた、あいつ」

期待した琢磨だったが、母の答えは、「別に」だった。

「そりゃ、そうだよ、あんた。今更、なんて言うのよ」

「良かったね、とかなんとかさ」

「ばっかじゃないの、この人ったら」

母はそういうと荒々しい手つきで、しかも器用に琢磨のシャツを折り畳んで重ね置く。言葉とは裏腹に、表情は沈んだ。

「仕方がないんだよ」

「わかってる」

琢磨は言い、台所まで歩いていくと冷蔵庫から缶ビールを取りだしてプルトップを引いた。冷えすぎたビールは、プシュッ、という鋭い音のわりに泡は出ない。アルコールはひび割れた心にしみこんでいく。

「で。なんて言ったんだい、母さん」

「もう、亜美さんのものなんだから、思ったように処分しておくれって、そう言ったわよ。他になんて言うんだい」

亜美と離婚したのはもう一年も前のことで、琢磨はその詳細についての記憶がなかった。というのも、病気で法的行為能力無しとされた琢磨に代わって、母がほとんどを手続きしたのだから当たり前である。

離婚を主張したのは亜美で、琢磨ではない。

こうなった以上やむを得ないことだと、正常なときの琢磨は考えた。亜美と最後にあったのは病室で、彼女は泣いていた。離婚するということ。それが現実のものとは思えなくて、琢磨は「病気が治ったらまた結婚しよう」などと言ったのを覚えている。正常な判断力をやはり琢磨は失っていた。だから、そんな認識の甘い台詞《せりふ》を口にしたのだ。

「結婚するのかな」

母は何か知っているのではないか、と思い、琢磨はきいてみた。

「そんなこと母さんは知らないよ。気にはなるけど、根掘り葉掘りきいたら悪いだろ」

不機嫌な物言いをすると、母は重ねた洗濯物を持って立ち上がる。琢磨の胸にはすっきりしないものだけが残った。


翌日、午前九時に広尾の都立病院へ行き、内藤医師の面談を受けた。

「長く療養されましたね。でももう大丈夫ですよ」

その言葉に大きく安堵の溜息をもらしたのは、母の良枝のほうだ。琢磨はといえば、その結果をある程度予想していた。

「ああ、良かった。ありがとうございました、先生。琢磨、あんたもお礼言いなさいな。この人ったら、退院した早々、変な夢見たなんていうものですから、それは随分と心配していたんです」

琢磨は内心舌打ちした。夢の話は内藤には内緒にしていたからだ。案の定、内藤は興味を持ったらしく、どんな夢ですか、と質問した。

「亡くなったお父さんの夢ですよ。まだこの人が生まれるかどうかっていう昔の――」

「そういえば、デコンプレバーのことを尋ねられましたね。それですか」

内藤は覚えていた。

「なんです、その、デコボコレバーというのは」と母。

「もういいんだって、母さん。——別に大したことはないですから」

琢磨は母をなだめ、内藤に向かって手のひらを振ってみせる。だが、本当は「大したこと」だと思っているわけだから、琢磨は重大な嘘をつくときのような憂鬱を感じていた。

内藤は琢磨の目を、脳の構造まで見透かすような目で見つめたが、「いいでしょう」と一言いって、カルテを引き寄せると何事か書きつける。助かった。

「でも、もし何か変わったことがあれば、また来てください」

そうつけ加えるのを忘れず、短い診察は終了した。

「余計なこと言って」

診察室を出て、母を咎《とが》める。

「仕方がないじゃないか。心配なんだよ」

唇をとがらせた母に、琢磨は小さな溜息をもらした。

「俺、ちょっと中目黒へ寄ってくるわ」

中目黒には亜美のマンションがある。そこで琢磨は三年間という結婚生活を過ごした。浮かない顔になった母に、大丈夫、見てくるだけさ、と言い置いて琢磨は足早に広尾駅へ向かった。

中目黒駅まで、地下鉄で二駅だ。

駅を降り、山手通り沿いに五分ほど歩く。小さな交差点を左折。慌ただしい商店街から一歩入ると、通りの喧噪が背後に遠ざかり、すぐに閑静な住宅街の佇《たたず》まいが広がる。

五階建てのこぢんまりしたマンションの前までくると、琢磨は亜美の住む部屋の窓を見上げた。

記憶にあるのと同じカーテンは、そこにない。どうやら亜美は、部屋の模様替えをしたようだった。

「過去は敵、か……」

母の言葉を思い出して、琢磨はひとり路上で溜息を洩らした。

記憶のカーテンは萌葱《もえぎ》色だ。あんなに気に入ったと言っていたのに……。本当に亜美は琢磨のことを忘れようとしているのだろうか。

郵便受けの底にダイレクトメールらしい封書が落ちているのが見える。部屋番号の下の名前は、谷川亜美となっていた。谷川は亜美の旧姓だ。その下にカッコ書きで大間木とあった。そんな些細なことを琢磨はどう理解していいものか悩み、そして結局のところいたたまれなくなって逃げるように駅へ引き返し始めた。

いったい俺は何をしているんだろう。

別れた妻の留守宅を訪ねたりして。

亜美は、ある外資系の金融コンサルタント会社に勤務していた。実際にコンサルタントをやるわけではない。そのための書類の作成や、あるいは秘書的な補助業務が彼女の仕事だ。日本の銀行のような組織であれば結婚と同時に退職を迫られることもあったろうが、そこは外資系で助かった。琢磨の発症後も亜美はその会社で働いていたし、今でも働いているはずだ。

余計に虚しい気分になって、琢磨は自己嫌悪に陥る。

亜美が捨てようとしている過去に、自分は縋《すが》ろうとしているからだ。

忘れろ。そう思ってみる。だが、できなかった。亜美は自分のもとへ戻ってくる——そんな甘い期待を、あまりにも長い時間、琢磨は抱き続けてきたことに気づかされた。

「どうだったの」

家に帰ると、母は忙しそうに掃除機をかけながらきいてくる。

「どうもこうもないや」

母は黙っていた。

その母が掃除を終えて買い物に出たのを見計らい、琢磨は亜美の職場に電話をかけた。

「谷川はもう退職しましたが」

意外な返事が返ってきた。

「いつですか」

「一ヵ月ほど前です。もしよろしければ代わりの者が——」

後の言葉は琢磨の耳に入らなかった。

今度は亜美のマンションに電話をかけた。三度目で、懐かしい声がした。

「寝てたのか」

亜美は琢磨だとすぐにはわからなかったらしく、数秒、押し黙った。そして、

「お母さんから聞いたんだけど、検査どうだったの」

と亜美らしい単刀直入さできいた。亜美と最後に話をしてから、一年近くは経っているはずなのに、時間のギャップを感じさせない話し方だ。

「大丈夫だった」

「そう。良かったね」

どこか憂いを帯びた亜美の口調には、もっと早く治って欲しかったという思いが込められている。琢磨の病気さえなければ、二人はまだ一緒に暮らしていたはずだ。

「昨日、電話をもらったみたいだけど、久しぶりに会わないか。君がもし構わなければ」

今度は回答まで長い間が挟まった。

いいわよ、という控えめな返事で時間を決めた。午後三時。自由が丘の喫茶店で待ち合わせることにした。場所を指定したのは、亜美のほうだ。そっちのマンションへ行こうか、と申し出た琢磨に、亜美は「悪いから」と言った。来て欲しくない、というのが本音かも知れないと琢磨は思った。琢磨は亜美にとって過去の男に過ぎないからだ。


「会社、辞めたのか」

一年ぶりに会う亜美は、琢磨の記憶より少し痩せていた。

「どうして？」

亜美は、琢磨と結婚したときにも仕事は辞めなかった。それだけに、退職したという事実は琢磨を驚かせた。

「疲れたのよね。一人で働くことにさ。男の人はいいわよ。大義名分があるじゃない。家族とか」

大義名分ね、と琢磨は繰り返した。俺からそれを奪ったのは君じゃないか、という言葉をのみこむ。

「それが理由？」

亜美はふと視線を逸らせた。

「結婚しようって言われてる」

琢磨の心臓が大きく鼓動を打った。

「誰に」

「きいてどうするのよ、そんなこと」

亜美は麻の半袖シャツを着て、白い細身のパンツを合わせていた。別に飾るでもない。琢磨と暮らしていた頃、ふらりと二人で散歩に出かけ、近くの喫茶店に入る。そんなときと見かけは同じなのに、あれから状況はまるで違ってしまった。

「ききたいからさ。一応、君がどんな——」

「会社の人」

とだけ亜美は言った。苛立たしげな口調で。

「返事はしたのか」

亜美は押し黙ったが、やがてその言葉をつぶやいた。

「オーケイしようと思ってる」

琢磨は言葉を失い、元妻だった女を見つめた。

「だめだ」

琢磨は思わず発した自分の声の大きさにたじろぎ、恐怖の色を浮かべた亜美の顔を見た。

「大きな声出さないでよ。恥ずかしいじゃない」

「悪い。つい――」

「もう、終わったのよ私たち。それは認めるでしょ」

「治ったんだ」

亜美はじっと琢磨を見つめてきた。上っついた感情の欠片《かけら》もなく、ただ現実を見つめる目だ。亜美は変わったと琢磨は思った。変えてしまったのは自分なのだ。

「すまなかった」

と琢磨は詫びた。「もう一度やり直すことはできないだろうか」

琢磨を見つめる亜美の目に怒りが滲む。

「私はもう十分苦しんだわ」

「亜美――」

「もう嫌なのよ。あなたは、たまにどこかへ行ってしまう。見た目も声もあなたなのに、その体の中にあなたはいない。それがどんなに恐ろしいことかわかる？ もうそんな心配をしながら暮らすのは嫌なの」

今度は亜美が大きな声でいった。唇がわななき、涙を堪えて頬が震えている。そして目尻が下がり、訴えかけるようにして琢磨に問うた。その最後の瞬間にだけ、琢磨は以前自分を愛してくれていた女の残像を見た気がした。

「今のあなたは、本当にあなたなの？」

俺は本当に俺なのか――。

亜美の言葉は、琢磨の心に重く沈んだ。そう問われた瞬間、琢磨は返す言葉を失ってしまったのだった。

「おかえり」

夕飯の仕度をしている母は背中を向けたまま、抜け殻のようになった琢磨になにもきこうとはしなかった。

二階の自室に入った琢磨は、机上に、その日の午後届いたらしい封書が一通、載っているのに気づいた。

前に勤めていた会社からだ。

突如発症して、仕事も途中のまま退職した会社である。突然の便りに、琢磨は多少、緊張感を覚えながら封を切った。

すると、中から、また別の封筒が出てきた。

そこにも大間木琢磨の宛名がある。その封筒に書かれた住所は、琢磨がそれまで勤めていた会社のものだ。

その理由は、封筒のロゴでわかった。中央シティ銀行羽田支店。その右脇に捺印されていた赤い三文判は「安西」となっている。一昨日、琢磨が夢の場所を探しに出かけたときに出会った年配の女性だ。あの、どこかほっとする笑顔を見せてくれたひとである。

琢磨が出した古い名刺を見て、この手紙を出したに違いない。開封されずに琢磨のところへ転送されてきたのは、差出人が銀行ということで、プライバシーに関するもの、と思われたせいだろう。

中味は便せん一枚と簡単な資料だった。前文のあと、こんなことが書いてあった。

大間木様がお帰りになってから、もう一度、三つ葉銀行当時の資料がどこかにないかと考えました。

すると、あの資料の他に、当時、三つ葉銀行羽田支店に勤務していらした方からお借りしたものもあったと思い当たりました。

簡単なもので恐縮ですが、当店で主催した歴史展の出品リストを同封いたしました。これをご覧になれば、どなたが何を出品されたかわかります。中にもし必要な資料があるようでしたら、その方を訪ねてご覧になってはいかがでしょうか。

目録はA4のレポート用紙二枚に、ワープロで作成した簡単なものだった。

写真の類が多い。出品された品物ごとに番号がふられ、タイトルが記されている。「集合写真　昭和三十八年」とか「スナップ・支店の日常業務　昭和四十二年」といったふうである。

品目は全部で五十点ほどあるだろうか。

ざっと眺めた中に、相馬運送のことがわかりそうな資料は何もなかった。

夢で見た光景が、なぜ過去に現存した建物や地理的位置関係と一致したのか。それは未だ解けぬ謎として琢磨のなかでくすぶっていた。

あの夢で見た相馬運送は実在し、しかも倒産していた。

奇妙な話だ。

琢磨はベッドに仰向けに横たわり、その格好のままもう一度、念のために目録に記載された品名を眺めやった。だが、やはり琢磨の疑問を解消してくれそうなものは何ひとつ載ってはいない。

笑いが込み上げた。俺はどうしようもなく馬鹿なことをしている。そう思えてきたからだ。

だが、琢磨はその笑いを不意に引っ込めた。

ひとつ、手がかりを見つけたからだ。

品目番号五十七番、「記念撮影　三つ葉銀行入り口前にて。昭和三十八年一月四日」とある。一旦は見過ごしたが、いま琢磨はその提供者の名前に視線を釘付けにされていたのだった。

桜庭厚――！

「桜庭……。たしかその名前だったはずだ」

大仏顔に鋭い目をした男。夢で見た三つ葉銀行の融資窓口に座っていた男だった。

琢磨はベッドから跳ね起きると、階下へ駆け下りた。

「母さん――！」

「なんだい、騒々しいねえ」

「母さん、桜庭厚という名前、覚えがあるかい」

「桜庭？」

良枝はお玉を動かしながら、換気扇の回る辺りに視線を這わせた。首を捻る。

「知らないねえ」

「父さんが、話していたとか、そんなことはない？」

少し考え、さあ、と首を傾げる。

そして、琢磨は目の前に突きつけられた事実に、今度こそ説明不可能な驚きを感じた。

琢磨は桜庭厚のことを知っている。夢で見たからだ。

いや、ちょっとまてよ。同姓同名ということもあるじゃないか。

そのとき別な考えが閃いた。

「そうか、この記念写真を見てみればいいんだ」

桜庭厚という人物が提供していたのは記念写真なのだから、それを見れば記憶の人物と同じかどうかがわかるはずだ。顔は覚えている。だが、それよりも本人に会ってみればもっと簡単だと思い至った。

二階に上がり、桜庭厚という人の住所を確認した。

目黒区内。電話番号も添えられている。

琢磨は、一、二度大きな深呼吸を繰り返し、リストの電話番号にかけてみた。老齢の女性らしい声がでる。

「突然、お電話申し上げてすみません。私、大間木と申します――」

はあ、と相手は怪訝な声になった。

「中央シティ銀行羽田支店で行われた歴史展に桜庭さんが写真を出品されたと伺いお電話しました。実は、当時私の父が銀行でお世話になっておりまして、できればそのお写真を見せていただけないかと……」

そこまで言うと、少々お待ちください、という言葉とともに保留のメロディが流れ出した。

「はい、もしもし」

と多少せっかちな早口で出てきたのは、太く嗄れた男の声だった。

「私が出品した写真の件とか。どんなことですか」

口調には不審感が滲み出ている。琢磨は同じ説明を繰り返し、見せてもらえないか、と頼み込んだ。

桜庭厚は黙って聞き、ごほんとひとつ咳払いをした。

「私が出した写真は行員のものだけで、あなたの親父さんが写っているわけじゃないんだがね」

「当時、父が桜庭さんにお世話になったと聞いております。父は亡くなりましたが、生前のことを知りたいのです」

亡くなったと口にしたとたん、受話器の向こうですっと息が吸い込まれた気がした。

「亡くなった……？」

「五年前です」

沈黙。やがて、何で今頃、というつぶやきが続いた。

「見せていただけませんか」

「それは——ちょっと考えさせてほしい」

そう言って電話は切れた。

うまく行かないものだ。電話に出た桜庭は少々気むずかしい老人のようだった。受話器を置いた琢磨に、台所から良枝の声が聞こえてきた。

「あんたもしつこい人だねえ。頑固なところは父さんそっくり」

考えさせてくれと言われても、待つだけでは進展のあるはずもない。

翌日、琢磨が取った行動は、とにかく桜庭に会いに行くということだ。住所は、その出品リストでわかる。

東急線で渋谷まで出た琢磨は、井の頭線に乗り換えて駒場東大前で降りた。桜庭厚の自宅はその駅から近い閑静な住宅街にある。

門柱にあるインターホンを押し、応答した女性に琢磨は言った。

「突然、申し訳ありません。昨日、お電話しました大間木と申しますが、写真の件でお伺いしました。ご主人様はいらっしゃいますか」

やがて、電話できいたのと同じガラガラ声が出た。

「どういうことですか。考えさせてくださいと申し上げたでしょう」

桜庭は苛立っている。

「どうしても、見せていただきたいのです」

「だから、なんで。行員の写真を見てなんになるときいているんです」

桜庭の言葉は丁寧だが、口調は突《つ》っ慳貪《けんどん》だ。琢磨は写真一枚見せるのにごねるこの男に少し腹がたった。

「桜庭さんはその写真を展示会に出されたのでしょう。見せていただけませんか」

相手は沈黙し、やがてガチャリとインターホンが切れた。終わりかと思うと、洋風のドアが開いてサンダルを履いた男がぬっと顔を出した。歳は七十そこそこの、立派な体格をした男だった。グレーのスラックスに白いポロシャツという普段着だ。シャツの胸元から胸毛が覗いていた。大仏のような顔は幅広で、それに比べて目は小さい。

琢磨は、あっと声を上げそうになった。

写真で確認するまでもない。

あの男だ。

頭頂部は禿げ上がり、髪は両側の耳の上までしかない。だが、長い歳月も特徴ある顔の輪郭まで変えようもなかった。夢に出てきた桜庭厚のおよそ三、四十年後の姿が、そこにあった。

琢磨が少し頭を下げて挨拶すると、桜庭は玄関を出てこちらに歩いてきた。門扉を隔てて、対峙する。

「本当に写真を見たいだけなのかね」

「申し上げた通りです」

無遠慮な視線で頭からつま先までざっと眺めると、「いい歳の男がそんなことだけのために来るとは思えないんでな」と言った。

確かに俺は無職だよ、と琢磨は思い、逆に開き直る。

「ならば、ここで結構ですから、見せていただけませんか」

だめなら帰る。そのつもりで言うと、暫く迷った後、おもむろに桜庭は門扉の内側のロックを外した。

「どうぞ」

桜庭について家の中に入った琢磨は、玄関脇にある居間に通された。一旦奥へ引っ込んだ桜庭は、やがて目的の写真を持ってきてテーブルの上に置く。

「これかね」

セピア色の集合写真だ。

「昭和三十八年当時のものだ」

すると、中央シティ銀行で見た写真より、数年古いことになる。

それを覗き込んだ琢磨は、中にならんだ人々の顔を順番に見ていった。

思わず唸った。

間違いなく見覚えのある若い男の姿を、最後列の中央付近に見つけたからだ。鼓動が高鳴り、見間違えではないかと何度も目を擦ってみる。だが、間違えるはずもなかった。幅の広い大仏顔は、他の行員たちの中でも一際目立っている。

「こちらが、桜庭さんですね」

声が掠《かす》れた。琢磨の心境の変化を微妙に感じ取ったか、再び桜庭が身構えるのがわかった。

「それがどうかしたかね」

逆に問われても答えようもない。琢磨は動揺していた。すると桜庭が続ける。

「少し、気になるんだが、あんたの父上が勤めていたというのは相馬運送か」

「そうです。覚えていらっしゃいますか」

桜庭はじっと琢磨の顔を見て、うなずいた。そして、「似てるな。親父さんに」そう言った。

「だが、なんで今頃、こんなことを調べてる」

「それは、今ご説明するわけにはいきません。別にもったいぶるわけじゃないのですが、ちょっと変わった事情なので。ひとつだけ申し上げておきますが、桜庭さんがご心配されているような迷惑をおかけすることはありません」

「私がどんな心配をしているというのかね」

「ならばいいのです。迷惑をかけないということさえ、わかっていただけたら」

塚磨は言い、「桜庭さんが相馬運送を担当されていたのは、いつですか」と聞いた。

さて答えようかどうか、桜庭は逡巡を見せたが、まあいいだろう、というように話した。

「羽田支店への着任と同時だった。昭和三十七年のことだ」

「相馬運送は倒産しましたね」

面倒なことを言い出すのではないか、と疑う目が塚磨に向けられ、「した」と短い返答があった。

「いつか覚えていらっしゃいますか」

桜庭は唇をぐっと引き締め、悔恨にも似た表情をした。

「あれは確か、昭和三十八年の秋だったはずだ。父上はそのことを君に話さなかったのか」

塚磨はうなずいた。

「最近知りました。それで当時のことを調べていたのです」

「そんなことを調べて欲しいと父上は思わないだろう」

桜庭は言った。

「かなり苦労をしたらしいと母からは聞いています。桜庭さんにもご迷惑をおかけしたのでしょうか」

「倒産して人に迷惑をかけない会社はない。だがそれはあんたの親父さんの責任じゃない」

「倒産当時のこと、話してもらえませんか」

うんざりした顔つきになった桜庭だが、じっと返答を待つ琢磨の姿に、仕方がないな、と渋々口を開いた。

「あんたの親父さんは最後まで立派に頑張ってたよ。社長や役員の代わりに債権者に頭を下げ続けたのはあんたの父上だった。矢面に立ったんだ。責任感の強い人だった。――いつ亡くなられたんだっけ」

「五年前です」

答えつつ、琢磨は父の知らない一面を見つけたような気がした。

父は家庭を顧みない人だった。たまに遊んでくれた記憶がとても嬉しかったこととして鮮明に残っているのは、逆にその機会が少なかったことの裏返しでもある。品川の駅で手をつないで列車を眺めるとき、列車の名前を教えるのは琢磨の役割で、父はそれを頷きながら聞くのだった。

父はあまり感情を表に出すタイプの人間ではなかった。

その父が頭を下げて？　土下座でもしたのか……。

考えられない。

琢磨の脳裏に、夢に見た光景が蘇った。

「立ち入ったことを伺いますが、父は、桜庭さんに相馬運送の経営改善を提案しましたか。それが融資継続の条件だったのではありませんか」

桜庭は苦々しい顔になった。こいつ何を聞くのか、という顔だ。倒産の原因が桜庭にあるとでも言い出すのではないか、そんな危惧が顔に透けて出ている。

「さあ、どうだったかな。なんせ昔のことだ」

桜庭は警戒してぼかした。

「父から改善提案を社長に申し入れるようにと桜庭さんがおっしゃった」

刹那、桜庭の表情に軽い驚きが過《よぎ》った。

「君の親父さんは倒産のことを話さなかったと言ったな」

「母から聞いたもので」

琢磨は慎重に言葉を運んだ。

「それで、俺を恨んでるとでもいうのか。助けなかったから」

「いいえ。私は、そのときのことが知りたいだけです」

「あんたには関係のないことだし、今さらそれをほじくってどうなるものでもない。そうは思わんかね」

「どうなるものと思って伺っているのではないんです」

「あんたの言っていることはわからんよ。私のように長年銀行の実利主義につかった人間にはな。無駄なことをしているとしか思えんのだ」

「金を生まないからですか」

皮肉をこめて琢磨は言ったが、桜庭はこたえなかった。

金の問題じゃない。俺はいま、自分自身を発見するために、こうして桜庭と対峙しているのだ。あの夢の軌跡を追っているのだ。

琢磨は質問を変えた。

「相馬運送が倒産した原因はなんだったんでしょうか」

「それは難しい質問だな」

桜庭は腕を組み、右手の親指と人指し指で顎を支える仕草になる。そしてぎろりと琢磨を睨んだ。

「貸し渋り倒産だなんていうつもりはないよ、私は。あんたはそれを期待しているかもしれないが」

反論するかわり、琢磨は黙った。

「まあ、平たく言ってしまうと、時代に乗り遅れたというべきかな」

桜庭は言った。

「あんた、運送業界のことは詳しいか」

きかれ、首を振った。

「そうか。当時の相馬運送は、特定の荷主との関係が強かった。それはそれで良かったんだが次第に運送業が多角化してきて、長距離輸送を手掛け、百貨店の配送業務を請け負ったりというように、業態が多角化したとき、なんら次の手を打てなかったんだ。コストを削減するといった競争力の強化も遅れてしまった」

「父はそういうことに気づかなかったのですか」

実直だが、器用なほうではない。そんな父のことを思い浮かべながら琢磨はきいた。

「いや、あんたの親父さんはかなり危機感を持っていた。もう四十年近くも前の話だが、融資を担当した会社のことは忘れん。大間木さんは有能な男だったよ。だが、社内に共鳴する人がいなかった。これは不幸だ。社長はぐうたらでな。挙げ句、従業員の事件に巻き込まれたり。大変だったんだ」

「事件とはなんです」

気になってきくと、「あんたの父上が言わなかったことを、私の口からは言えん」と桜庭はそっぽを向いた。琢磨は落胆して、テーブルの写真に視線を落とす。ふと思い出したように桜庭がきいた。

「母上はお元気か」

「母のこともご存じなんですか。ええ、お陰様で」

琢磨は応えた。だが、母は桜庭のことは知らないと言ったはずだ。どうにも解《げ》せない。

「おいくつになられた」

「今年、五十九になります」

桜庭は、五十九、とつぶやき、おや、という顔で目を上げた。

「失礼、あんたの母上も以前、相馬運送におられた？」

「いいえ。母は父が再就職した鉄鋼会社で父と知り合ったんです」

「鉄鋼会社……？」

桜庭のなかで何かの行き違いがあったらしく、まじまじと琢磨の顔をながめた。そして、ああそうだったのか、と軽い驚きを含んだ口振りになる。

「なにか」

「どうも勘違いしていたらしい。気にせんでくれ」

そう言ったきり桜庭は早々にその話題を切り上げた。

「倒産したのは、お気の毒だった」

「回避することはできなかったんですか」

「俺にきくな」

桜庭は不機嫌にいい、煙草を点けた。考え、

「もっともっと新しいアイデアがあれば、倒産どころか発展したかも知れんな」

そんなことをいった。

「新しいアイデア？　それはたとえば、どんな」

桜庭は肩を竦《すく》めただけだ。

琢磨は金モールの制服のことを思い出していた。あの制服を着て小荷物を配達していた運転手のことも。琢磨の記憶にあるこの光景を、母の良枝は笑った。そう、母も言っていたのだ。宅配便が出来たのはずっと後のことだと。だが、確かに琢磨の記憶のそれは宅配便の配達風景なのだ。オレンジ色のトラックに乗った金モールの配達夫の記憶はいつの頃からか琢磨の記憶に居座り続けているのだった。

琢磨の奇妙な夢に出てきた銀行員は琢磨が本気で考えているのを見て、ふんと笑って肩をゆすった。

「どんなアイデアにしても、いまさら仕方がないんだよ。後知恵では意味がないからな。白状すると、俺だって、そんな思いつきなんぞ露ほどもなかったんだ」

桜庭はそこで腰を浮かし、短い鼻息をもらした。「もういいだろう。気は済んだかい」

それで短い会見は終わりだった。

3

その日、午後七時過ぎに会社を出た大間木史郎はまっすぐに自宅アパートに戻った。アパートは京浜電鉄穴守線の大鳥居駅から徒歩十分の木造二階建てだ。会社からだと徒歩五分の距離である。職場に近いことだけを条件に選んだだけに、商店や工場が入り交じった準工業地帯の真ん中にあってお世辞にも環境はいいといえない。

着替えもそこそこに革靴を運動靴に換えると、近くの理髪屋が昨年畑を潰してつくった駐車場に入れてある車へと向かった。

車は中古で買ったクリーム色のスバル360だ。車好きというのは往々にして背伸びをして高級スポーツカーなどを買いたがるものだが、史郎はその点、実直さを反映させて給料相応の車にしか手をださなかった。ついでに言うと、格好を付けなければならない相手もいない。

ツードアの軽自動車は赤茶けた街灯の光を背に浴びながら、どこか愛嬌のある風貌で鎮座している。フロントラインからリアにかけた流線形の膨らみが、史郎は気に入っていた。太い白ラインのはいった黒光りしたタイヤに、ぴかぴかのホイールキャップがまだ新車の面影を残している。

多少窮屈な運転席に座ってエンジンをかけた。

いつも職場で聞き慣れている野太い野性味のあるディーゼル・エンジンとは違う、空冷二サイクル、十六馬力の軽快な音がフロント・パネルの向こう側から伝わってくる。風を取り込むために窓を全開にしてから、史郎は、なにか慈しむものでも眺める眼差しで燃料計や温度計が上昇していく様を見つめた。

行き先は厚木。浜北物産という荷主の倉庫だ。

今夜、平と片岡が乗ったBT21号車が向かうのがその倉庫のはずだった。

この一ヵ月ほど、史郎は21号車の運行記録を秘かにとり続けていた。一ヵ月前といえば、倫子を運転手控え室で見かけた頃である。あのとき抱いていた平と片岡への不信感は、その後も史郎の胸から消えることはなかった。

それ以来、走行距離の異状はない。

「平もばかじゃない」

あのとき平も気づいたはずだ。史郎が何かを疑っていることを。

それから史郎はそれ以前の走行記録を洗ってみた。ほぼ一週間単位で記録されているBT21号車の走行距離は、たまに説明できない伸びを示していることがある。荷主とターミナルを往復しているだけでは説明できない距離。その距離になにか秘密があると史郎は踏んだ。

「今日は遅れるなよ」

その日の午後、ターミナルを歩いていた史郎は、ＢＴ21号車の前でぼんやり空を見ながら煙草をふかしていた平に声をかけた。

よからぬ考え事でもしていたのだろう。急に話しかけられて取り乱した様子の平は、背後に立っているのが史郎と見て、にやけた笑いを浮かべて見せた。

「またまた。いつも遅れないように努力しているつもりですがね」

史郎は黙って手にしていた運行表に目を落とした。厚木にある取引先の名前がそこに書いてある。集荷した後の帰着予定時刻は午前零時だ。

「たまには一緒に、ついてってやろうか」

平の笑みが消え、かすかな狼狽が過った。

「ご、ご冗談。そんなことしていただかなくても、大丈夫ですぜ」

「浜北物産の荷物は出来上がってるそうだ。積み込み作業ははかどるだろうよ」

浜北物産は創業以来の荷主だ。集荷の遅れを懸念している史郎は、当日の朝、荷主に電話をして荷物の出荷がトラックに間に合うように頼むようにしていた。浜北にもそれは確認してある。

平は笑いをひっこめたまま突っ立っていた。

「月半ばで道も空いてるだろうしな」

平は曖昧な返事を寄越しただけだ。そのとき、平の背後からのそりと片岡が姿を現し、背後に立った。片岡は相変わらず得体の知れない闇を目の中に飼っている。

「あとはこのオンボロ次第で」

平はそういってＢＴ21号車の突きだしたボンネットをぺたぺたと叩く。

「たまに故障することがあるんでさ」

何かたくらんでるな、と史郎は思った。下手な伏線をはってやがる。嘘をつくのならもう少しましな嘘をつけよ、平。

史郎は拳を口にあて、ひとつ咳払いした。そして、自分としては珍しい機転を利かせたのだ。

「俺は今日用事で早く帰らなきゃならん」

その瞬間、平が見せた安堵を史郎は見逃さなかった。

「だから、遅れないよう頼む。集荷の遅れは業績に響くからな」

平はこすっからい笑顔になって煙草を持ったままの指で額をこすり、

「会社がつぶれちゃかなわねえや」

と破顔したのだった。

もとより、平にせよ片岡にせよ、問いただして口を割る相手でもない。それなら奴等の仕事ぶりをこの目で見てやろうと、史郎は思った。何事も自分の目で確かめないかぎり納得しない頑固さは生まれつきだ。

尻尾をとっつかまえてやる。

スバルのエンジンをかけた史郎は糀谷町三丁目にあるぬかるんだ駐車場を出ていった。開け放った窓からは、肌に張り付くような生ぬるい風が入ってくる。もう六月も半ばだ。

糀谷町三丁目の駐車場から産業道路へ出た。南下し、相馬運送手前五十メートルほどの路肩、重たい夜空の下で止め、エンジンを切る。あとは待つだけだ。

BT21号車の出発予定時刻は七時半。あと十分足らず。固いシートにかけたまま、煙草に火を点けた。待っている間に一台、トラックがウィンカーの橙色を煌《きら》めかせながら出ていったが、BT21号ではない。相馬運送では現在約六十台の大型トラックを所有しているが、BT21はそのうちで最古の一台だった。平が、「このオンボロ」と言ったのはその意味で正しい。たまにエンジンの機嫌が悪くなることも事実だ。

予定時刻を数分過ぎたとき、相馬運送の敷地から、見慣れたボンネット型のエンジン・ルームがぬっと現れた。運転席の平の表情までは見えない。史郎はスバルのエンジンをかけ、目に染みるようなオレンジ色のウィンカーを出した21号車が道路を強引に右折するのを見届けるとギアをローに入れた。

平も片岡も、スバル360が史郎の車とは知らない。従って、顔を見られない限り気づかれる気遣いはなかった。それでも念には念を入れ、平のトラックとの間には二、三台の車を挟んだ。追走するのはそれほど容易ではない。

糀谷から羽田界隈の町並みを抜けると多摩川の川面が見えてきた。両側に広がる工場群からこぼれる光を虚ろに反射させた流れは、粘土のように重く鈍くうねっている。大師橋の橋架が灰色の空にかかっていた。それを渡ると対岸は川崎だ。

京浜工業地帯を縦断する産業道路を生麦近くまで南下した後、BT21のウィンカーが光った。厚木方面へと鼻先を向けたのだ。ここまでのところは、順当な道順だ。

「思い過ごしか」

今夜はなにもないかも知れない。史郎は数十メートル先を幌を揺らしながら走っているBT21号車を見ながら思った。だとすれば、多忙な折り、とんだ取り越し苦労をしたことになるが。

生麦付近まで一時間、そこからさらに一時間近く走って、平がハンドルを握るトラックは工場団地にある倉庫のゲートをくぐっていった。

史郎は殺風景な塀が建ち並ぶ道路脇にスバルを止め、エンジンを切った。

星の無い空に、工場の煙突は巨大な触角のように突き出している。パルプの臭気にまみれた周囲には、静けさの奥底に秘められた空気の微妙な振動がある。塀ひとつ隔てた内側で呻りを上げる大型機械の顫動《せんどう》は、単なる静謐《せいひつ》とは別の息遣いで史郎を包み込んでいる。史郎は産業のふところに抱かれながら、窮屈な運転席で息をひそめた。積み荷の搬入には最低でも三十分はかかるはずだが、飯を食う暇が無かったので、空腹だった。すでに工場の交替勤務時間から外れているせいか、団地内を歩いている人の姿はほとんどなかった。

待つしかない。

工場団地の空間を埋めるように、柳が一定間隔で植樹されている。その垂れ下がった葉が時折吹く風に思い出したように揺れるのを眺めながら待つ。

腕時計の針が九時半を回った。そのとき、三十メートルほど向こう、突き当たりにある倉庫の壁面をまばゆい光が染め上げるのを史郎は見た。運転席側の開け放たれた窓から、がらんがらん、と見えないドラム缶を転がすような音が聞こえ始め、エンジン・ルームを装飾する銀のモールは、暗色の水底で一瞬銀の腹を見せた魚のように煌めいた。凶暴なヘッドライトの光芒がスバルのフロントガラスを照射し、灰色の夜の底にひそんでいた史郎をまばゆい光の海へ放り出した。

眩惑され、ただまばたきを繰り返すばかりとなった史郎の耳元で、疾走していくボンネット・トラックが轟然と唸りを上げる。

視力が戻ったときに捉えたのは、バックミラーに映った巨軀だ。最初の角を曲がっていく。

「くそっ」

急いで小型車をターンさせた。急ハンドルをきりながら床までアクセルを踏み込む。浮き上がった後部車輪を空回りさせ、焦げるゴムの匂いとともに史郎の体を車ごと前方へ押し出す。ぎゅーん、とエンジンが悲鳴を上げ、ピストンが丸いボンネットから突き出すのではないかと思うほど回転しているのが目に見えるようだ。

「こら、いけ、走れっ」

痩せ馬の手綱を握る調教師よろしく史郎はハンドルを握りしめ、車より顔が先に行くほどフロントガラスに突き出した。BT21号の姿は前方の交差点を右へ曲がっていった。アクセル全開。七十キロを超えてがたがたと揺れだした車体は安定感の欠片もない。史郎の全身からだらだらと冷や汗がしたたり落ちるのがわかる。

交差点を曲がると、遥か先にBT21号車のテールランプが見えた。

碁盤の目のように区画された工場団地を抜けると、BT21号は北上するルートをとって道路をひた走りはじめた。予定にないルートだ。

道路沿いの商店や工場が次第に少なくなり、やがて民家がまばらに見えるだけの道に変わった。気づかれないよう、たっぷりと距離をとりながら追走する史郎の胸に湧き上がった疑惑は、どんどん膨れ上がっていく。奴等、いったいどこまで行くつもりなんだ。

そのとき——。

「きやがった」

フロントガラスの視界を滲ませたのは、ぽつぽつと降り出した雨だ。やがて前方に白い靄のようなものが見えたかと思うと、だしぬけに土砂降りの雨の中へ突っ込んでいた。

「くそっ、こんなときに」

歯ぎしりしながら窓を巻き上げた史郎の視界から、BTのテールランプが消えた。スバルの心細いヘッドライトが、センターラインも無い簡易舗装の道路を打つ雨脚を無数に映し出している。ちっぽけな天井を叩く雨音がいまや史郎の頭の隅々まで埋め尽くし、方向感覚までも鈍らせていく。

非力なワイパーが左右に動いているだけのフロントガラスに、顔を押しつけんばかりに近づけ、ヘッドライトの先に目を凝らす。車ごと流されそうな雨に、史郎はさらに速度をおとした。スピードメーターの針は二十キロ前後を行き来し、それでも極端に悪い視界に、やむなく車を路肩に寄せるしかなかった。ヘッドライトを消すと同時に闇にのまれる。手探りで車内灯を点けた。

赤茶けた光だけを頼りに、地図を広げる。

ここは、どこだろうか。

正確な場所はわからないが、おそらく相模原郊外だろう。このひどい雨に出くわす前に、道路脇にはキャベツ畑が広がっていた。辺りには街灯もない。国道を外れ、田舎の一本道をひた走って出くわした雨のお陰で、史郎は自分の居場所すら正確に把握できなくなっていた。

「くそったれが」

BT21号車の追跡は、もう無理だろう。

再び車のエンジンをかけ、史郎は徐行を始めた。そうして五分も走っただろうか。唐突に視界が開けたかと思うと、煩《うるさ》いほど屋根を叩いていた雨音がぱたりとやんだ。

「通り雨か」

フロントガラスに残ったわずかな雨滴をワイパーが払った。すると、まるで何事もなかったかのような平穏な夜がそこにあった。

BT21号車の姿はもうどこにも見当たらない。

小一時間も田園風景の中を彷徨《さまよ》い、近くの県道へ出てようやく見つけた商店に、赤いポストがかかっていた。車を降りて覗き込む。住所は相模原の外れだ。八王子の近く。すると荷主の工場から二十キロ以上走ったことになるのだが、いったい平たちはどこまで行ったのだろうか。今さら確認する術《すべ》もない史郎は、地図を頼りにスバルの鼻先を東京へと向けるしかなかった。

ひとつ確かなのは、平と片岡の二人が正規の運送ルートから逸脱してどこかを経由したということだ。しかし、その事実を直接二人にぶつけるべきかどうかは思案のしどころではないか。「今度行く予定の道を見ておこうと思いまして」。あいつらのことだ。そんな言い訳なら、口から出まかせに幾らでも出てくる。事実、相模原方面に物流の拠点を置く荷主は少なくない。

結局、史郎が大田区糀谷まで帰ったのは深夜一時を過ぎていた。

自分のアパートに車を置き、部屋に戻ることなく相馬運送へ向かう。

ＢＴ21号車はすでに戻って、いま慌ただしい積み荷の搬出作業の真っ最中だ。その進み具合から見て、まだ帰着して間もないことを悟った史郎は、運転席の脇で煙草をふかしていた平に声をかけた。

「いつ戻った」

ぎくりとして振り向いた平の目に疑心が滲んでいた。

「十二時頃だったかな。なあ、片岡」

フェンダーのタイヤカバーに体をもたせかけた片岡が、そうすね、とどうでもいいことのように答える。史郎はだまってＢＴ21号車に近づき、エンジンカバーにそっと手のひらを近づけた。

熱い。

「嘘をつけ」

「あれ。おかしいな」

とぼける平に、遅着の原因は、と問う。

「近道があるって他人から聞いたんで走ってみたんですが、こいつがとんだ遠回りでして」

なあ、と傍らの片岡の横顔に相槌を求める眼差しが鋭い。片岡からは、そうすね、と気のない返事があった。

「どこの道を通った。相模原か」

さっと片岡の顔が動いたが、史郎に視線を合わせようとはしなかった。平は浮かべていた愛想笑いを消し、探る目つきで史郎をとらえた。

「まさか、海っぺたのほうっすよ。相模原じゃ、反対方向だ」

史郎は応えず、ドアを引き開けて運転席に上った。強い煙草の匂い。真ん中にある灰皿に両切り煙草が溢れんばかりになっている。走行距離計を読み、史郎の予想通りそれが数十キロ余計に回っていることを確認し、イグニッション・キーを電気系統がオンになるところまで回した。

史郎の眼前で燃料計の針がゆっくりと上昇していく。それが期待したレベル以前の水準に止まるのを見届け、「燃料だってただじゃないんだ」と小言を言った。実際、BT21号車の収益性は低下している。荷主からは運送代を叩かれ、反面、燃料費は上昇しているわけだから当たり前である。この車の運行には平と片岡、それに二交替の別組で和家と下田が乗り込んでいるが、こいつらの給与は残業代で上がることはあっても下がることはない。

史郎は、ゆっくりと搬出作業の行われている荷台のほうへと回ってみた。荷扱いの連中は、仕事の上がりが一時間遅くなったからといって不満を口にすることはない。待つのも勤務の内だ。文句が出ないのは、残業が増えて手取りの給料が増加するからだった。運行の遅れは、結局人件費の支出増になる。そのような無駄なコストの積み重ねが、経営を圧迫する要因となるのだ。

慌ただしい作業を目で追う史郎を、平と片岡がひそかに観察している。早く立ち去れ、と言われている気がして不愉快だった。

「見てないでお前らも手伝え。残業分、給料からさっ引いてやろうか」

渋々煙草を足でもみ消した二人を睨み付けたとき、史郎はあることに気づいた。

幌が濡れていない。

まさか。

排気と埃で薄汚れた布をそっとなぞった指先に、細かい埃の粒子が付着してきた。それは乾ききって、こりこりした固い感触を伝えてくる。

「おい、平」

ぴたりと小男の足が止まり、不安げな表情が振り返った。

「雨、降らなかったか。土砂降りの雨だが」

雨？　平は繰り返した。

「そんなもん、降りませんぜ。ずっとこんな天気でさ」

重たい夜空を煙草でひょいと示し、史郎が触っている幌を鼻で指す。

「濡れてないっしょ」

そうなのだ。史郎は運転席側に回って、高いところにあるフロントガラスを見上げた。ワイパーを動かした痕が無い。妙だな。自分のつぶやきは意図せずして唇から忍び出た感じだった。見つめたボンネットの先端にあるBT21のエンブレムが、倉庫の明かりを受けてきらりと光った。

翌日、寝不足と疲労をひきずって午前七時に出社した史郎は、溜まったままになっている書類を片づけにかかった。

神経が高ぶり明け方まで眠ることができなかった史郎だが、それでも生来の几帳面さでいつもと同じ六時には布団から這い出し、おひつの残り飯で沢庵と茶漬けの朝食をとって会社まで歩いてきたのだった。

それにしても、昨夜の一件はどうにも理解し難い。不可解でいくら考えても平仄《ひょうそく》が合わないものに思える。だが、それにある程度納得できる解釈を与えたのは、今朝出がけに聞いたラジオのニュースだった。昨夜、相模原方面で、局地的な通り雨があって農作物が被害を受けたというような話だった。

思い出したのは少年時代の体験だ。ある日学校の校庭で遊んでいると、ざーっ、という音とともに猛烈な通り雨がきた。大粒の雨が史郎の顔や体を叩き、あっという間にずぶ濡れになる。ところがその雨は、校庭の半分にだけ強烈に降り注いでいたのだ。友達の何人かはわざわざその境界線まで走っていって、その不思議な現象に大いにはしゃいだ。

雨を降らしているのは、上空の低いところにぽっかりと浮かんだ小さな雨雲だった。やがてそれは校庭を横切っていくと、隣接する民家の洗濯物を吹き飛ばし、激しく屋根を叩いて移動し、見えなくなった。後には再び夏の強い陽射しが照りつけ、あっという間に出来た水たまりをきらきらと反射させる。神様の悪戯のようだった。乾ききった大地に、見えない如雨露《じょうろ》で水を撒いたのだ。

昨夜の雨がこうした通り雨だったとすれば、ＢＴ21号の幌が濡れていなかったことも説明が付く。天候までもが史郎の追跡を邪魔したのだ。

誰もいない事務所の窓を開け、背後のベニヤ板の高いところにある扇風機の紐を引いた。小さな羽が回りだし、首筋のあたりで生ぬるい風をかき回し始めたのを感じながら、史郎は、昨日いつもより早く退社したために処理していない伝票を机に広げた。

この時間から午前九時までの二時間は、荷主からの問い合わせもほとんどなく、誰にも邪魔されずに仕事に没頭できるゴールデン・タイムである。これを逃すと、あとは電話の応対やなにやらで集中して仕事をこなす時間は夜遅くまでやっては来ない。昨夜のように夜の七時に帰ろうものなら、未処理書類の山はそのまま翌日へ持ち越しだ。

暫くの間、史郎は仕事に没頭した。この調子でいけば、休日出勤しなくても遅れはなんとか取り戻せそうだ。そう思ったとき、「すみません」という女の声が史郎の仕事を中断させた。

事務所のガラス扉を少しだけ開け、花柄の白いワンピースを着た女性が立っていた。色白の小柄な女性だ。髪をひっつめにし、薄く化粧をした額の下の生真面目な瞳と見合うと、小さなお辞儀をひとつ。女は、手編みとおぼしきショルダーバッグを肩からかけていたが、そのとき史郎はその紐をつかんでいる小さな手に気づいて、おや、と思った。立ち上がると、幼稚園ぐらいの女の子が、不安そうな顔で史郎のほうを窺っているのが見えた。

「なんでしょうか」

女性と女の子の取り合わせは運送会社の客としては珍しい。史郎が出ていくと、それでようやく女は入り口のガラス戸をがらがらと自分が通れるほどまで開けた。見ていて焦《じ》れったくなるほど遠慮がちな態度だ。

「あ、あの、表に、せい――正社員募集の貼り紙があったもんですから」

こちこちに緊張した様子で、彼女は言った。

「はあ」

それがあまり予想外のことで、史郎はハンカチを持ったまま両手を前でもじもじさせている女を見つめた。確かに、その貼り紙はしてある。他ならぬ史郎が貼ったのだから承知してはいるのだが、同時に「男性に限る」という文言も入っていたはずだ。彼女はどうやらそれを見逃してしまったようだった。

「経理の仕事ですよね。それなら、男の人じゃなくても――できると思うんです」

募集の条件を話すと、意外な反論があって史郎は面食らった。まるで自分に言い聞かせるような言い方には、どこか決意めいたものを感じる。困った史郎は、こんなところで話すのはなんですからと、とりあえず奥へ招じ入れ、片隅にあるソファを勧めた。

事務所にある古い冷蔵庫に麦茶がある。コップに二つ作って女性と女の子の前に置いた。

「経理のご経験はあるんですか」

女は、あります、と答えた。

「どちらで」

「——以前、勤めていた会社で、経理の補助をやっておりました。運送会社です」

史郎は改めて俯き加減でハンカチを握りしめている女性を眺めた。相当のはずかしがり屋さんらしく、史郎と目が合うとさっと逃げるように視線を逸らす。

「どちらの会社ですか」

「山口県です」

女性の言葉にある訛に史郎は気づいていたから、なるほど、と思った。「遠いところですね」と言い、さてどうするかな、と思案する。いずれ史郎の仕事を分担できるような男性社員を採用したいというのは史郎自身の考えだった。社長の相馬にもそう説明してはあったものの、適格な応募者がないのであれば元も子もない。それに、この女性が言うように、男じゃなくてもできると言われればその通りなのだった。傍らにちょこんとすわったおかっぱ頭の女の子が、史郎の出した麦茶を美味しそうに飲んだ。

「母さん、おいしいよ」

史郎は女の子に微笑みかけた。

「その会社には何年ぐらいお勤めになったんですか」

「七年です。高校を出てずっと、そしてこの子が生まれていったん退職しましたが、その後臨時給で」

女の子はコップを両手で持ったまま、母親と史郎とを交互に見ている。

「東京へはご主人の都合で越して来られたのですか」

女は黙って女の子を手元に引き寄せると、目を伏せた。

「主人は亡くなりました」

臆病そうな女が見せた決意の理由を、史郎は察した。山口県から親戚を頼って上京したのが一週間前。それからずっと仕事を探していたのだという。そして偶然通りかかった会社の前で経理の求人広告を見たのだった。

「女性でもいいか、採用担当の方にお伺いしようと思いまして」

史郎は机の中から名刺を一枚とってきて彼女に差し出し、自分が採用担当だと告げた。彼女は恐縮し、失礼しました、と居住まいをただす。そんなに固くならないでいいですから、と史郎は笑って見せ、「とりあえず履歴書を出してくださいますか」と言った。

「今日中に必ず持って上がりますから」

女の子の手を引きながら帰っていく彼女の後ろ姿を二階事務所の窓越しに見送った史郎は、気の毒になってひとつ溜息を洩らした。経理補助としての経験は十分なのだから、採用してもいいと思う。だが、相馬がなんと言うか。

昼近くに出勤してきた相馬に相談すると「女に務まるのか」ときいてきた。

「務まらないことはありません」

「じゃあ何が問題なんだ」

逆に問われ、史郎のほうが返答に窮する。

「一応、男性社員に限る、と条件を出していましたから」

別にいいじゃないか、と拍子抜けするほどすんなり決裁は下りた。

午後、史郎は彼女の名前を知った。

竹中鏡子《たけなかきようこ》、二十九歳。女の子の名前は、可奈子。羽田一丁目のアパートに住んでいた。

「多摩川が見えるんです」

履歴書を前に改めて面談した史郎は、そのときだけ一瞬目を輝かせた鏡子の表情がやけに印象に残った。美しい人だな。そう思ったからである。だが、さらにその美しさが際だったのは、「では、当社で働いてください」と採用を告げたときだった。

そうして竹中鏡子は相馬運送に入社し、同日付けで総務課に配属された。昭和三十八年六月十二日のことである。同じ日、四歳になる竹中可奈子は会社近くの糀谷保育園に入園、竹中親子の新しい生活が始まった。

第三章　秘密

1

琢磨は再び金モールのはいった制服を手に取った。釈然としない思いがあったからだ。もう一度やってみれば何か納得できる結論が得られるかも知れない。午前零時を過ぎ、母はすでに就寝している。

琢磨は、制服に袖を通した。

たちまち頭の中を埋め始めたのは、潮騒の音だ。いや、潮騒ではない。次第に大きく聞こえ始めた音は、かちかち鳴る硬質な音を含んでいた。洗われているガラスのコップ同士が小刻みにぶつかり合う音だ。

キュッ、という音とともにそれが止まると、ぱたぱた、という軽い足音を聞いた。

「大丈夫ですか、大間木さん」

視界が滲んでいる。大間木さん、と声をかけられ、思わず応じようとした琢磨に代わり、胴間声が応じた。今や疑いようのない父の声だ。

「くそっ。突然、きやがった」

父はいい、覗き込んできた女性の心配そうな表情をまっすぐにとらえた。初めて見る女性だった。父は彼女の目を見た。綺麗で、濁りのない、それでいてどこか強い芯を感じさせる目がこちらを向いている。歳はたぶん、三十前——そう琢磨は考える。

考える?

俺はいま考えている。自分の意思を持って。

制服を着た途端なぜか脳裏に去来する過去の光景。父史郎の視点を通して流れていった様々な日常を、疑念と自己への不信に苦しみ、ただ持て余した前回。だが、二度目の妄想に彷徨《さまよ》い込んだいま、琢磨に生まれたのは「どうせなら見てやろう」という開き直りだった。不可解ながらもそれが、自分自身の意思を感じ取る冷静さにつながっていた。

琢磨の視界に、キーホルダーにぶら下がった鍵が現れた。父の手のひらに握られたそれには、「BT21」のタグがついている。事務所の壁に何十ものフックが並び、鍵がぶら下がっているのが見えた。

父の目を通して見る相馬運送の事務所は昔ながらの木造社屋だが、それほどの古さを感じさせないのは実際に古くないからだ。なにしろ、琢磨が彷徨っているのは昭和三十年代の記憶らしいから。

「竹中さん」

さっきの女性が振り向いた。竹中さん、か。父の視線がすばやく顔と胸とを往復したことに気づいた琢磨の意識はにんまりした。それから階段を下り、琢磨が生きる時代ではもう見られなくなった旧型のトラックが並ぶターミナルへ降りる。父が真っ直ぐに歩いていったのは、手前に駐車している一台だ。

父はトラックの近くまで来ると、全体を眺め渡した。今では珍しいボンネット型のフロント部、やけに直線的で飾りのない荷台。トラックは隅々まで綺麗に磨き上げられていた。トラックの正面に回って堂々たる風貌を凝視すると太陽の光を反射させているエンブレムに指先を触れた。それは鉄で出来た実用品に唯一許された装飾だ。

琢磨は、トラックに対する父の愛着を察した。

と同時に、なにか特別な――たとえば畏怖のような感情を抱いていることも。なぜそう思うのか説明するのは難しいが、親子間だけにわかる機微で、琢磨にはそんな気がしたのだった。

博物館にでも飾ったら。琢磨はそう考えてみた。すると――、

「博物館、か」

父の呟きが聞こえた。まるでいまそれを思いついたとでも言うように。

「いずれ、こういうのも珍しくなるだろうな」

そんな独り言を言う。

俺の言うことが聞こえたのか?

いや、聞こえるはずはない。これは琢磨の脳が作り出している映像だからだ。聞こえるはずはない。でも――。

父は運転席に上り、キーを車に差し込む。

そのとき琢磨はもう一度、別な言葉を囁いてみた。心をこめて。その言葉を。

キーを回そうとした父の動きがとまった。視線がフロントガラス越しに見えている敷地の何でもない一点を見つめる。

もう一度琢磨は告げた。今度はより大きな声で――いや、強い思念をもって、そう言ってみた。

視線の動きが止まった。琢磨の意識は、息を呑む。父が考え込んでいる。考えている。その声がやがて琢磨にも聞こえてきた。きれぎれの音となって、届いた。

「宅配、か」

父の声が聞こえた。

「そうか――!」

そこで一度ぴたりと静止した視界が、ぐらりと揺れた。運転席を飛び出す。がたっという衝撃が視界を揺らし、次に空が見えた。続いて、「いてっ」という声。

「なにやってんだよ」

その声は不意に琢磨の頭上から降ってきた。途端に映像が中断する。子供の頃観に行った映画館ではよく突然、フィルムが切れたっけ。それと似ている。暗くなった視界は、やがて見慣れた部屋の光景に変わり、そこに半分泣いている母が琢磨を覗き込んでいた。

「勘弁しておくれよ、琢磨ったら」

琢磨にとって日常生活の最たるものである母が、泣き出さんばかりの顔でこちらを覗き込んでいる。

理由はわかっていた。

この服だ。また見つかっちまった。琢磨はよからぬことをしている場面を母に見咎《みとが》められた子供のような気分になった。金モールが入った制服を着て、ベッドに横たわっていたのである。良枝にしてみれば、また息子がおかしくなったのではないかと心配するのは当たり前だった。

「あんた本当に大丈夫なのかい。ねえ、正直に言っとくれよ。琢磨ったら」

琢磨はベッドから起きあがると、制服を脱ぎ、ハンガーにかけた。

た。

「大丈夫だと思う」

自分でも百パーセントの自信はないので「思う」だ。起き上がると、母は威圧されたかのように、二、三歩後ずさり、こんなもの引っぱり出して着ちまってさ、と詰《なじ》った。

「実験してただけさ」

良枝はぽかんとし、それから疑わしげな表情になって「何の実験だい」ときく。

「大したことじゃないさ」と琢磨は言い、カーテンを開けた。

「俺、よく寝てたかい」

窓から近隣の家並みを眺めながら、立ち去りかねている良枝にきいた。

「うなされていたようだから見にきたんじゃないか」

琢磨は夢のようなもの、の世界にいた。夢のようなもの、は夢ではない。ただ、タイム・スリップというようなものでは決してないと琢磨は考える。自分の肉体は現実の世界にあるのだし、過去の世界をのぞき見るのは肉体でなく精神のほうだ。精神は脳の働きで、全ての世界は自分の脳にあるのだと、精神の病に苦しんだ二年間で琢磨は悟ったのだった。

何か、医学的な説明が可能かも知れない。だが、たったいま自分が見てきた世界のこと、どうすればそこへ到達できるか——実はそれが琢磨のしていた実験で、金モールの制服を着るというばかげた行為の理由なのだが――それを人に話そうとは思わなかった。もう病院には戻りたくない。

そんなことを考えながら、琢磨はひとつ思い出したことがあった。

大学時代の友人が、いつか琢磨に話してくれたことだが、その友人には、全く現実にそぐわない記憶があるというのである。彼はある地方都市の出身なのだが、幼い頃、家の前の道路を路面電車が走っていく記憶を持っていた。「綺麗な青色の電車で、パンタグラフみたいなものが屋根から突き出して、電線が揺れてた。空を見上げると、蜘蛛の巣みたいに電線がかかってるのさ」そう話す友人の記憶はやけに鮮明で、それが琢磨には印象深かったのだが、その友人は最近、路面電車の廃止が自分の生まれる十年も前のことだと知ったというのである。

「つまりだよ、俺が路面電車なんか見てるはずがないわけだ。それなのに俺にはその電車を見ていた幼い頃の記憶がはっきりと残っている。しかもそれは、時折思い出す俺としては馴染みの記憶なんだよ」

いまでも路面電車が走っている都市は地方に少なくない。他の町へ行ったときに見たものを自分の町と勘違いしたんじゃないか、とそのとき琢磨は言ってみた。友人は首を振り、「電車だけじゃないさ。電車が曲がっていった街角には、いつも行く駄菓子屋があって、道路の向こう側の町並みはいまでもあるんだからな」

そう言い返されて言葉に窮した琢磨に、その友人はこんなことを言った。

「記憶っていうのは、遺伝するのかも知れない。つまりだ、この記憶そのものは本物だが、見たのは俺じゃなく、俺の親父だったり死んじまった爺さんだったりするわけだ。この人達が持っている記憶がそのまま俺の脳に埋め込まれ、物心つくと同時に自分自身の記憶と同様に認識される」

まさか、と笑う琢磨に友人は真剣な顔になって力説するのだった。

「進化の歴史を考えてみろよ。何世代にも亘って環境に適応する形に変化するのは、前の世代の経験が情報として次世代に組み込まれるからだろう。だったら記憶という、よりリアルなものが次世代に伝わったっておかしくないんじゃないか」

おかしいよ、それは。真顔の友人を小馬鹿にした琢磨だったが、いま同じ状況に置かれたら笑い飛ばすだけの余裕があるか。逆に、思わず大きく頷いてしまうような気がする。そのときには気づかなかったが、琢磨自身、宅配便のトラックを見かけた記憶が時代錯誤であったことを先日知ったばかりだった。

記憶が遺伝情報として伝わるかどうかは別にして、その友人の体験と琢磨自身の体験が異なるところもある。それは友人の記憶が過去の一場面という極めて限定的なものであるのに対し、琢磨のそれはもっと長くリアルで、しかも金モールの入った制服という小道具を使うことで体験できる点だ。

自分は、父、大間木史郎の情報を共有している。

それはどうやら事実のようだ。

そう認めてしまうと、別な考えも浮かんだ。

情報はただ共有されるだけだろうか、変化したりしないのかという点である。

2

それはまるで神が史郎の耳元でそっと囁いたようだった。まったく新しい。意表を突かれた。唐突に湧いて出たアイデアにあっけに取られた史郎は、トラックの運転席から降りようとして足を滑らせたほどだ。

「なにやってんだよ」

女の声が耳元で囁いた。誰だ？　史郎は首を回した。しかし、地面でしたたか尻を打ち付け、またしても痛みで涙が滲んだ視界には誰もいなかった。空耳か。空の荷台と本日交換予定の摩耗しきったタイヤ、その向こうに事務所棟からターミナルへ渡る廊下が見えた。廊下は小学校にある渡り廊下そっくりで、トタン屋根のひさしがついている。

史郎は痛む尻をさすりながら立ち上がると、事務所棟の階段を一目散に駆け上がった。

「どうされたんですか」

慌てた史郎の様子を見て、竹中鏡子が驚いた顔を上げた。

「思いついたんですよ。新しい事業計画のアイデアを、思いついたんです」

そこまで言ったところで、史郎は鏡子にアイデアを聞いてもらいたくて自分が走ってきたことに気づいた。鏡子は、「まあ、それは良かったですわね」と言い、まるで悪戯《いたずら》な男の子がカブトムシを捕まえたと言いに来たのを嬉しそうに聞く母親のような顔になって史郎を見つめた。そして、おめでとうございます、と言ったのである。

史郎は我を忘れて興奮した自分の態度が少し恥ずかしくなった。

「ところで、それはどんなアイデアなんですか。もしよろしかったら教えていただけませんこと」

自身、悪戯の計画に耳を傾ける少女のように、鏡子は聞いた。

「宅配ですよ」

史郎の言葉に、鏡子はぽかんとなった。

「宅配？　なんですか、それ」

史郎は必死で頭の中を整理しながら、説明しようと試みた。

「つまり宅配というのは、個人の家へ小荷物を届けるということです。――竹中さん」

　竹中さん、と呼ばれると鏡子はいつも可愛らしい目で史郎を見るのだった。このときも。

「小包を出すとき、どこに出していますか」

「小包ですか。私、あまりそういうの出さないのですけど、田舎の母に送るときなんかには、郵便局です。やっぱり」

「そうでしょ」

　史郎は勝ち誇ったようにうなずいた。

「それですよ。宅配というのは」

「郵便局の仕事をするんですか」

　怪訝な様子で鏡子は言う。今まで一週間近く仕事をしてきて、頭の回転が速いと史郎も何度か舌を巻いた鏡子もやはり新規事業となるとピンと来ないようだった。史郎は焦《じ》れったい思いを顔に出さないようにして言った。

「違いますよ。郵便局の小包と同じように、小荷物を自宅へ配達する業務をしてはどうかと思いついたんです」

　鏡子は少し考え、そして遠慮がちにきいた。せっかく上機嫌になっている史郎の気持ちを損ねないよう配慮しようとする努力がその態度には溢れている。

「面白いアイデアですわ。今までそんな突飛なこと考えた人いないと思います。さすが大間木さんだわ。でも、仕組みを考えないといけませんわね。それに本当にそれで儲かるかどうかも検討してみないと」

鏡子の言う通りだと史郎は思った。確かに、「宅配」という発想そのものは今までにないもので、やれば業界で初めてになるから注目もされるだろう。だが、それなりに仕組み作りから始めるとなると大事になる。

「なにせ今思いついたばかりなんだ」

史郎は正直に白状した。「とにかく、竹中さんに聞いてもらいたくて」

鏡子は嬉しそうな笑みを浮かべ、焦らなくてもいいですよ、とまるで子供を宥《なだ》めるような口調になった。

「社長に提案する前に、検討しなくちゃいけませんわね」

「手伝っていただけますか」

「もちろんです」

史郎は腰のベルトにぶらさげたタオルで、額の汗を拭った。ほのぼのとした幸福な気持ちに全身が満たされていくのを感じる。

「ねえ、大間木さん」

そのとき、鏡子が悪戯っぽい目で言った。

「BT21を整備工場まで運びに行かれるんじゃなかったんですか」

史郎は目を大きく開け、ぽかんと口を開いた。

「そうか。忘れていた」

慌てて事務所を駆け出した史郎の背中を、楽しそうな鏡子のころころした笑い声が追いかけてきた。


宅配という言葉を思いついた瞬間、恥ずかしながら過剰とも思える反応を示してしまったのには理由があった。

社長の相馬へ新たな経営改善計画を立案しようとしていた史郎は、相馬運送の収益構造をなんども眺め、点検するうち、ひとつ逆説的な事実に気づいていたからだ。

たとえばこんなことだ。

まず、相馬運送は運輸省に認定された正規の運送業者であり、事前に運送ルートを届け出て承認を得ている。運輸省は距離と重さに応じた規定料金というものを定めているのだが、そもそもここに儲からない仕組みがあった。

お上が決めた料金表によると、たとえば四十キロまでの距離を運ぶと千円だとして、ならばその十倍の四百キロまでの運賃はいくらかというと、一万円ではなく八千円というように、距離が長くなると割引率が高くなる長距離逓減制をとっているのだ。

重量についても同じで、三十キロの荷物の運賃が千円だとして、十倍の三百キロの運賃になると一万円ではなく、もっと安くなる。

実際の同業他社との競争の中では、運輸省の料金表など絵に描いた餅だ。しかし、値下げ競争の中では、この長距離逓減、重量逓減といった運輸省の発想がそのまま持ち込まれているので、結局、長距離で重いものを運べば、それだけ収益率が低くなる構造は同じである。相馬運送はまさにそのデメリットを受けている典型だ。

というのも相馬運送の取引先はどこも大口客で、名古屋や大阪といった長距離輸送が仕事の中心になっているからだった。BT21号車が担当しているような東京・神奈川間の輸送は少数で、売上げの多くは中・長距離輸送で賄っている。

「運賃を引き上げることはできないものか」

競争でどんどん下がっていく受注レートに頭を悩ましていた史郎は、現状の契約運賃に引き上げの余地がないものかと検討してきた。

ところが、これは至難の業だった。一旦引き下がった運賃を元に戻すのは容易でないところへ持ってきて、競合他社からはさらに低い運賃での申し込みが殺到しているのだから。

運送業界は自分で自分の首を絞めている。まったく悲惨な現状だが、かといって有効な打開策を捻出できずにいた。

宅配、という言葉を思いついたとき史郎が興奮したのは、これが低採算である大口輸送からの脱出口となると思ったからだった。

史郎の考えによれば、宅配とは、すなわち〝小口〟を意味する。

三十キロの重さのものをひとつの取引先でまとめて百個も引き受けるから、料金が下がってしまうのだ。そうではなく、三十キロの荷物を個人や小口の会社から引き受ければ、料金は下げなくて済む。それを百個集めれば、大口先で一度に百個の受注をしたのより高い料金を取ることができる。

問題は、どうやって小口の荷物を集めるかである。

「郵便小包よりも安くなくちゃいけないわね。それに配達が遅いんでもだめよ」

鏡子は、史郎と向かい合った机で、難しい顔になって言った。

もとより全国区の郵便局とは扱い区域の広さで張り合うことなどできない。

ただ、優位なこともある。郵便小包は、縦・横・高さが一メートル五十センチ、重さ十キロまでと決まっているが、相馬運送にはそういう規定がないことだ。

「あとは利便性よね」

「利便性？　どういうことだい」

史郎の問いに、鏡子は説明した。

「つまり、何か小包を出そうというとき、郵便局ならたいていどこの町にでもあるから、近いわけでしょう。だけど、相馬運送はここにしかないし、出張所も無いもの。いちいち、小口の荷物を取りに行っていたら、それだけで赤字になってしまうと思うのよ」

一旦、方向性が決まってしまうと、鏡子は、仕事の計画を練る上でこれ以上ない優秀な助手になった。きめ細かい気遣いそのままで商売の仕組みを見つめ、史郎には思いも寄らない疑問点や問題点を即座に指摘してみせるのだ。

「どうすればいいだろうか」

「難しいわね。でも、それを考えるのが、大間木さんの仕事でしょ」

そう言われて史郎は唸る。史郎は、与えられた仕事をてきぱきと正確にこなすのは得意なのだが、いまそこにないものを創造しろと言われる仕事は苦手なのだ。創造力が欠如していると言われればそれまでだが、それはどうあがいてみたところですぐに治る類のものでもない。

鏡子はそう言って、壁にかかった時計をちらりと見上げた。

もうすぐ七時だ。定時は五時だが、史郎が持ち出したこの新規事業の打ち合わせで思わぬ残業を強いてしまった。鏡子はこれから保育園に可奈子を迎えに行かなければならない。

嫌な顔ひとつしないで付き合ってくれたことに感謝しつつ、相手の事情に無頓着だった史郎は自己嫌悪を感じた。

「すまなかったね。残業させてしまって。大丈夫かな、可奈ちゃん」

「ええ、もう慣れたと思うから。——すみません、お先に失礼します」

大間木に頭を下げると、鏡子は少し急いだ様子で事務所から足早に出ていった。

鏡子がいなくなると、史郎は物足りない気分になって机の上に広げた雑記帳に溜息をついた。そこには今し方まで練り続けた新規事業計画の素案が思いつくままに書き並べられているのだが、鏡子がいなくなった途端、輝きを失したただの難問に変化してしまった感がある。二人で考えているときにはあれほど楽しいのに。

「あの人が新しく入った経理のおばさん？」

史郎はぎくりとして背後を振り返った。いつの間に入ってきたのか、倫子《のりこ》がそこに立って、大間木を見下ろしていた。少し染めたか、茶色っぽい肩までの髪を幅広のカチューシャで留めていた。肉感的な唇が細められ、疑わしいものでも見るように大間木を見る。

「なかなか綺麗な人じゃない、あのおばさん。大間木さんの好み？」

倫子は、面白くないことでもあったか、つんけんした口調で言った。史郎は、鏡子をおばさん呼ばわりする倫子に腹が立ったが、相手にしないことに決めた。「さあ、どうですかね」と返事をしておき、椅子を回して机に向かうと雑記帳をしまう。いつもならこれから伝票の作成に入るところだが、鏡子が入社して以来、経理の基本作業を彼女がやってくれるため、史郎の仕事は飛躍的に楽になった。あと一時間もすれば今日は帰れるだろう。

背後から、倫子がゆっくりと歩いてきて史郎の傍らに立つ。倫子は最近流行りの手塚治虫が描いた漫画に出てくるヒロインのような、白い短めのワンピースを着ていた。手に、小さなハンドバッグを持ち、それを左腕にかけている。学校へ行っていたという格好ではない。どうせ授業にも出ず、遊び歩いた帰りだろう。

「父、いないよね」

そう倫子はきいた。

もうお帰りになりました、と史郎は応える。「部長ならいますよ」

倫子の目的はどうせ小遣いだ。そう思って言った史郎だったが、倫子は、総務部長の権藤の部屋を一瞥しただけで、史郎の横にあった椅子を引いた。

どうやら史郎に何か用があるらしい。

「何か」史郎はボールペンを置き、倫子と向き合った。

「あのね、大間木さんにちょっとききたいことがあるんだけど」

倫子は声を潜める。

「父に何か頼まれていない？」

史郎は警戒して、倫子のやけに真剣な表情を観察した。

「何かってなんです」

「とぼけないでよ」

不意に、口調が刺々しくなった。

「私のこと、監視するように言われてるんでしょ」

「いいえ。監視だなんて。第一、なんで倫ちゃんを私が監視できるんですか」

倫子は疑わしげに首のスカーフをさっと解いた。グリーンのスカーフはあっという間に倫子の指先でからめとられ、甘酸っぱい微かな体臭を史郎の鼻腔に運んでくる。

「だって、お前のことは大間木に頼んであるからって、父はそう言ったわよ。それ、どういう意味よ」

史郎は内心舌打ちした。倫子の交際相手をきき出してくれと頼まれたのはもう一ヵ月以上も前だ。そう言われても元来倫子が苦手な史郎にはどうすることもできず、実は困っていたところである。史郎の名前を出すぐらいなら、相馬本人がその場できけば良かったのに。

「社長は倫ちゃんがどんな男と付き合っているか心配なんでしょう。だから私にそれとなくきいてくれとおっしゃったんです」

「なんで私が大間木さんに話さなきゃならないのよ」

膨れた倫子を見て、史郎は嘆息した。俺だってききたかないよ、と言うわけにもいかない。

「父に言っておいて。余計なお世話だって。自分のことは棚にあげて、娘にだけ行儀良くさせようなんておかしいわよ。そう思わない？」

返答に窮し、史郎は苦笑を浮かべた。

「社長も親ですから、心配なんでしょう」

「わかったようなこと言わないで」

倫子にぴしゃりと言われ、史郎は自分でも吐き気がしていた愛想笑いを引っ込めた。

「とにかく、私のことは放っておいてって父に報告して。私が誰とどんな付き合いをしようと私の勝手でしょう。もう子供じゃないんだから」

そうやって放蕩していればいいさ。倫子に早く立ち去って欲しい一心で、史郎は、わかりました、と返事をしておいた。

やれやれ。事務所を出ていく倫子の靴が立てる音が小さくなるのを聞きながら、史郎はうんざりした。親子喧嘩の巻き添えを食らわされたのではかなわない。

午後八時前には仕事を終えて、史郎は会社を出た。

糀谷町三丁目にあるアパートまでの道のりを歩いた史郎は、鏡子の入社で自分一人にかかっていた仕事の負荷が随分と軽くなったことを実感しないではいられなかった。毎晩帰りが深夜だった半月前と比べれば、普通のサラリーマンと同じぐらいの時間に帰宅できることが嬉しい。

久しぶりに自炊することにした。

少し遠回りして、遅くまでやっている商店を二、三軒回り、食材を買い求める。

ところが、蒸し暑いアパートの自室にもどった史郎は、飯を炊こうとして米がないことに気づいたのだった。面倒だが、せっかく材料を買ったのに台無しにするわけにいかず、再び、アパートを出る。

そこで、気づいた。

「そうか、米屋だ」

鏡子と練った事業計画で、小荷物をどうやって集荷するかが問題のひとつだった。競合相手となる郵便局はどんな町にもあり、しかも郵政省の政策によりきちんとエリアが守られて均等に点在しているという利点がある。それに対抗するために相馬運送はどうすればいいのか、その答えは米穀店にあるのではないか、そう史郎は考えたのだった。

米穀店と提携して、相馬運送集荷場の看板を掲げてもらえばいいのである。

なぜ米か。

米は政府の政策によって管理されていて、免許制の米穀店は、政策的見地から均等な分布をするよう配置されているはずだ。だとすれば、これは郵便局と同じことではないのか。相馬運送は、集荷の実績にあわせて米穀店に手数料を支払うことにすれば良いのである。

これだ。

史郎の頭の中では、すでに事業計画が進行しはじめていた。

宅配事業を行う対象地域は広げすぎたらいけない。広げればそれだけ初期投資が嵩むし、失敗する危険が高くなる。たとえば大田区の近隣を中心にした都内南西のみを集荷地域にし、配送先を東京、横浜、川崎——つまり主要幹線道路である産業道路を中心に組み立てられるようにすれば、配送コストも最小限に抑えられるのではないか。

大型トラック中心で大口顧客を狙ってきたが、この事業のためには、もっと小さなトラックを購入したほうがいい。

しかし、そう考えた史郎の頭に最初に浮かんだのは、三つ葉銀行の桜庭の顔だった。

いまの相馬運送には、自力でトラックを買うだけの金がない。ならば、銀行から融資を受ける必要があるが、それが可能かどうか……。

桜庭は安直な事業計画で納得するような男ではない。

米を買いに行ったのはいいが、また思わぬ考え事を抱えてしまった。カレーどころではなくなった史郎は、結局近くの食堂でレバニラ炒めと焼き餃子の簡単な食事をとると「毎度ありい」という言葉に送られてアパートに戻った。

「それは良い考えだわ。さすが大間木さんね」

翌朝、史郎はさっそく自分のアイデアを鏡子に話してきかせた。尊敬するような眼差しで賛同した鏡子は、ぱっと顔を輝かせた後、はにかんだような笑顔を見せた。

「だけど、本当に大変なのはこれからなんだ」

史郎は気を引き締めた顔でいい、新事業の詳細を早急に詰めて計画書を銀行に提出する必要があることを鏡子に告げた。

「その桜庭さんという方はそんなに難しい方なんですか」

史郎の話し方が良くなかったか、鏡子は融資担当の桜庭を会社の敵のように勘違いした。

「いやいや、難しいというか、要するに相当に切れる人なんだ。いい加減な計画書ではとても納得するような人じゃない」

眉の間に皺を寄せ、鏡子は深刻な表情になる。

「まず、その前に事業の骨格を固めてしまおう。手伝ってくれるかい」

「もちろんです」

鏡子はまるでスリル満点の冒険に誘われた少女のように大きく胸を上下させた。

そうして出来上がった史郎の事業計画の概略は次のような内容である。

集配送地域は都内南西の大田、品川、目黒、世田谷、渋谷、新宿の六区及び、川崎、横浜。その域内相互の小口荷物を専門に取り扱う事業とする。

集配は、域内での契約米穀店を拠点に集め、米穀店には一個口あたり料金の三パーセントの手数料を支払う。相馬運送は、ルート便で集配荷物を回収し、当日中にトラック・ターミナルで仕分け、翌日中に配送を完了させる。つまり、当日集荷、翌日配送を実現させるわけである。

このために必要な設備は集配用一トン・トラック十台。人員十五名。内訳、運転手十名、ターミナル内荷扱い五名。

既存設備と人員を可能な限り利用し、新規投資としては、トラック分約五百万円。人件費増は一人当たり二万円の月給として、毎月十万円。その他、ガソリン代などの経費がかかってくる。

この計画の中で一番の問題は、荷物の料金体系だった。

「新規参入するからには、郵便局の小包料金よりも安くなければだめだ」

そう考えた史郎は、最初、郵便小包との競合を意識して料金をそれ以下に抑える考えだった。

個人相手の商売では、運送費をその都度交渉することはない。従って、ここで定めた料金表は集荷先となる米穀店に張り出され、顧客の購買尺度となるものだ。ここで安いと思わせることが、事業の成否を握っていると史郎は思ったのだった。

「でも、郵便局の小包というのは、とても小さなものも対象になったりしますわ」

鏡子はいい、「あまり小さなものだと、集荷の際に壊れたりなくしたりといったことはないかしら。効率を考えてみてください」

「効率？」

料金のことだけ頭にあった史郎には、鏡子が主張する意味が最初よく飲み込めなかった。

「運転手の作業効率のことです。あのひとたちは米屋さんを回って、そこに集まった荷物を全部荷台に積み込むわけでしょう。そのとき、一番早く、荷物を積み込めるのは、積み荷が同じぐらいの大きさで同じぐらいの重さのときじゃないかと思うんです」

確かに、ターミナルの荷扱いの仕事振りには彼らなりのリズムがある。ひょい、ひょい、と同じリズムで調子よく荷物を動かすのが最も効率がよく、短時間で荷役を終了させることになるのだ。

「なるほど」

史郎は唸った。現場はいつも見ているはずなのに、こうした細かいことになると鏡子の判断力は冴えている。そういう視点で考えてみると、史郎自身もまた別な問題点に気づいたのだった。

「あまり小さいとその荷物については採算割れする」

史郎が想定してみたのは、二キログラム以内の小荷物だ。そのためだけに宅配していたのではガソリン代と人件費が嵩んで採算がとれないのだ。

「こういうのは、郵便を配るといった毎日決まったルートの中で処理してはじめて利益になるのか」

それがわかってきた。

「あまり荷物の大きさや重さが変わらない方が積み込みが楽だし、こちらの管理も楽、それに儲けも確保できるわ」

しっかりものの母親らしい口調になった鏡子は、そうして考え込んだ。

「だけど、どんな荷物を出すかはお客さん次第なわけだし……そういうのって、こっちから言ってどうこうできるものじゃないのよね」

「いや、そんなことはないさ」

史郎はそのとき浮かんだ自分の考えに少し得意そうに言った。

「そうなるように料金を設定すればいいんだよ。いいかい」

手近な紙の余白に、史郎は簡単な表を作った。縦に荷物のサイズを下から小さい順に並べ、横に重さを書き入れていく。中味にそれぞれに対応する郵便料金を埋め、出来上がった表の左下から右上にかけて斜めに線を一本入れた。

「この斜めにひっぱった線よりも右側、つまり大きくてある程度の重さ以上のものだけが郵便局よりも安くなる料金にすればいいんだ。そうすればお客さんは、小さくて軽い、うちにとって採算の合わないものは郵便局へ持っていき、ある程度大きくて重いものだけをウチに出してくれるだろう」

「すごいわ、大間木さん」

史郎は出来上がった表を眺め、これも事業計画書に入れよう、と思った。

「それと私、考えたんですけど」

そのとき鏡子が遠慮がちな態度で切り出した。

「この事業は、とくに個人のお客様を相手にするものでしょう。だったら、広告をかねて、見てすぐにわかるような仕掛けを作ったらと思うの」

「広告は出すつもりだけど」

全国紙の関東版に広告を出した場合の広告料などはすでに調べてあった。コスト的には痛い金額だが、なにせ新規個人客を獲得しなければ事業にならないのだから、ある程度は仕方がない。

「いえ、そういうことじゃなくて、もっと外見や名前に凝ってみたらどうかと思うんです。トラックにひとつずつ名前がついていて、デザインが違うのと同じように、このサービスにも名前があってデザインが違う特徴があってもいいんじゃないかしら。その――私が言いたいのは、小荷物運送という目に見えにくいサービスを、一目見てわかるサービスに変えられないかってことなんですけど」

長く特定の顧客を商売の相手先にしてきた。そこで求められていたのは、廉価な運賃と、集配時間の正確さ、そして品物を安全に運ぶという確実性だった。そこには、サービスの内容を問う発想こそ常にあったが、それがどう見えるかといった見かけを気にする発想は全くと言っていいほどなかった。塗装が剝げかかったトラックだろうと、荷物さえ運んでいれば文句はないだろう、という考えが根底にあったからだ。

だが、個人相手では、その考えなくても良かった部分にさえ検討の余地があるのだと鏡子は指摘したのだ。

これには史郎も目から鱗が落ちる思いだった。

「竹中さん、あんたは凄いよ」

そんな賞賛の言葉が思わず口をついた。鏡子はにっこりと微笑み、そして自分の考えを述べた。そんな考えは、逆立ちしても史郎には考えつかなかっただろう。

「トラックは目立つ蜜柑色に塗ったらどうかしら。このサービスの名前は〝オレンジ便〟よ。オレンジなんて、ハイカラで洒落《しやれ》てるじゃない。〝蜜柑便〟じゃだめなのよ。そう、それから運転手にもそれなりの制服を支給しないといけないわ。一目で、あの人オレンジ便の運転手さんだってわかるような服よ」

鏡子はノートに絵を描き始めた。可愛いらしい猫が自慢の髭をピンと立て、マネキンのようなポーズを取っている、そんな絵だった。鏡子の意外な才能に、口をぽかんと開けたまま、史郎は目の前で出来上がっていく制服のイメージをただ見つめるしかなかった。

「実は私、この前倉庫でヒントになるようなものを見つけたの。濃紺に金モールが入った、まるでお芝居の衣装みたいな服だったわ」

それは、何年か前に相馬運送が受注したデパート配送業務で試作した制服だった。運転手にそれを着させて実際に配送させたりもしたが、結局、配送業務そのものを他社に横取りされたためにお蔵入りになっている。史郎も試しに一着作った記憶があるから、押し入れのどこかに入っているはずだ。

「詰め襟、金ボタン、肩飾りを付けて、金モールなんかがズボンに入っているのよ。

高級ホテルに到着したお客さんの荷物を部屋に運ぶボーイさんのイメージね。私、こういうホテルに憧れているの。一度泊まってみたいものだわ。――相馬運送のオレンジ便は、あなたの荷物を一流ホテルのボーイのように大切にお届けします。どう？」

史郎は四角い顔に口をあんぐりあけたまま、ただ頷くだけで精一杯だった。

そうやってまとめた事業計画書は、新規性と特色をはっきりとうたった後に、採算計画を添付して出来上がった。大学の卒論で苦労したのを思い出しながら書き上げた、総頁数三十頁にも及ぶ、史郎にしてみれば大変な大作となった。

六月半ばの火曜日。梅雨の晴れ間が広がり、夏らしく蒸し暑い一日の到来を告げようとしている。

史郎は、机の上を片づけて、黒いクリップでとめた事業計画書を真ん中に置いた。

ついにできた。

自分でも信じられないような偉業を成し遂げた興奮は、微かに乱れる息遣いと、ほとんど眠っていないにも拘わらず、スキップでもしたい気分に象徴されている。事務所の流しで顔を洗い、タオルを首にまいたまま窓際に立ってラジオ体操を始めた史郎は、早く鏡子が出勤してこないかと、彼女の姿を心待ちにした。

早く見せたい。二人で作った事業計画書を。彼女はどんなに喜ぶだろうか。

鏡子がはにかむような表情で喜ぶ姿を想像してみる。史郎の心は、少年時代に初恋の人を待つときのように弾んだ。

だが、その日、鏡子は定時を過ぎても出勤して来なかった。

「病気でもしたのかも知れない」

電話での連絡もない。それとも、呼び出し電話がふさがっているのだろうか。心配になった史郎は、重役出勤してきた権藤に断って鏡子の住むアパートを訪ねてみることにした。

史郎が竹中鏡子のアパートを訪ねるのはそれが初めてだ。履歴書にあった住所を地図で確認し、オートバイで産業道路を南下する。羽田一丁目の住所まで五分もかからなかった。

周辺には小さな町工場が多い。表通りから路地を一本、二本と入り、舗装もされていない道路を土煙を上げて走ると、戦災を生き延びたに違いない木造平屋建ての長屋の並びに出た。どこからか鉄を焼くような臭いが漂い、プレス機械がひっきりなしに立てる忙しない物音が史郎の耳を衝いた。

オートバイを降り、雨が降ったら一面の泥でぬかるむに違いない道路を歩いて、竹中鏡子の家を探した。長屋の真ん中だ。そこだけ手入れの行き届いていない庭があり、この暑いのにガラス戸が閉め切られ、一枚だけの白っぽいカーテンがかかっていた。粗末で、荒れた家。ほんとうにここが鏡子の住まいなのだろうか。

薄い玄関の扉の前に立ち、史郎は、ごめんください、と声をかけた。

返事はない。

「ごめんください。竹中さん」

白いシャツがすでに高く上がった太陽の光を目一杯反射させて眩しい。

留守だろうか。

十センチほど開けた扉から、鏡子のものらしい女もののサンダルと小さなゴム草履が並んでいるのが見える。

奥で人の気配がした。「はい——」。鏡子が居間の端から顔を覗かせた。その顔を見て、史郎は驚き、気がついたときには家の中に飛び込んでいた。

「どうしたんです、竹中さん」

鏡子の顔は見る影もなく腫れ上がり、その腕に抱かれた可奈子が、飛び込んできた史郎の勢いに驚いて泣き出した。

「大丈夫よ、可奈、大丈夫よ」

宥める鏡子の表情はしかし、痛みのせいか引きつっている。史郎はとっさに玄関の扉を閉め、もう一度、どうしたんです、ときいた。

「すみません。会社に連絡もしないで」

詫びた鏡子の背後でなけなしの家財道具が散らかっているのが見えた。その散らかりようが尋常でないのを見てとって、史郎は目で問う。

「大したことではないので。ご心配をおかけして申し訳ありません。昼から会社へ行きますから」

「誰かに暴力を振るわれたのではありませんか」

史郎は毅然とした態度で詰問した。目の前の鏡子は、相馬運送で机を並べているのとは全くの別人のようだった。生気のない顔に、鉛色の目。先に錘でもぶらさがっているかのように下を向いたままの視線。

「鏡子さん」

そのとき史郎は初めて鏡子の名前を呼んだ。怯えきった鏡子の態度、顔の痣《あざ》――。鏡子の唇が震え、それがこらえきれなくなったとき大粒の涙が一つ、二つとこぼれ落ちた。それは抱きしめている可奈子のシャツを濡らして小さな痕を付ける。

「話してもらえませんか。なにがあったんです。あなたの力になりたいんだ、俺は」

史郎は言い、じっと鏡子を見つめる。鏡子の視線は、史郎が立っている土間の一点に向けられていた。そこには小さな傘があった。真新しい傘だ。しかしそれは、何者かの卑劣な力により捻り曲げられ、無惨な形でそこに転がっているのだった。

「あの人が――あの人が、来たんです」

やがて、鏡子の口からそんな言葉が漏れ出てきて、史郎の気持ちを耐え難いものに変えた。

「あの人って誰です」

答えの代わりに鏡子は、史郎を見上げ、まるで流氷の浮かぶ海面のような、ひび割れた瞳を向けた。

何かを言おうとして、口をあけ、そのまま言葉が出てこなくなる。代わりに史郎が継いだ。

「旦那さん？」

死んだと鏡子は言った。鏡子は無言で、史郎を見た。その目が全てを語っているように、史郎には思えた。

嘘だったのか。

史郎はきつく唇を噛んだ。騙されたという憤りは全くない。驚きも感じなかった。史郎が感じたのはただ、鏡子が許容しなければならないこの現実の理不尽さだった。

竹中鏡子は逃げてきたのだ。

このとき、鏡子の話を黙って聞いた史郎は、夫のひどい暴れようそのままに散らかった室内を見回してたずねた。

「いま、その旦那さんはどこに」

「宿泊所に荷物を取りに。午後にでも戻ってくるでしょう」

そして鏡子を連れ戻す。

そんなことをさせるか、と史郎は憤った。

「ひとつ確認したいのですが、鏡子さん、あなたはもう旦那さんの元へ帰る意思はないのでしょう」

「そうですけど……」

鏡子は、まるで花がしおれたようにうなだれた。判をついた離婚届を置いて、暴力を振るう夫の元から着の身着のまま逃げ出したというのが鏡子の話だった。

「あなたは自分の気持ちをもっと大切にすべきだと思うよ、俺は。そんな男の言いなりになってはいけないんだ。こんな理不尽な暴力を振るわれて、毎日怖い思いをしながら人生を送るつもりですか。それじゃあ可奈ちゃんだって可愛そうだ」

あんなに細かなことに気のつく鏡子が、自分のこととなるとからきし受け身になってしまうのを焦れったく感じ、史郎は歯ぎしりした。

「もっと冷静になって考えるんだ、鏡子さん。なんで旦那さんはここにあなたがいることを知ったんだろう」

「先日、実家にここの住所を知らせたんです。落ち着いたらそうすると言ってあったので。どうやら、親戚の誰かが事情をのみこめていなくてあの人に話してしまったらしいんです」

突然押し掛けてきた男は、鏡子を見るなり逆上し、殴る蹴るの暴行を加えた挙げ句、家財道具に当たり散らしたのだという。恐ろしくて抵抗する気力もなく、ただされるがままになっていたという鏡子は、少し動いただけで全身のあちこちが痛むようだった。

ふつふつと湧いてくる怒りに我を忘れそうになりながらも、史郎は落ち着け、と自分に言い聞かせる。

「その男は」

史郎は、鏡子の夫のことをあえてそう呼んだ。「あなたが相馬運送に勤めていることは知っているんですか」

「それは知らないと思います。三ヵ月の試用期間が過ぎて正式採用されてから、母に報告しようと思っていましたから」

「可奈ちゃんがどこの保育園に通っているかということは」

「私が働いて可奈を保育園に通わせているかも知れないとは思うでしょうが、どこの園かまでは……。夜の仕事をしていると思っているようでした」

「鏡子さん、すぐにここを出ましょう」

史郎は、決意を固めて言った。

「出るって、どこへ。今さら、親戚のところへ身を寄せてもすぐにあの人は突き止めてしまうわ。もう駄目。駄目なんです」

取り乱した鏡子を見て、史郎は出来るだけ冷静な声で言った。

「私のアパートに来てください」

「えっ？」

鏡子はなんと言っていいかわからない、という顔になって言葉を探している。

「そ、そんなこと駄目です――大間木さんにまで迷惑をかけるなんてこと私できません」

「私は迷惑とは思いません」

史郎は断言した。「あなたのためなら私は公園で野宿してもいいんです。あなたがそんな男の言いなりになって、人生を玩《もてあそ》ばれるようなことは絶対にさせたくない。私はこのまま、あなたを夫だった男のところへ帰すわけにはいかない。人道的に考えても、見過ごすことはできないんです」

人道的。そんな言葉を自分が使うとは。だが、実際に史郎を動かしているのは人道や博愛といった外面の良いものとは少しばかり違って、単純に、鏡子への思慕に他ならなかった。とはいえ、仮にこのときそれを指摘されても、純真なところのある史郎は頑なに否定したに違いない。

鏡子の夫は、史郎が来る一時間も前に出ていったばかりだという。夫がいる前で会社に遅刻の連絡をしに行かなかったのは幸運だった。もしそんなことをしたら、男に相馬運送のことを知られてしまったに違いない。

「でも……」

考え込む鏡子の二の腕を史郎は摑んだ。色白で、柔らかくしっとりした腕は、汗のせいか少しひんやりしていた。

「考えている時間はありません。早く！　考えるのは後からでもできるじゃないですか」

その言葉で、鏡子ははっと我に返った。

「いま、会社に戻って軽トラを持ってくるから、それまでに荷物をまとめておいてくれ」

そう言い残した史郎がいったんオートバイで会社に戻ると、「どうだった」とちょうど部屋から出てきた権藤がきいた。まずいところで会った。

「ひどい風邪を引いて、動けないようなので、今日一日休ませることにしました」

史郎は咄嗟に嘘をついた。良心の呵責を感じたが、仕方がない。権藤は「心配だな」と一言口にしただけで、病院の名前もそれ以上の容体も、ききはしなかった。このときばかりは部長のぼんくらに感謝しながら、史郎は事務所から軽トラックの鍵を取り、敷地の端にとまっている一台に乗り込んだ。

産業道路を羽田方面へ走らせる。そうしている間にも、鏡子の夫が戻ってきはしないかと気が気ではない。遅れたら、おそらく鏡子は永遠に史郎の前からいなくなってしまうに違いない。信号にひっかかる度に、いらいらとハンドルを叩きながら、史郎は竹中鏡子のアパートへと続く路地を入っていった。

鏡子は、簡単な手荷物だけをまとめて待っていた。これだけしかないのか、と切なくなるほどちっぽけな荷物だった。

箪笥とちゃぶ台、それに小さな食器棚は、前の住人が置いていったものだと、鏡子は言った。そのまま置いていってもいいが、鏡子と二人でなら運べないことはない。全部史郎のアパートに持ち込んだら相当かさばるが、それも鏡子が新しい部屋を見つけるまでのことなのだ。

「手伝ってもらえますか」

史郎は言い、家具を軽トラに積み込むと、「さあ、乗って」と二人を促した。

「すみません」

鏡子が助手席に乗り込んだとき、「可奈ちゃん、とってくる」と可奈子が家の中へ駆け戻った。出てきたとき、壊れた傘を大事そうに持っていた。

「可奈」

鏡子は幼い娘を抱き、その髪に顔を押しつける。「だいじ、だいじなの」骨の折れ曲がった傘を抱きかかえた可奈子は言った。

「先月、誕生日だったものですから」

「買ってもらったのかい」

史郎がきくと、可奈子は怯えと安堵が入り交じった目でこっくりとうなずいた。

「もう、怖くないからね」

軽トラのアクセルを踏み込み、史郎はその路地を後にした。

3

宅配便——。

父のつぶやきは偶然とは思えなかった。

それにしても、何故？　理由を考えたが答えなど出そうにない。出口のない迷宮に迷い込んだ思考が巡るばかりだ。

なぜ過去が見えるのか。なぜ、囁いた言葉が相手に伝わったのか——。

涙で顔をくしゃくしゃにした母をなんとか宥《なだ》めて寝室に追いやった後、琢磨は窓を開けて夜風を入れ、ベッドサイドに腰を下ろした。制服が脱ぎ捨てられたままの状態でそこに広がって、金のモールが蛍光灯を鈍く反射させている。

そこにも疑問がある。

どうして、この制服を着たとき過去を見ることができるんだろう？

そっと制服を取りあげ、しげしげと眺めてみた。最初、この制服を着てみようと思ったのは、ほんの冗談、出来心に過ぎなかった。なのに、それが思いもしない世界へと琢磨を誘ったのだ。

制服の胸にはポケットがあり、そこに丸いエンブレムがついていた。凝った意匠だ。琢磨はそれに指を触れてみた。金の糸に、赤と緑であしらったトラックの模様は誰が考案したのだろうか、ボンネットを突き出したトラックがユーモラスに擬人化されている。そのとき、琢磨はエンブレムの下にある固い感触に気づいた。

「おや」

エンブレムを作っている刺繍《ししゅう》の厚みに紛れて、まったく気づかなかった。胸ポケットだ。琢磨は指を差し入れ、中に入っていたものを引っぱり出そうとした。指はすぐに固い金属の破片に触れたが、裏地の糸がほつれ、それに絡まっている。

なんだろう。

無理に引っぱって取りだしてみた琢磨は、あっ、と小さな声を挙げた。

鍵だった。イグニッション・キー。

頭部に「HINO」とローマ字のエンボスが入っている。トラックのものだ。

「BT21号車か」

最初に過去を見たとき、父はBT21号車のエンジンをかけようとしていた。そして、二度目になるさっきもやはり、この鍵に手を触れていた。

このキーが、過去への扉を開けたのか。

琢磨はしげしげと鍵を眺める。そして再び、頭の中にわき起こってきたあの感覚に気づき、それを床に放り投げた。カーペットの上でバウンドした小さな鍵は、ベッドの足下まで跳ね返って止まった。不吉だった。胸の鼓動が収まらず琢磨はしばらく、呆然とそれを見下ろしていた。やがて、夢から醒めるときのように頭を振り、机の抽斗から封筒を探し出すと、指先で弾いてその中へ入れた。

机の中にしまい込み、鍵をかける。

誰もいない部屋で机の抽斗を凝視しながら、全身の血が静かに引いていくのを感じた。

BT21号車が呼んでいる気がしたからだ。過去から、あのトラックが俺を呼ぶ。この俺を。

琢磨の脳裏にグリーンのボンネットが浮かび上がった。獣の咆吼にも似たエンジンの音。喧噪にまみれ殺伐としたプラットフォームに繋がれ、出発を待つ鋼鉄の巨体。

四角い小さなフロントガラスが漆黒の夜を映し、吐息のような霧のひんやりした感触に震えている。

目眩《めまい》がして、ベッドに横たわった。

キュルルルル。

琢磨はかっと目を見開いて全身を緊張させた。どこかで音がした。どこだ。首筋の辺りでどくん、どくんと脈が躍っている。どこだ。部屋の片隅？　ベッドの下？　机の中？　いや、これは俺の頭の中で鳴ってるんだ。脳の中で。細胞の中で。記憶の素子のどこかで。

キュルルルル。

エンジンの音、ＢＴ21号車の水冷エンジンの音だ。

「やめてくれ」

自分の声が虚ろに響いた。ＢＴ21が呼んでいる。ＢＴが俺に手招きしている。――早く鍵を握れ。鍵を握れ。こっちへ来い。俺がいた時代へ、お前の父親が俺と一緒にいた時代へ。お前も来い。来い。来い。

「うるさい！」

琢磨は両耳を押さえた。キュルルルル。琢磨はベッドから転がるように下り、部屋を出た。キュルルルル。キュルルルル。階段を駆け下りる。キュルルルル。キュル

——。

冷蔵庫を開け、作り置きしてある麦茶を出してコップに注いだ。

背後で気配がした。

おそるおそる振り返った琢磨は、そこに蒼ざめた母を認めた。

「どうかしたのかい」

「眠れなくてさ」

琢磨は腋を冷たい汗が流れるのを感じながら、たったいま感じた恐怖を押し隠した。

「母さんもさ。あんたのことが心配で寝てるどこじゃないよ」

「もう制服は着ないよ」

母は琢磨の顔をじっと見て、「当たり前だろ」という。「あんなもん、あんたが着るもんじゃないよ」

「それにしても、よくとってあったな、あんな制服」

過去で知った制服の経緯を思い出しつつ、琢磨はつぶやいた。

「まったく、物持ちがいいのも考え物だよ」

母は不機嫌な顔で答える。あんなものさっさと処分してくれればよかったのにと、そう言いたげだ。父は、あの相馬運送時代に使ったものを一つの箱に入れて——BT

21号の鍵も含め——大切に保管していたに違いない。

「あんた、まだ何かこだわってんのかい」

母はうんざりした顔をし、疲れ果てた様子で台所の椅子を引くと、私にも一杯くれないかい、と麦茶をせがんだ。

「昔のことなんて放っておきなよ。夢のことなんて忘れちまいな」

そうはいかなかった。

キュルルルル。あの音は確かに、琢磨の意思とは関係なく、頭の中で鳴っていた。琢磨は過去を見た。そこへ行ったのだ。あの鍵には何かある。BT21号車には何かがあるはずだ。それを確かめなければ。

そのとき、桜庭厚の言葉が不意に思い出された。桜庭はこう言ったのだ。挙げ句、従業員の事件に巻き込まれたり。大変だったんだ——。

事件。

どんな事件だったのだろう。

「母さん、父さんが相馬運送時代に何か事件に巻き込まれたなんて話、聞いたことあるかい」

「さあ、聞いたことないねえ」

母は首を傾げた。「父さんはあんまり仕事のこと話さない人だったから」

そうだった。琢磨の知っている父、史郎は、頑固で堅物で、決して多くを語らない男だった。いつも不機嫌そうな表情をして、琢磨は史郎が心の底から笑った顔を見た記憶がほとんどないのだった。電車を見に連れていってもらっても、はしゃぐ琢磨の脇で、電信柱か郵便ポストのように無感動に突っ立っている。そんな人だった。

父の視線はいつも遠くに向けられていた。その先に何があったのか、それはわからない。だが、その背中を見つめるしかなかった琢磨にとって父はどこか他人行儀な人に思えた。そして大間木史郎という人が本当はどういう人間だったのか、知る機会のないまま、父は死んでしまった。

「もう寝るよ」

母はコップの麦茶を飲み干すと、再び寝室へと戻った。

琢磨は自分の部屋に戻る気になれず、居間のソファに横になった。もうエンジンの回る音は聞こえはしない。琢磨はほっと安堵の溜息をつき、この迷宮にも似た現象について考えるのをやめた。

翌日、職探しに行くといって家を出た琢磨が向かった先は、図書館だった。

父と相馬運送について、まだ自分の知らない事実があるはずだ。それを調べる手段として、新聞記事の閲覧を思いついたからだ。

相馬運送は中規模の運送業者だったはずだ。であれば、倒産記事のひとつも新聞に載っていておかしくない。昭和三十八年当時の新聞となると、縮刷版しか残っていないだろう。だが、これを置いているとなるとそれなりの規模の図書館に違いない。そこで、琢磨は都立中央図書館へ行くことにした。

東急線の武蔵小杉駅から中目黒駅まで行き、日比谷線に乗り換える。地下にある広尾駅から陽光が降り注ぐ有栖川宮《ありすがわのみや》記念公園を抜けるとそこに都立中央図書館があった。高台にある図書館の扉をくぐった琢磨は、コンピュータの検索端末で新聞の縮刷版のある場所を探した。

一階奥の「新聞・雑誌室」だ。

桜庭の話から、相馬運送の倒産は、昭和三十八年の秋だということがわかっている。そこで琢磨は、書架から昭和三十八年九月から十一月までの全国紙の縮刷版を下ろし、空いていた窓際の席にかけた。

倒産記事だから経済面か社会面を見ればいい。ところがそれだけでもまとまるとかなりの量があって最初の一紙分を見終わるのに小一時間かかった。それでも琢磨は根気よく、丹念にページをめくっていく。

結局、最後の一冊を見終えたのは、昼近くになった。成果はない。琢磨は胸の前で腕を組み、疲労の溜まった眼を閉じた。

俺はいったい何をしているんだ。

そんな無力感がじわりと滲んでくる。

制服。鍵。夢。BT21号車。エンジンの音。全て俺の脳が気紛れで創り出した幻なのかも知れない。一旦、方向性を疑うと不安だった。

自分の知らない過去が夢に出てきたのではない。現実にあるものを見た瞬間、それを夢で見たと思いこんだのではないか。

絶対にそうではないと言い切れない。琢磨には自信がなかった。自分を百パーセント信じられる自信がなかった。どんな解釈だって成り立ってしまう。

悔しい。

今のあなたは、本当にあなたなの、と亜美はきいた。なんて悲しいセリフだろう。

俺は本当に俺なのか——。

「わからないんだよ」

琢磨は立ち上がり、大きな窓際に立って五月の公園に視線を投げた。母親が小さな子供と遊んでいる。芝生では、学生らしいグループが輪になって弁当を広げていた。ぼんやりした表情でベンチで煙草を吸っているサラリーマンたち。ヘッドホンステレオをかけ、ジョギングをしている人。

彼らの誰一人、自分が自分であることを疑っている人なんていやしないのだ。

俺は最低だな、と琢磨はつぶやいた。

鬱々とした気分で、机の上に積んだままの縮刷版を持って書架までいき、新たな一紙の三ヵ月分を運んできた。疲れもあって全部目を通すのにさらに時間がかかったが、結果は同じだ。結局、全国紙三紙の縮刷版全てに目を通して収穫の無かった琢磨が、諦め半分で産業新聞のそれを手に取ったのは、午後三時を過ぎた頃である。

その産業新聞も、九月と十月の二ヵ月分には期待した記事は掲載されていなかった。桜庭はそもそも倒産の時期を「秋」といったが、それが単なる思い違いで本当は別の季節だったかも知れない、というようなことを琢磨はつらつら考えた。だとすると記事探しの範囲をもっと広げなければならないことになる。それは大変だから、別な方法で倒産の日付を調べあげたほうがよくないか。そんな思考に迷いつつ、ついに最後の縮刷版に目を通し始めた琢磨は、めくっていた手を止めた。あっ、と小さな声が図らずも自分の口から飛び出していた。

それは十一月二十一日の東京版だった。

相馬運送が倒産

何ページかある産業面の片隅に、その小さな記事を見つけたのだ。

相馬運送（相馬平八社長、東京都大田区）は十一月二十日、第一回不渡りを出し、同日付けで東京地裁に破産申請を行った。負債総額は約一億円。戦後の物流市場で急伸した同社は、その後経営改革の遅れから競争力を失い、急速に資金繰りが悪化していた。初の宅配事業、オレンジ便で話題を呼んだが、その後、配送事故などにより顧客離れが起きていた。

やはり、相馬運送の記事はあった。だが、真に琢磨を驚かせ、そして動揺させたのは、記事中にある宅配事業という言葉だった。

古新聞縮刷版の、滲んだ読みにくい文字を琢磨は何度も目で追わずにいられなかった。

「宅配事業だって？」

嘘だろ。

琢磨の胸に、桜庭の言葉が蘇った。新しいアイデアがあったら、うまく行ったかも知れんな――そう桜庭は言ったのだ。

桜庭は知らなかったのだろうか。

いや、桜庭は融資の担当者だ。相馬運送の新規事業が耳に入らないはずはない。

琢磨はカウンターまで縮刷版を運び、そのページのコピーを取ると、控えていた桜庭の電話番号にかけた。出たのは桜庭本人だ。名乗ると、「なんだ」と不機嫌な声になる。

「実は、相馬運送のことでもう少し伺いたいことがあります」

ちっ、と桜庭は舌を鳴らした。

「あんたもしつこい人だな。勝手にしろ」


翌日、桜庭の家で居間に通された琢磨は、図書館でとった産業新聞記事のコピーを出した。

「実は、図書館でこんな記事を見つけたんです」

桜庭は、黙ったままその新聞記事を随分長い間、見続けた。その表情に、軽い驚きと困惑が入り交じる様を見た琢磨は、桜庭の言葉を待った。

コピーをテーブルに置き、腕組みをして考え込んだ桜庭が口を開くまで、随分長い時間が経った気がした。

「宅配か。申し訳ないが、なんでこんな記事が出ているのか、正直、俺は理解できんな」

桜庭は言い、琢磨に質問した。

「あんた、どうして、こんなこと調べてる」

本当のことを桜庭に話しても信じてもらえるはずはない。狂人扱いされるのがオチだ。桜庭は疑わしげな目を琢磨に向けたまま続ける。

「平日に、あんたはこんな過去の用件のために駆け回っている。なんの仕事をしてるかは知らんが、仕事そっちのけで熱中しているように俺には見えるんだが。理由はなんだ」

桜庭の視線がじっと琢磨の顔に注がれた。それは銀行のカウンター越しに史郎に注いでいたのと同じ鋭い視線だ。

「お話ししたところで、信じていただけないと思いますから」

「なんでそう思う」

桜庭は、嗄れた声を出した。

「荒唐無稽な話なので」

「ほう。どんな話かな」

琢磨はたっぷり数秒、桜庭のいかつい面相と向かい合った。

「私は若い頃のあなたを見たことがあります」

噴き出すかと思ったが、桜庭は小さな目をよけいに細めただけだ。

「どこで見た」

「夢のようなもので」

のようなもの。曖昧な表現だが、そうとしか言いようがない。

「なんだそれは」

「聞きたいんですか、そんな話」

「あんたはその夢だかなんだかのために、こうして俺を訪ねてきた。それなのに人に話すほどの価値もないのか」

「私にとっての意味は当然、あります」

「それで十分だ」

仕方がない。

「私は長く入院生活をしていました」

桜庭の表情にわずかばかり、満足そうな色が浮かんだ。琢磨は、発症した経緯、現況、そして夢で見た相馬運送のことを話した。そこに出てきた三つ葉銀行、若き日の桜庭、ボンネット・トラックが居並ぶターミナルの光景。それを見つけるために羽田周辺を歩き回ったこと。そこで偶然、銀行の歴史展の資料を見せられ、その〝つて〟で、桜庭の連絡先を知ったこと。一昨夜、再び過去へ行った琢磨が、史郎に「宅配便」を教えたこと。

「あんたが見た過去は、どんな光景だった。相馬運送の中のことを話してくれ」

桜庭に言われ、琢磨は一昨日見たままの光景を出来るだけ忠実に話した。

「社屋は木造でした。倉庫への渡り廊下があって、敷地内は舗装されていません。事務所棟に入ると階段があり――そう事務所は二階だった。先日の夢は、その場面からスタートしたのです。目の前に鍵をぶら下げるフックが並んでいました。水が流れる音がしていました。おそらく事務所のどこかに水屋があるのだと思います。女性が大丈夫ですか、と声を掛けました。父はこう言ったのです。〝くそっ。突然、きやがった〟」

「事務所には何人いた」

「三人ぐらいいたと思います。そう、父に駆け寄ってきた女性の名前は、確か――確か、竹中といったと思います」

「竹中……竹中鏡子という名だったか」

桜庭の顔色が変わった。

「鏡子……。名前まではわかりませんでした。ただ、竹中さん、とだけ父は呼んでいました。まだ二十代の後半ぐらいの女性です。色白で、感じのいい女性でした」

桜庭は深刻な顔で考え込んでいる。

閑静な住宅街の昼下がりだった。壁の掛け時計が時を刻む音がコツコツと聞こえ、それがかえって静けさを際だたせているようだった。桜庭が黙考する間は、琢磨にとって耐え難い時間に思えた。ついにそれに耐えきれなくなって、琢磨は腰を上げた。きっと桜庭は琢磨のことをどう扱えばいいか考えているに違いない。病院か、母に連絡するなりして、入院を勧めるべきか。あるいはこのまま自宅に帰してしまっていいか、そんなことを思いあぐねているのだろう。

「馬鹿な話をしてしまいました。忘れてください」

辞去しようとする琢磨を、待ちなさい、という桜庭の掠《かす》れ声が引き留めた。

「その鍵に、何か記号は書いてなかったか」

「記号ですか」

自動車メーカーのエンボスは入っていたが、それ以外のものは何も無かった。

「そうか」

「でも、昨夜見た夢の中で父が乗り込んだトラックなら、わかります。キーを手にしたとき、車番のタグが一緒になっていましたから。確か――」

「BT21じゃないだろうな」

琢磨は驚いて目を見開いた。

「やっぱりそうか」

桜庭は言い、舌を鳴らした。

「なんでご存じなんです、それを」

桜庭の唇から朱が抜け、そのいかつい顔面が蒼白になる。喉元から低く込み上げてきた唸りは、聞き取れない音域で渦巻き、凶事を告げる前触れを思わせた。

「BT21」

桜庭は再び、その車番を口にした。「そいつは呪われたトラックだ」

4

糀谷町三丁目にあるアパートに家具を運び入れるのに一時間ばかりかかった。あまりにも簡単な引っ越しが、鏡子の置かれている状況のあやうさを物語っているような気がして、史郎は胸が痛んだ。無言で作業をする二人の間にできた気まずさや距離感をどう埋めたらいいのか、史郎にはわからなかった。

トラックの荷台から最後に降ろした、三段しかない安物の箪笥を運んでしまうと、鏡子はぺたりと畳にへたり込んでしまった。両腕をだらんと伸ばしたまま、疲れと打撲の痛みに耐えているのか、きつく目を閉じた表情はやつれ果て、まるで一晩に十歳をとってしまったかに見える。

「眠っていないんでしょう」

史郎は言い、運んできた布団を敷いた。

「休んでください。部長には私から言ってありますから」

鏡子から言葉が返ってくるまで間があった。可奈子がその背中に回り、そっと腕を回して甘える。顔を鏡子の髪に埋め、不安そうな目で史郎を見上げた。鏡子が言った。

「怒っていらっしゃるでしょう。私は嘘をつきました」

史郎は目を閉じたままの鏡子を見つめる。そして、いいえ、と言った。

「何か買ってこよう。可奈ちゃん、お菓子食べようか。何が好き」

「えびせん！」

「よおし、おじさんが買ってきてあげるから、待ってな」

近くの商店街まで行き、えびせんと、簡単にできる料理の食材を買い集めて戻った。アパートに戻ると可奈子は鏡子の膝の上で眠っていた。

「外に出る気分じゃないでしょうから、これで何か作って食べてください」

買い物をした中味を台所の流しの脇に出して並べる。

「あの、大間木さん」

可奈子をふとんに寝かせた鏡子は、史郎のところまできて深々と頭を下げた。

「仕事のことなんですけど。私……」

「辞める必要はありません」

大間木は流しを向いたまま言った。「あなたは会社にとって、必要なんです。それでいいんじゃないですか。今日のことは私の胸に納めておきます。誰にも話しません。問題は、住む所ですが、もうあの長屋へは戻れないでしょう。その男に気取られない場所で身を寄せられるところはありませんか」

鏡子はほんの僅か考え、そして力無く首を振った。

「心配ない、竹中さん。だったら新居は私が探そう。この界隈ではなく、少し離れたところがいいかも知れないね」

「ご親切にありがとうございます」

史郎は壁に掛けた時計を見上げた。

「一旦、会社に戻りますから、あるものは遠慮なく使ってください。それと——痛みますか」

青痣になっている鏡子の頬を見て、史郎は心配する。

「いいえ。痕はしばらく残るでしょうけど」

「保険証は？」

「あります、私の鞄の中」

史郎は、部屋の隅にまとめてある古紙から、裏が白い広告を出して、簡単な地図を描いた。

「これが最寄りの病院ですから、もし具合が悪くなったらここへ行ってください」

「私より、可奈です。あの子、疲れるとよく熱を出すから」

ぐっすりと眠っている可奈子は、深い寝息を立てている。

「今日はできるだけ早く帰ってきますから。それまで、あなたも休んでください。お風呂にでも入るといい。それだけは贅沢なんです」

史郎のアパートには風呂がある。近くには銭湯もあるが、仕事が遅くなると閉まってしまうので、多少値段が高くても風呂付きアパートにするしかなかったのだ。

軽トラで会社にもどり、部長には鏡子が風邪で動けなくなったため病院に連れていったと説明しておいた。

「夏風邪か。大丈夫かね、竹中さん」

口先ばかりの心配をする権藤に、もしかしたら明日も駄目かも知れません、と史郎は言い、話題を逸らす意味もあって、分厚い書類を出した。今朝までかかって書き上げた新規事業計画書である。

「社長に提出する前に、まず部長に読んでいただきたいと思いまして」

普通であれば、報告書は権藤の承認を経て、社長の相馬へと上げられる。だが、史郎はこの決裁を権藤に委任する気はさらさら無かった。権藤には難しいことを後回しにするところがある上、新規事業の採算性などについて評価する能力もない。

計画書は史郎が直接、相馬社長に説明するものと決めていた。

「宅配便とな」

初めてその言葉を口にした権藤は、なんじゃいそれは、と中味も読まずに質問した。

「個人相手の小口運送です。小口なら会社が荷主でも構いませんが」

権藤はじっと机上の計画書を見たまま、眉を動かした。

「そんなもん儲かるのか」

「儲かるかどうかは、やってみないとわかりません」

「金もかかるんだろう」

「ある程度はかかります」

「やる意味あるんかい」

権藤とこの手の議論をするつもりは無かった。

「詳細は今日にでも社長に説明するつもりです。とりあえずお耳に入れておこうと思いまして」

一礼して計画書を引っ込めた史郎は、「そんなにウチの会社、心配か」という言葉に足を止めた。怒って言っているのかと思ったが、権藤はやけに真剣に問いかけていた。史郎の知らない間に銀行にでも出向いて、桜庭あたりにこってりしぼられたのだろうか。

「心配だから、知恵を出して乗り切ろうとしているんです」

そうか、とつぶやいただけで権藤はそれ以上のことは何も言わなかった。史郎の見ている前で受け口になった歯に煙草を挟み、鼻先にとどくほど上に跳ね上がった先端に点火した。点火するときには、額が焦げそうなほど炎に近づけるのだ。この奇妙な仕草を権藤は誰の前でもやってのける。倫子《のりこ》の前でも。

「これから社長に話すのか」

権藤は多少不機嫌になってきいた。最近、相馬が不在がちになって、それまで社長がこなしていた決裁や、来訪した取引先との懇談などを権藤がやらなければならない場面が増えている。権藤にはそれが不満なのだ。給料は変わらないのに仕事は増える。しかも、相手の要求は運賃の値下げから始まり、揉み手で接近する者の目的はたいていセールスだ。権藤がうっかり首を縦に振ったために運賃を下げられ、相馬に叱られるという場面も何度かあって、権藤自身も自分の無能さにほとほと嫌気がさしている様子もある。

「それは社長に伺いを立てないと」

最近ではどんなことでもそう言う権藤に、相手はあきれ顔だ。総務部長の肩書きのついた名刺と煙草を上向きにくわえる仕草をしげしげと見比べて帰っていく客は、

「お宅の部長さんは、何の権限もないんですか」とこっそり史郎に愚痴を言う者もある。

「どうも、社長の考えていることは俺にはわからんよ」

ふと、権藤はそんなことを洩らした。

史郎はかわいそうな者に寄せる視線で権藤を見た。無能な男が分不相応な椅子に座っていることの悲劇。あんたに社長の考えがわからないのは今に始まったことじゃないだろう。忙しくなった途端、嘆息混じりにそんな言葉を吐く権藤に、同情する気にはなれない。

史郎は口にしなかったが、相馬は仕事への情熱が冷めてしまったのだ。この計画書は、やる気をなくした男の情熱を再び燃え上がらせるための、着火材だ。

「失礼します」

史郎は言い、部長の部屋から辞去すると、三階にある社長室へ上がっていった。激しく言い争っている声が聞こえたのは、階段の踊り場までさしかかったときだった。

史郎は足を止め、耳を澄ませた。

「お父さんは勝手よっ」

その声は倫子だ。娘の反発に反論する相馬の声と、さらに主張しようとする倫子のそれが重なる。史郎は舌打ちした。そうして引き返そうとしたとき、踊り場から見えている社長室のドアが勢いよく開き、倫子が飛び出してきた。表情は怒りで蒼ざめている。

史郎を見て、はっと立ち止まった。怒りの滲んだ目が史郎を真っ直ぐに見て、無言のまま階段を下りてくる。ロングスカートの裾を揺らしながら脇を通り過ぎるとき、微かな香水が匂った。

倫子は振り返りもせず、階段の下へ見えなくなった。

史郎は階段を上って社長室の前まで行ったがそこで逡巡した。いま話しても、たぶん相馬はまともな判断はできないのではないか、と思ったからだ。

だが、引き返そうとしたとき、「大間木か」と問う声が背を追ってきた。

「そうです」

入れ、という返事。部屋に入った史郎は、椅子に深く体を沈めている相馬の姿を認めた。頬のあたりを引き締め、不機嫌な様子で窓の外を眺めている。

「まったく、倫子のやつにも困ったものだ」

倫子の交際相手をきき出してくれ、という相馬から言いつけられた仕事は、生憎《あいにく》と手つかずになっている。だが、それには相馬は触れなかった。

「学校にもいかず、金ばっかりかかるから一言言ってやったんだ。お前に遊び金をくれてやるために会社をやってるんじゃないってな」

倫子のことだ、お父さんが遊ぶ金を儲けるためでしょ、ぐらいのことは言ったに違いない。「ったく！」と憤懣やるかたない様子で吐き捨てた相馬に、

「大変ですね、父親も――」

倫子相手では、という本音は口に含んだだけでのみ込んだ。

「まったくだ」と相馬は頷き、どうかしたか、と不意に冷静に戻った口調できいてきた。相馬平八は一代で相馬運送を築いた創業社長だ。娘相手の口論で、自分を見失うほど腹をたてているわけではなさそうだ。

「実はこういうものを考えましたので、ご検討いただけないかと存じます」

史郎は相馬のデスクまで歩いていき、鏡子と二人で練った宅配事業をまとめた計画書を差し出す。

「お前もよくやるな」

以前提出した事業改善提案が頭にあるせいか、相馬は言い、「今、目を通したほうがいいか」ときく。

「もし社長がよろしければ」

相馬は、座れ、と目で告げ、史郎をソファに待たせると、報告書を読み始めた。自分の計画書が読まれる間、落ち着かない気分で待った史郎に、やがてぽんと計画書をデスクに放る音が届いた。

さっと振り返った史郎を、不機嫌そのものといった表情の相馬平八が睨み付けている。

駄目か。

そう思った史郎に相馬は、にかっと笑ってみせた。

「面白いじゃねえか」


うまく行った。

史郎が久しぶりに充実感に満たされて相馬の社長室を出たときは、すでに夕方になっていた。あの後、相馬と一緒に飯を食いに行き、さらに午後の間中この事業計画について話し合った。細部まで詰めた結果、いくつか相馬自身の考えを取り入れた事業計画書をまとめ直すことになった。

それを正式案として、銀行に持っていく。

先立つものは、常に金だ。

銀行の桜庭がうんと言い、三つ葉銀行が認めない限り、この計画が実現する見込みはなかった。

宅配事業のためには、トラックを増設しなければならない。それと、米穀店の中で協力してくれるところを探す必要もある。広告を出し、ドライバーを増員し、さらに社内体制を整えておく必要がある。

「お前がやれ」

と相馬は史郎に命じた。

忙しくなるからといって、それを愚痴る気は史郎にはない。竹中鏡子の入社で、今までやってきた仕事も手が空いてきた。自分がつくった事業計画で忙しくなるのなら文句があるはずもない。

新しい事業計画書は早く仕上げたかったが、鏡子親子のことも心配で、八時過ぎにいったんアパートに戻った。計画に社長決裁が下りたとも鏡子に知らせたかったのだ。

「宅配便、今日社長に話したよ。うまく行った」

「よかった。やりましたね、大間木さん」

鏡子は悲しく苦しい感情のどん底にいながらも、史郎と一緒に喜んでくれる。優しさが胸に沁み、だから自分も鏡子の苦しみをなんとかしてやらなければならないのだと史郎は思った。

まだ顔の痣は消えていないが、一日休んで気分は良くなったと鏡子は礼を言った。

台所のテーブルに、鏡子の手料理が並んでいる。

風呂が沸いていて、ビールが冷えていた。もう一度、会社に戻るからといってビールは辞退した史郎だったが、殺風景な男一人の住まいが料理ひとつでこんなにも華やかになるものかと、あまりの変わり様に感嘆の溜息をもらしたほどだ。

「ご飯にしましょう。食べてから残業すればいいじゃないですか」

鏡子は、史郎の女房のような口を利く。それが史郎にはくすぐったくも嬉しかった。

「なにやってるの、おじさん」

食事の最中、突然、頬をつねった史郎を見て、可奈子が不思議そうにきいた。

「おじさんね、あんまり料理がおいしいんで、これがみんな夢じゃないかって思ったんだ」

「それでほっぺを？」

噴きだした鏡子を見て、可奈子も笑う。心の傷はそう簡単に癒えないだろうが、二人が多少なりとも元気を取り戻してくれたことが、何より史郎には嬉しかった。

鏡子の新居を見つけると約束した一方で、こんな生活が続いたらいいのにと、史郎はそう思った。

会社に戻るのも面倒になるほど楽しい食事だったが、相馬と練った事業計画は一刻も早く完成させなければならない。

「じゃあ、もう一度行ってきますから。もう今日は眠ったほうがいい」

史郎はそう言い置いて相馬運送に戻った。

すでに夜のシフト体制に移ったターミナルには、太いエンジンの音が地鳴りのように響いていた。この時間になると残業をしていた事務員のほとんどが宿直を除いていなくなり、荷扱いの連中が常駐するターミナル棟を除いて事務所棟はひっそりと静まり返る。

今日の宿直は、細川という名の営業の男だった。まだ二十そこそこで、栄養の回りが悪そうなもやしのように痩せた男である。

宿直といっても、余程のことがない限り、仕事は夜零時と朝方三時の見回りだけだ。後は緊急事態が起きたときにそなえての電話番となる。

「精が出ますね」

史郎の姿を見た細川は声をかけたが、それから一時間もすると片隅のソファに横になった。愛想はいいが、根はいい加減な男である。どうせ朝まで寝るつもりだろう。そう思った史郎だったが黙っていた。細川が宿直のときには荷扱いの連中もなめきって、職場の雰囲気もだれる。

後でカツを入れに行ってやる。そう思いながら、史郎は計画書の続きを書き始めた。

一段落したのは、深夜一時を回った頃だ。

椅子から立って背伸びをした史郎は固くなった体を伸ばす。気持ちのよさに呻き、あくび混じりに窓際に立ったとき、思わぬものを敷地の隅に見つけた。

倫子のコンテッサだ。グリーンのスポーツカー。

「何の用だ、いま時分」

倫子は昼間相馬と大喧嘩して会社を飛び出していった。奇妙だ。宿直の細川が相変わらずソファで仮眠中なのを見てから、史郎はそっと事務所を出た。

史郎がターミナルに姿を現すと、荷扱いの連中の何人かは露骨にぎょっとした顔を見せた。吸っていた煙草を放り出し、あわてふためいて持ち場に戻ったものもいる。

「どいつもこいつも」

風紀の乱れに史郎は苛立ち、社業の停滞がこうした会社組織の様々な部分にまで腐食の根を下ろしていることに危機感を抱いた。プラットフォームに荷台を接している何台かのトラックの中にBT21号車を見つけ、史郎は立ち止まる。運転席は空だ。ドライバーは和家一彦《わけ》と下田孝夫の二人で、運行予定表によると――史郎は手にした発着時間と担当班をまとめたボードを覗き込んだ――すでに三十分近く遅れている。

「班長。なんでこんなに遅くなった」

荷扱いの班長は中柴という古参の社員だった。ごま塩頭に、濁った目をしている。

近寄ると昼間でも酒臭いぐらい酒は好きだが、根は真面目な男だ。

「箱がなかなか戻って来なかったんですよ」

「平か」

史郎はそこから見える運転手控え室の中に平勘三の姿を探したが見当たらなかった。もう帰ったと見える。片岡鉄男だけが、これから出発する下田を相手に何事か話しながら煙草を吸っているのが見えた。「なに、相談してやがる」。片岡の目に不穏な色が浮かんでいるのを見て、史郎は警戒した。不意にこちらの視線に気づき、あごでしゃくる。下田孝夫の、全てを吸い取ってしまいそうな暗い瞳がこちらを振り向いた。

史郎の脇を猛然と空の台車が通っていった。中柴に視線を戻し、「急げよ。朝までにつけばいいってもんでもないから」と言い、「倫ちゃん、見なかったか。車がある」ときいた。

中柴の目が闇の中に置かれたコンテッサに行き、ああほんとだ、と言葉が洩れた。

「見ませんでしたけど」

ターミナルから事務所棟に戻った史郎は、二階の事務所に戻りかけて、足を止めた。

微かに物音がしたからだった。

「誰かいるのか」

史郎はひとりごとを言った。音は上階から聞こえてきている。三階には社長室の他、会議室と事務員用の更衣室があるだけだ。

そっと階段を上がり、薄暗い廊下に立った。

そのとき、女の短い叫びが聞こえ、史郎はぎくりと立ち止まった。その声はすぐにくぐもり、子犬が甘えているような声に変わる。

史郎は社長室のドアの前に立ち、そっとノブを回した。微かに開いた隙間からのぞき見た室内に、常夜灯の青っぽい光が満ちていた。ブラインドのブレードが斜めになり、絨毯に横縞の模様をつけている。

史郎は息を呑んだ。

一糸纏わぬ倫子の姿がそこに浮かび上がっていたからだった。倫子はソファにかけている男にまたがり、惜しげもなくさらした裸身を激しく動かしていた。

男の顔は陰になってよく見えない。

相馬への当てつけか。

史郎はそう思った。倫子が逢い引きのために、いつも社長室を使っているはずはない。

史郎の視線は、倫子の見事な胸に釘付けにされた。それは今男の手に揉みしだかれている。細い腰にもう一方の太い腕が巻き付き、激しい動きを自分の息に合わせて制御しているようだ。

やがて倫子の喘ぐ声が大きくなり、華奢な腰からぽっきりと折れそうなほど両腕を突っ張らせ始めた。同時に、史郎の視界に男の顔が浮かび上がる。

和家一彦だ。

逞しい和家の体に乗ったまま、倫子は視線を窓の外へ投げている。ブラインド越しにターミナルの光景が半分だけ見えていた。史郎のところからも見える。BT21号車がそこにあった。いま下田が運転席に乗り込み、エンジンを始動させたところだ。点検のつもりか、ヘッドライトを点けている。

和家に抱かれながら、なぜか倫子の視線はずっとそのトラックに向けられているのだった。きらきらと瞳を濡らし、短い叫びや喘ぎを間断なく洩らしつつ、倫子はエンブレムの輝くグリーンのボンネットから目を離さなかった。

史郎はそっと部屋を離れた。

ドアを開けたままにしたのは、二人に対する無言の警告だ。

階段の踊り場にある明かり取りの窓から、BT21のヘッドライトが何度かパッシングされる様を見た。まるでBT21が和家の体を借りて倫子と交わっているかのようだ。ばかばかしい。だが、史郎はとても笑う気になれなかった。

倫子がどういうつもりで和家と付き合っているのか史郎には皆目見当がつかない。

だが、倫子がさらした裸の輪郭は、史郎の脳裏にこびりついたまま、当分、離れそうにはなかった。

第四章　裏面

1

平は、運転してきた小型バンを川崎駅の裏手にある工場の灰色の壁にそって置き、フロントガラスの内側に「配送中」と書いたボードをたてた。降り立った路上は、どこか饐《す》えた臭いがしている。夕刻。残照の最後の一筋が途切れ、夜の帳《とばり》は急速な勢いで陰気な紫色の脚を平の頭上にまで伸ばしてきた。客を満載した列車の重くレールを打つ音が聞こえる。やがてそれが遠くへ消えていくと、平は自分の足下に夜闇が這い出す気配を感じた。その界隈の殺風景な光景は薄汚れ、排気と手垢にまみれ、どこかの金持ちが豊かになるために犠牲にされたような惨めさとみすぼらしさを感じさせる。平は自分が金持ちになることは絶対にないとはわかっていたが、それでも一時的に小金を手にすることはあるかも知れないと愚かにも思っていた。

そのときには、馴染みの飲み屋の女でも口説いて温泉にでもしゃれ込むか。

平勘三は今年五十に手が届くが、結婚したこともなければ所帯じみたものを持ったこともない。今さら持とうとも思わないし、安酒場の不器量な女と一緒になって尻に敷かれるより、一人で勝手気ままに暮らしたほうが余程ましなのだ。

だが、その自由な生活を一時、平は失いかけた。

好きな賭博で百万円の借金を背負い込んだのが一年前。借金の相手はもちろん、まっとうなスジではない。月給三万円、しかも貯蓄と呼べるものの一切無い平に返済の目途が立つはずがなかった。借金取りに悩まされる生活が続いた。払えと言われても返しようがない。それが開き直りにも似て、平の拠り所となっていた。家に帰ってアパートの前に債権者の姿が見えると、見つからない内に逃げ出す。そして取り立ての連中が帰った頃に戻ってそそくさと眠り、明け方、借金取りが来る前に起きだして、どこかで時間を潰す。

この程度ならちょろいか。そんな油断も生じてきたある日のことだ。仕事から戻った平が暗い部屋の明かりをつけると、部屋の隅に白装束の男が座っていたことがあった。どこかの料理人のような格好をした男は、膝の前に水を張ったたらいと研ぎ石、出刃包丁を揃えて正座していた。唖然とし、声が出ない平を見あげる目の底なしの暗《あん》澹《たん》たる様を、どうして忘れられようか。男はだまって包丁を手に取ると、研ぎ石に水を注ぎ、静かに研ぎ始めたのだ。

しゅ。しゅ。しゅ。

このときばかりは、平も己の骨を見えない刃で削りとられるような恐怖を味わった。脚ががくがく震えだし、膝小僧が勝手に踊り始める。お化け屋敷の骸骨よろしく自分の頭が上下左右に小刻みに揺れるのがわかり、薄暗い蛍光灯に照らされた部屋から色彩が飛んでいった。

ひいっ、という声とともに背後にのけぞった平は、部屋を飛び出すと一目散に逃げた。うわうわうわ、と喘ぎとも悲鳴ともつかぬ声を発しながら、足を縺《もつ》れさせ、何度も転びそうになりながら。自分がどこに向かっているのかわからないまま走り、気がついたとき、蒲田の雑踏で茫洋と突っ立っている自分がいた。乱れたシャツがズボンから飛び出し、ビニールのバッグの肩紐が脚に絡まっている。わなわなと震え、シャツの胸ポケットから出した煙草は何度唇に突っ込んでも抜けて足下に転がった。

もとより大した人生だと思ったことはない。しかし、このときほどのっぴきならないところまで転落したと実感したことはなかった。人生の土俵際まで一気に追い込まれ、得体の知れない借金取りの影に怯えて暮らす。重圧と絶望感、そしてなにより身に迫る恐怖に押し潰されそうだった。

一時は命さえ危ないと思う状況だったが、その暗闇から引き上げてくれたのがこれから会う男だった。

男は成沢《なるさわ》とだけ名乗っていた。本名かどうかわからない。いや、たぶん本名ではないだろう。何をやっている男かも——といってもカタギのはずはないが——、年齢も住所も連絡先も何もわからない。不気味で恐ろしい男。だが、成沢は平の借金を立て替えようと申し出たのである。理由はどうあれ、そのとき胸にこみ上げてきた喜びを平は押し隠すことはできなかった。

「少しずつ返済してくれればそれでいい」

成沢はいった。

成沢と初めて会ったのは昨年暮れのことだ。冷たい北風の吹き荒《すさ》ぶ、淋しい夕暮れだった。かじかんだ手を擦りながら階段を上がっていた平は、ぴかぴかに磨かれた靴が視界に入ってきたところではたと足を止め、おずおずと見上げるとそこに成沢は立っていた。錆び付いたアパートの踊り場だった。

借金取りか。逃げようとした平だったが、成沢と目が合った途端、金縛りにあったように足が動かなくなった。そげ落ちた頬に、薄い唇をした痩せた男。首筋に浮いた筋肉は美しいほどに不気味で、それが癖なのか、ぎりぎりと奥歯を噛む仕草のたび、眉のあたりがそれ自体生き物のように動く。細められた目は真っ直ぐに平の目を射て、逸らすことすら許さない厳しさがあった。全身から漂う殺気に平はすくみ上がり、ゆっくりと男が近づいてくるまで身動きどころか呼吸もままならなかった。胸だけが酸素を求めてひくついた。

「部屋で話そうか」

老人のように嗄れた声だった。うなずくのが精一杯だった。かくかくと顎が鳴った。成沢は顎で先に歩けとしゃくり、おずおずと足を踏み出す平の後ろからついてきた。クソ寒いのに背中からどっと冷や汗が流れ出すのがわかった。

このとき、成沢が申し出た借金の立て替えと返済計画は平にとっては願ってもない僥倖だった。この死神のような男が、神様のように思えた。考えてみれば死神もまた神なのだが、平にはどうでもよかった。

嬉しくて、畳に額を擦らんばかりに礼の言葉を繰り返す平に、その言葉は遥かな高みから降り注いだような気がする。

「ただし、それには条件があるんだが」

這い蹲《つくば》った格好のまま、平は、ぴたりと動かなくなった。条件？　疑問を浮かべながらゆっくり頭を上げた平を、立ったまま成沢は冷淡な目で見下ろしている。

「あんたには仕事を手伝ってもらう」

成沢はいった。

「仕事……？」

つぶやいた平の煙草と酒で濁った瞳に、成沢は視線を注ぎ込む。聞いたら断れない、それだけは平も直感で悟った。聞くな、という、もう一人の自分の声もあったが、借金取りに怯え、日陰で暮らす生活はもうまっぴらご免だという思いがそれを抑え込んだ。

黙っていると、男はにっと笑った。この男はどうやら平の心の動きをその襞まで読めるらしい。

男がしゃがみ込み、平と視線がまっすぐに合う。そうなるともう退けない。平はごくりと唾を呑み込み、成沢の言葉を待った。

「神様なんぞいるわけねえ」

工場の壁に沿って歩きながら、平はそのときのことを思い出してつぶやく。

成沢は死神だった。正真正銘の、死神だ。ならば、死神に仕えている俺はなんだ。地獄の獄卒か。獄卒？　平は左右の足を交互に踏み出しながら、相馬運送の地味な制服姿を見下ろしてみた。

「とても獄卒には見えねえな」

可笑《おか》しくもないのに、上っ面だけの引きつった笑いがこみ上げた。それはすぐに、胸の奥の空疎な穴へ吸い込まれていく。平は不意に真剣な面差しに戻った。眉をしかめ、前屈みになって歩く。舗道の敷石がずれてぺんぺん草が顔を出している。右手、塀の向こうには太い煙突が一本、夜空に向かって建っていた。その頂上で点滅している赤いランプが、虚ろだ。

工場街から川崎駅の雑踏を通り抜けると、平は駅前から派手な電飾を所狭しとちりばめた歓楽街へと足を踏み入れた。まだこの一角が賑わうには時間が早い。暇そうにしている客引きが看板の脇で煙草を吸いながらこちらを物色する視線を感じたが、それでも声を掛けてこないのは平が会社の制服を着ているせいか、それとも金がないと見抜くからか。あるいは、平の形相があまりにも彼らの客になる男たちと違うからだろうか。

平は歓楽街の中心から裏道へ折れた。継《つ》ぎ接《は》ぎだらけのコンクリートの道路はところどころ穴が開き、泥水が溜まっている。小便臭い路地には、間口二間ほどの店が軒を並べていた。開け放たれたガラス戸は傾いでいたり、割れていたり。ささくれだった木のカウンターがあって、足場の悪い店内に丸椅子がぎっしりと並んでいる。各店に便所は無く、この路地の外れにある市立公園という名のごみため場にひとつきり清掃の行き届かない公衆便所があるだけだ。立ち飲みの店も何軒かあった。中でも一番安いのは、路地でひっそり商売をしているうらぶれた酒屋だ。店先で買った酒を奥の立ち飲みカウンターでちびりちびりとやるのである。

その酒屋の隣にある店の前で、平は立ち止まり、じっとその看板を見つめた。いつものように、自分の胸ぐらを摑んで揺すられるほどの臆病風に吹かれながらも、引き返すことは決して許されない。

電灯の消えた看板が店の前に無造作に置いてある。看板には筆文字を模し、『風来』と読める。暖簾《のれん》は引っ込んでいたが、店内に明かりはついていた。仕込みの音がかすかに聞こえ、曇りガラスの向こうに人影が透けている。

ふう、と大きな溜息を一つ吐き、平はそっとガラス戸を開けた。

成沢がそこにいた。

暑い最中きっちりとスーツに身をくるみ、今日はいなせな銀縁眼鏡なんぞをかけているが、夏がいっぺんに冬になったような冷淡な印象は変わらなかった。カウンターの内側では無口な割烹着の男がひとりで包丁を使っていた。

成沢は、店の奥に斜めに座り、片腕を隣の椅子の背もたれに載せていた。

「どうも」

ぼそりと平がいった。返事はない。代わりに手が動いた。白くて細い、亡霊のような指が背広の内ポケットに滑り込み、茶封筒を取りだした。平は狭い店内の入り口から数歩入ったところで立っていた。成沢はその封筒を、平の足元に放り投げた。

「すんません」

どこまでも卑屈な返事が喉をついて出た。成沢の前にたつとそれだけ言うのも一苦労だった。しゃがんで封筒に手を伸ばし、中味も確かめずズボンのポケットにねじ込む。できるだけ早くこの場を立ち去りたい。それだけを平は考えていた。

「それじゃ、俺はこれで」

再び平がいい、ぎこちなくお辞儀をしたとき、待てよ、と成沢は引き止めた。平は、下げた頭を八分目まで上げたところで体を静止させる。どこかでアコーデオンが鳴り始めた。小さな音で、平の知らない、ゆっくりとした曲を弾いている。

「何か報告することはないのか」

「報告、っすか……」

顔を上げると、「ないのか」と、成沢は狭い額の中で眉を寄せる。困った表情はどこか芝居がかって見えた。だが芝居だとすればこれ以上無い迫真の演技だ。

「も、目的地までが遠いもんすから、ご、誤魔化すのが大変ってことぐらいで――」

目に凄みが増した。平は首を竦《すく》める。いつの間にか足が震え出していた。

はあ？　と突然、成沢は口をあけて顔を少しだけ天井に向ける。平は心底びびって、「なんとかしますから」という言葉を二度繰り返した。その態度を眺めている成沢は、決して厳しさを緩めることなく、その目で、冷徹を貫き通す瞳で、ぎりぎりと平の心臓を締め上げていく。そして突如靴の裏底を見せたかと思うと、手近な椅子が蹴り飛ばされて派手に転がった。

椅子は隣の店との薄い壁にぶつかり、跳ねて平の膝小僧を嫌という程、打ちすえた。

「あたたた」

もっと痛い目にあいたいか。もっと惨めな目にあいたいか——。成沢は怯えきっている平の目を覗き込んで呪文のようにつぶやくのだった。

「た、ただ、走行距離が予定より長いんで、総務が煩《うるさ》いってだけです」

平は成沢に取り入ろうとしたが、相手の反応はない。耐え難いほどの無言が続く。代わりにさっきから聞こえているアコーデオンの音がさらに大きくなったかと思うと、ガラス戸の向こう側でぱたりと止んだ。

「なんて奴だ」

成沢はきいた。「名前は」

平はたらりと首筋に汗が流れるのを感じた。

「お、大間木って男でして。総務やってんです」

「見られたのか」

「ま、まさか」

ぶるぶると平は首を横に振った。

すると成沢はふうんと考えこむ素振りをみせ、唐突に「猫寅《ねことら》っ」と叫んだ。誰を呼んだのだ？　狭い店内をきょろきょろ見回した平の背後で、ごろごろとガラス戸が引かれ、傷痍軍人の白い服を着た大きな男がアコーデオンを抱えてそろりと入ってきた。かたっ、と地面がなるのは、右足が義足だからだ。

猫寅と呼ばれたその男の異様な雰囲気に、平はじりりと壁際に後ずさった。あの男だ。平の部屋で包丁を研いでいた白装束の——。いま、男はアコーデオンを抱えたまま義足で立ち、「なにやりましょう」と陰気な笑顔を浮かべる。低音のよく響く声だ。

「曲はいい。酒でも呑めよ」

成沢がいうと、ありがとうござんす、と猫寅はカウンターにアコーデオンを置き、入り口脇の椅子を引いてすわった。

カウンターの内側から、なみなみと注いだコップ酒がとん、と置かれた。男はそっと持ち上げ、舌を出してコップの中程から舐《な》め始める。一気に半分ほど飲み干すと、手のひらで口をすすった。その仕草があまりに猫そっくりで呆気にとられて見ている平のところから、丸坊主にした頭皮が蛍光灯の光を反射しているのが見える。体も大きいが、頭はさらに不釣り合いなほど大きく、重たく分厚い瞼は空豆ほどの大きさがあり、眼窩に垂れ下がってきていた。従って目の表情は陰になって見えない。人間離れした印象の男である。

「うまいか」

面白そうに成沢はきいた。

「へえ」

猫寅はいい、歯をむき出して顔にくしゃりと皺を寄せる。笑う仕草も猫に似ているが、猫は猫でも化け猫だ。

「仕事を頼むかもしれん」

成沢がいうと今度は分厚い瞼が上に動いた。どろりとした、光の無い目がその下から現れる。

こいつもまた、闇の世界の住人か。

背筋に冷たいものを感じながら、平はそう断じた。二人はそれ以上、「仕事」の中味について話さなかったが、平にはわからない意思が電波のように通じ合っているのを感じた。こいつには関わらんほうが身のためだ。平はそう直感し、あとはどうやってこの場から立ち去ろうかということだけを考え始めた。

意味もなく店で足止めをくらう間、平はまるでこの世界の隙間から魔界の中へするりと落ちてしまったような錯覚さえ覚えた。用もないのに、成沢は平を狭い店内の壁際に立たせたままにしたのだった。

「おっかねえところだ」

そうして小一時間、店を切り盛りしている男が暖簾を出したのをきっかけにしてようやく『風来』をおいとました平は、脇目もふらずに色町を突っ切り、バンまでたどり着いた。

息が切れる。

背後を振り返ると、夜空を背景にネオンの明かりがぼんやりと反射し、巨大な昆虫が蹲《うずくま》っているように見える。猫寅の不気味さ、なんとも言えぬ嫌悪感と匂いが、見えない糸のように体にまとわりついているような気がする。平は震える指でバンのドアを開けて運転席に乗り込むと、大きな深呼吸をした。エンジンをかけると、サンバーの小型エンジンが回り始めた。燃料計がゆっくりと動きはじめるのをみて、ようやく一息つく。

一時間ほど出てくるといって相馬運送を出たのが午後六時。いま七時を少し回っていた。運行予定表では、この後下田らと交替することになっている。実質、今日の仕事は片付いた。成沢と会ってどっと疲れた平は、うんざりして欠伸《あくび》を押し殺した。

駅前の雑然とした界隈をやり過ごして三キロほど東へ向かい、大師橋を渡る。川向こうは羽田で、糀谷《こうじや》にある相馬運送は目と鼻の先だ。幸いなことにそれほど渋滞はなく、平の運転するサンバーは二十分ほどで川崎から都内へと入った。同じ殺伐とした風景でもいつも見慣れているほうが安心する。建ち並ぶ中小零細の工場を左右に見ながら、産業道路を直進、やがて相馬運送の看板が見えるというところになって平はブレーキを踏んだ。

運転しながら出した胸ポケットの煙草が空になっていたからだ。

煙草屋で「いこい」を買い、口にくわえた平は、運転席のドアに近づいたところで動きをとめた。五十メートルほど向こうにある相馬運送の出入り口に、一人の男が立っていたからだ。社員ではない。つばの短い帽子を目深にかぶり、白いシャツに黒っぽいズボンという格好だ。

「なんだ？」

平は煙草に火を点けてから車を出すと、よく観察するためにわざとゆっくり走らせた。

五十ぐらいのずんぐりした男だが、小柄な平よりは背が高い。前から見ても横からみても同じぐらいの幅に見える、四角くいかつい顔に、日本人離れした鉤鼻《かぎばな》だ。目は鷲のような三角形、眉が逆ハの字についている鋭さで、ベルトをしている腰回りはかなり頑丈そう。短い足に太めのズボンは、少し滑稽な印象さえした。

平のサンバーが近づいてくると、男は歩き出した。何かの気まぐれで立ち止まった人が再び歩き出すような、自然な素振りだった。それがあまり堂に入っていることが、平には気になった。髪は短く刈り揃え、大きな耳が帽子の下に見える。シャツの折り目がはっきりしていた。十メートルほど相馬運送の出入り口を通りすぎた男はそこで立ち止まると、周囲を見回すような格好をしながらちらりと平のサンバーへ視線を向けてきた。忙しい配送業務から戻ったばかりの運転手の顔をして見せた平は、わき起こってきた疑念の渦を胸に運転手控え室へと急ぐ。

平のサンバーが入ってくるのを見ていたのだろう、ターミナルの作業場から下田と和家《わけ》、そして相棒の片岡が抜け出して控え室に向かうのが見える。平は、事務所棟の二階を一瞥した。

明かりはついていたが、大間木の姿はない。一時期、BT21号車の走行距離を執拗にチェックしていた大間木も最近では、新しい事業計画とやらに没頭していて、それどころではなくなっているらしい。ほっとした平は、成沢に大間木の名前を出したことが今後どんな結果を生むだろうかと考え、薄ら寒くなってやめた。

明々と照明を点灯して作業しているトラック・ターミナルには、いま五台ほどのトラックが鼻先を出入り口に向けたまま停まっていた。中の二台の積み込みがそろそろ終わるのか、太いシリンダーが上下する音がまるで大地を揺さぶるような振動となって平のゴム底の靴にまで響いてくる。運転手の腕の動きに合わせ、トラック上部の行き先表示が回転していた。ターミナルから洩れた明かりに、マフラーからもうもうたる排気が立ちのぼる。その背後には荷役の連中が慌ただしく行き交い、寡黙な肉体労働が継続されている。

運転手控え室には三人の男が来て待っていた。

平はポケットにねじ込んだ封筒を取り出し、中から札束をとりだした。中味は九万円のはずだ。数えた。間違いなく、聖徳太子の一万円札が九枚入っている。手の切れそうな新券だった。

最初に決めた通り、片岡、和家、下田の三人がそれぞれ二万円ずつ、残りの三万円を平が取った。異論はない。成沢の仕事を一度こなすと九万円が入ると平はこの三人に説明していた。平と成沢との約束は実のところ一回十万円なのだが、そのことは伏せてある。差額の一万円は、平の借金と自動的に相殺してくれる仕組みだ。

「ありがてえ、これでまたいい目ができるぜ」

片岡が舌なめずりしながら一万円札を蛍光灯にかざす。人目に付かないうちに早くしまえよ、と平は釘を刺し、声を潜めた。

「さっき、妙な男を出入り口で見かけたんだが」

一ヵ月の給与にも匹敵する金を受け取って浮き足立った場の雰囲気がじっとりと重たくなった。それがどういう意味なのか片岡が目できいてくる。下田と和家は動かなかった。和家はじっと指先の煙草を見つめたまま。下田は底なし沼のように光のない目をじっと平に向けている。

「刑事だな、ありゃ」

そう告げた瞬間、三人の顔色が変わった。

この年の一月、成沢に依頼された仕事を受けるために、平は仲間を集める必要があった。一番手っ取り早いのは、同じBT21号に乗っている連中を仲間に入れることだ。そこで平はこの三人に、内緒のバイトをしないかと持ちかけたのである。「ある取引先へ行って荷物を受け取ってくる。それを指定された場所へ運べば、いい小遣い稼ぎになる」そう説明したのだ。最初に声を掛けたのはここ数年組んでいて相手の胸の内がわかっている片岡だった。

「いくらもらえるんすか」

大した期待もせず聞いた片岡は、「一回、二万円」という平の言葉にしばらくは返事もせず考え込んでいた。そして「まっとうな仕事じゃねえな」と図星をついた。さあな、と平はとぼけた。場所はターミナルの片隅だ。片側に木製の箱が堆《うずたか》くつまれ、片側には肥料用穀物のつまった麻袋の山。平と片岡はその袋に腰掛け、禁止されている煙草を吸いながら深夜勤務の真っ最中だった。

不意に片岡は立ち上がったかと思うと、この男の話に出てくる全盛時代を思わせるような軽いステップを踏み、シャドーボクシングを始めた。痩せた野良犬のように背中を丸め、見えない相手と対峙する片岡の拳が空気を切る。麻袋の山へにじり寄ると、拳を何度か袋にめり込ませた。どす、どす、という籠もった音が平の頭上で鳴り続ける。それが一段落したとき、「いつからっすか」ときいてきた。

和家と下田に話を持ちかけたのは、片岡の後だった。二人がそろって控え室にいるところへ出向き、世間話のついでに話を切り出したのだ。片岡と違って口の重たい二人は、平が話している間ほとんど言葉を発しなかった。話し終えてもまだ黙っている。刹那、木偶《でく》を相手にしているような錯覚を覚えた平は、半ば強引に「やるよな」といってみた。

「そのかわり、手が後ろに回るようなことはごめんだぜ」

それまでじっと得体の知れない目をして耳を傾けていた下田がいう。

「お前らは、ただバイトを誘われてそれを手伝ったってだけだ。なにを運ぼうと警察の御用にはならんさ。いい小遣い稼ぎだと思うけどな」

その説明は成沢からの入れ知恵だった。下田は黙り、それが承諾の合図だった。お前は、ときかれた和家は「俺はどっちでも」という。「なら、やれ」と平はいい、とりあえず仕事の態勢が整ったところで成沢に連絡を入れたのだった。

最初の仕事は一月半ばの月曜日に入った。受取りを指示されたのは、品川の倉庫街。都内への配送の途中に和家と下田がその場所へ赴くと、一辺が五十センチほどの木箱が二つ、待っていた。一目でヤクザとわかる男からそれを受け取り、他の荷物に混ぜてターミナルまで運ぶ。待ちかまえていた平と片岡が荷扱いの連中に混じってそれを自分のトラックに運び入れ、夜間配送のついでに指定された場所にまで運ぶのだった。

中味が何か、平は確認しようとは思わなかった。知らないほうがいい、とその時も思ったが、本当のところは恐ろしくて中味を見ることができなかったのだ。執拗なほど釘で封印された木箱は片岡と二人で持ってようやく持ち上がるほどの重さだった。

その夜――。

厚木への配送の帰路、指定された住所へ地図を頼りにトラックを走らせた。ハンドルを握るのは平、片岡が隣にいてときおり茶色い車内灯で地図を確認していた。突き出したボンネットの両側には畑とまばらな民家が見える。厚木から戻る途中、都下西部へと鼻先を向けたBT21は土地勘のない細い道路へと彷徨《さまよ》いこんでいた。さっきから片岡は黙りこくり、じっとヘッドライトに照らし出されては背後に消えていく路肩の雑草や電信柱を睨み付けていた。時折、舗装されていない道路にさしかかると、車体がひどく揺れ、背後の荷台でごとり、と音がする。

「跳ねてやがる」

と片岡が言った。

「見てくれや」

平はともするととられそうになるハンドルから左手を離し、親指で荷台の方を指した。ベンチシートの背後には荷台確認用の窓が二つついている。「けっ」と片岡がいい、覗き込んだ。

「異状なし」

どちらもむっつりして黙る。車外は身を切るような寒さだが、BT21号にはヒーターが無い。闇にのっぺり伸びている巨大なディーゼル・エンジンの余熱だけが唯一の暖で、それはフロント・グリルの向こう側から伝わってくる。かろうじて足先が冷えるのを回避できるぐらいささいな熱だ。

「あれ、中味、なんすか」

しばらくすると片岡がきいた。

「知らねえ」

片岡はじっと前方をみつめる。そして、「ほんとに、ほんとっすか」とやけに真剣な、どこかに怯えを押し隠した声できいた。その声にはどこか「泣き」が入っているようで、横着なボクサー崩れが弱々しく見える。

知らねえ、ともう一度平はいい、ぐっと唇を結んだ。本当に知らないのだから仕方がない。不意に二人の間にできた緊張が気まずい雰囲気になる。片岡からいつもの軽口が引っ込み、平とて世間話を振り向ける気もせず、運転手と助手はただヘッドライトが映し出す枯れ果てた大地に目を向けた。中味を知りたいと思うのは、実は平も同じだった。恐いもの見たさである。

「あとどのくらいだ」

平がきいた。片岡の腕が背もたれの上へ伸び、車内灯をつけた。ぱっと赤茶色の明かりがつき、フロントガラスに平と片岡の脚が映っている。前方に杉林らしい影がぼんやりとだけ見える。おそらく近くに何か建物があって、その常夜灯を浴びているのだろう。

そのとき、突如、目の前の道路に穴が浮かび上がった。

「うわあっ」

と片岡の悲鳴が上がると同時に、大きく車体が揺れた。体が前のめりになり、ハンドルを握ったまま、平は体が浮き上がるほどの衝撃を受ける。ヘッドライトの光芒が派手に揺れたかと思うと、ノーズが滑り出した。ハンドルを取られ、平は咄嗟に手に力を込める。ブレーキを踏んだ。タイヤが砂利を噛み、ボンネットが右へぶれる。ヘッドライトが右手の刈田を映し出した。道路から一メートルほど下だ。解けずにのこった雪の、白い塊がちらりと見える。だめか。ブレーキを踏み続けながら平が観念しかかったとき、ざざっ、と派手に滑ってBT21号の巨体は停まった。

「あっぶねえ」

ふうと大きく頬を膨らませて片岡がいった。

「パンクしたぞ」

ハンドルの動きから察した平は、運転席を開け、道をふさいだ格好で停まっているトラックの前輪を見に行く。左側をやられていた。今まで見たこともないほどひどい状態だった。タイヤの表面がえぐられ、傷は中のゴムチューブまで達しているらしい。

「ジャッキ！」

凍てついた大地に寝そべり、車体の下に手を突っ込んでジャッキをあてる場所を探す。あった。寒い寒いと言いつつ幌のかかった荷台へ回った片岡はなにをもたついているのかなかなか戻ってこない。

おい、と平は声をかけた。まさか、修理道具を忘れてきたんじゃねえだろうな。それが心配で顔をあげた平は、すぐそばに片岡の顔を見つけてぎょっとなった。片手にもった懐中電灯が意味もなくボディのグリーンを照射し、片岡の落ちた顎と飛び出さんばかりに見開いた目を朧《おぼろ》に浮かび上がらせている。

「や、やべえよ」

片岡は口をぱくぱくさせているが、出てきた言葉はそれだけだった。平はその懐中電灯を奪うようにして手に取ると、舗装もされていない道路の小石を踏みしだいてトラックの最後部へ回った。工具類は専用の箱に入れられて荷台に置いてあるはずだ。片岡が外した幌が北風に吹かれている。それを跳ね上げ、平は荷台の奥を懐中電灯で照らした。そして、片岡が慌てている理由を理解したのだった。

積載していた木箱のひとつがさっきの衝撃で荷崩れし、蓋が飛んでいた。中に入っていたと思われるビニール袋が飛び出している。黒いビニール袋は幾つかに分かれて荷台のあちこちに散乱していた。小石を嚙む音に振り返ると、平の背後に片岡が息をひそめて立っていた。

「どうするよ、おっさん」

お前やれ、とは言えず、平はさっと幌を跳ね上げて荷台によじ登った。片岡もついてくる。足下にビニール袋がひとつ転がっていた。

「中に戻すぞ。拾え」

しかし、片岡は凍りついたように動かなかった。何かを感じているのだ。この積み荷の、薄いビニール袋の中味が一体なんなのか、見なくても感じるものがあるのだろう。それは平とて同じだった。だが、このまま放って逃げるわけにはいかない。途中での放棄を成沢は決して許さないだろう。

平はかがみ込み、そっとビニール袋の端を指先で摘み、持ち上げようとした。

重くて持ち上がらない。

仕方がなく端ではなく、真ん中辺りを持った。

刹那、平は自分の顔が極限にまで歪んだのを感じた。

ビニールの薄い被膜を通して、ぐにゃりとした感触が指先に伝わったからだ。こみ上げてくる悲鳴を堪えるのに必死になる。壊れかかった木箱は運転席と背中合わせになる場所に転がっていた。ビニール袋に入ったそれを放り込み、肩で息をした。

袋はあと、三つ転がっている。同じぐらいの大きさのものがあと二つ。もう一つはバレーボールほどの大きさがあった。回収する前に、平は木箱の中味を照らした。座布団を二つ折りにしたぐらいの塊がビニール袋にはいって底に張り付いている。今や袋の中味を察した平は、こいつが飛び出さなくて良かったと心から思った。そして振り返ると、残ったビニール袋のひとつを懐中電灯で照らした。

渋々、片岡がその内の一つを持ち上げる。途端に、うわっ、と言って落とした。荷台を転がり、平は目を背《そむ》けた。木を張り合わせた荷台に、点々と染みがついたのを見てしまったからだ。

「お、おっさん」

泣き出しそうな片岡の声がする。

「こ、こ、これ、ひょっとして――」

「黙れ。さっさと拾え！」

平は片岡が落とした袋を片手で持ち上げて木箱に放り投げる。ぐしゃ、という音。もう一つ。その間に片岡が隅に転がったボール大の袋をおそるおそる持ち上げた。

「しっかり持たないとまた落とすぞ」

平は片岡の足下を懐中電灯で照らしてやった。片岡は両手の指に力を込め、ビニール袋の両端を持って体の前でぶら下げている。顔は見えないが、ぶるっていないはずはなかった。逃げ出せるものならすぐにそうしたいのは平も同じだ。

平は懐中電灯を振って木箱の位置を示す。そのとき、ごとり、という音がした。

「うわっ、抜けた！」

という片岡の声。その足下を再び照らした平は、床の上から自分を見つめている二つの眼と相対してしまった。年齢はわからない。だが年配の男であることはわかった。開いたままの二つの眼には、薄い青みがかった膜が張っている。無精ひげ、そして僅かに開いた口から舌が覗いていた。頬が変色をしているように見えるのは血だ。それはひび割れ、頭髪の何本かをくっつけたまま固まっていた。

突如、胃から酸っぱい液体が逆流し、喉元にこみ上げた。平が荷台から転げ落ちるようにして外にでたとき、実際に転げ落ちてきた片岡が嘔吐しはじめる。胃が空になるまで平も吐き、それでもしばらくは路傍の土の上に両手をついたまま動く気にはなれなかった。何も吐くものはないのに胃液はとめどなくこみ上げ、胃は見えない手に捻《ひね》り上げられるように飛び跳ねる。

懐中電灯が割れていた。

ひええ、ひええ、と山鳥が啼くような甲高い声で嘔吐を繰り返した片岡は、それからすすり泣きを始めた。胃がひっくり返って、口には渋味がかった液体の残滓がこびりついている。

しばらくは茫然として動けなかった平だが、その片岡のすすり泣く声を聞くことで漸く自分を取り戻してきた。

「泣くな、ばか」

片岡にいい、背中をさすってやった。こんな思いやりを示したのは、記憶に無い。極限の精神状態になって忘れて久しい優しさのようなものを平は思い出したのだった。それは片岡との仲間意識、友情と言い換えても良いかもしれない。

片岡の足下で何かがひらひらと風に鳴っている。暗闇に目が慣れてきた平は手を伸ばして、あの首が入っていたビニール袋だと判じた。

「片岡。片岡」

傍らの若造に声をかけた平は、その腕をとって立ち上がらせた。

「お前はもういい。それより懐中電灯が壊れちまった。トラックのエンジンをかけて車内灯を点けてくれるか。それで見えるだろう」

すごすごと片岡が平から遠ざかっていくと、トラックのドアが開閉する音がした。すぐにエンジンがかかり、車内灯の弱々しい光が荷台の半分ほどを薄闇に変えた。平はビニール袋を持って荷台に上がり、闇の中で転がっているそれを両手で挟んで持ち上げた。

ずっしりと重い。人間の頭部がこれほどの重さがあるとは。さすがに袋に戻すだけの度胸は無かったのでそのまま木箱に入れ、これも片隅に落ちていた蓋をすると、道具箱をもって荷台を降りた。木箱の蓋は曲がった釘が出たままだったが、角を合わせて手で押し込むとするりと入った。

「ヘッドライト、点けてくれ」

運転席の片岡にいい、ジャッキを使って車を上げる。タイヤ交換に二十分ほどかかる。タイヤを外したことも、スペアタイヤを装着したことも、ナットを締めたことも、虚ろでほとんどは無意識の動作だった。

やがて全ての作業が終わって運転席に乗り込んだ平は、ふうっ、と大きな息を吐いてみた。体がまだ震えている。

「どうするよ」

助手席から心細そうに片岡が質問した。

「どうするも、こうするも、もうやるしかねえ。目的地はこの近所か」

ハンドルを切り返し、BT21号の巨体を道の真ん中に戻した。淋しい道路で、平たちがパニックに陥っている間、車が一台、脇を徐行していったのみ。水冷六気筒のディーゼル・エンジンの規則正しい鼓動が、かろうじて平に冷静さを取り戻させてくれる。

完全に自分を見失っていた片岡は前方の闇にぼうっとした目を向けただけだ。トラックを出し、五分ほど道なりに進んだ平は、前方の杉林の向こうに突如現れた建物のシルエットにブレーキを踏んでいた。

「ここか……」

入り口らしき門柱が二つ。ゲートは開いたままだった。何の建物なのか外見から判断することはできない。その中へゆっくりと鼻先を入れた平は、待ちかまえていたのだろうか、闇のなかで懐中電灯が振られるのを見た。

「成沢さんからの依頼なんだが」

六十近い年齢の男がいて、濁った目を運転席へ注いだ。生きているのか死んでいるのかわからないような男だった。まるで夜だけ墓場から起きだしてアルバイトでもしているような生気の無さ。平の言葉にも無言で、ついてこいとばかりにトラックの前を歩き出す。

ボンネット・トラックで、痩せこけた老人の後を徐行していく。コンクリートで塗り固められた建物には太い煙突が立っていた。直径五メートル近く、高さは三十メートル以上も、あるのではないか。

「こ、ここ――ゴミ処理場っすね」

片岡はまだびくついている。成沢の指示は、指示した住所にある場所まで荷物を運び、あとは現場にいる男に従えというものだった。男はゆっくりした足取りで建物の中を歩いていき、やがて一つの壁の前で立ち止まった。壁は錆び付いた鉄でできている。鉄板を張り合わせたところに鋲が均等に配置されていた。行き止まりじゃねえか。そうつぶやいた平の視界で、ヘッドライトに照らし出された男の影が消えた。

片岡がぽかんとして前方を見つめている。

壁が動いた。

いや、壁と思ったのは一枚の鉄扉だったのだ。これがどこかにあるスイッチでゆっくりと上部へせり上がっていく。

巨大な穴があった。大きな鉄製の漏斗《じょうご》だ。その最深部に巨大なカッターが並んでいるのが見える。裁断用のカッターだ。途轍もなく大きい鎌のような形をして、刃を支える鉄心の幅は十メートル近い。鋭い刃は等間隔で並び、鋼鉄の重く陰気な輝きを放っている。

そのとき、どこかでコンプレッサーの動き始めるポンポンポンという音がしたかと思うと、眼下で巨大な装置が動き出した。奈落の底で刃が回転を始めたのだ。最初はゆっくり、そして徐々に速く――。そいつはこの鉄板の地獄を滑り落ちていく物全てを粉砕し、この世での役目を永遠に終わらせようと狂ったように回り続けている。

カッターの動きに視線を取られていた平に、お、おっさん、と片岡が声をかけた。片岡は先程のショックから立ち直り切れず、蒼白な顔をして、自身、幽霊のようだ。

「お、おう」

目を奪われていた。我に返った平は、ゆっくりとギアをバックに入れてアクセルを踏み込んだ。いやいやをするようにBT21号はフェンダーを揺らしながら、後ずさりを始める。小柄な平は、肩幅ほどあるハンドルを器用に操り、トラックの向きを変えると、今度は荷台をゴミ投棄口に向けてバックし、適当なところでサイドブレーキをひいた。下がりすぎて投棄口にはまったら洒落《しやれ》にならない。

さっきの男が隣の建物の部屋から顔を出した。そこに設備を動かすスイッチがあるのだろう。平はBT21号のエンジンを切ると運転席から降りた。片岡は一瞬、どうするか考えたようだったが、のろのろと助手席側のドアを開ける。処理場はいかほどの敷地に建っているのだろう。この闇で全貌を摑むことはできないが、それほど広くないことは確かだ。ゴミ処理場というと公共のものを想像してしまうが、案外民間施設なのかも知れん、と平は思った。またそうでなければ成沢のような男の思い通りにはならないはずだ。あるいはここの経営者もまた、借金を背負うような窮地に立たされたのかも知れない。

平は暗く星のない空にひっそりと佇《たたず》んでいる建物を見回した。刃が回転する音、それに別の音が折り重なっている。その音は裁断機が回る建物の別なところから洩れ出ているようだった。

ボイラー？

建物から少し離れた場所に常夜灯があり、いまにも折れそうな木製の柱に、煤《すす》けた笠の電球が光っている。ＢＴ21号が尻を向けた建物には煙突が一本。細く黒っぽい煙が音もなく冬の夜空へたなびいていく様がかすかに見てとれた。まるで亡霊の指先のようだ。ここで裁断されたゴミは、どうやらその奈落の底でさらに焼却され、この世の中に存在していた痕跡すら無くなるのだ。

男が近づいてきて、荷台を指さした。

「燃えるゴミかな？」

その声は掠《かす》れていて、ほとんど聞き取れないほど小さかった。こいつ冗談を言っているのかと平は疑った。だが、男は大真面目で、こちらが応えるまで鼠のそれのように小さくて丸い目を平に向けてくるのだった。

フェンダーを回り込んで、ちょうど男の背後にたった片岡が、どうする、という怯えきった顔で平を窺う。

「燃えないとどうなる」

「ここでは処理ができん」

ならば答えはひとつだ。

「きっと燃えるゴミだろうよ。ここに来いと言われて来たんだからな」

男は幌をかぶった荷台へ視線を走らせ、つぎに平の背後で唸りを上げている投棄口のほうを顎でしゃくった。

「なら、降ろして、ここから落としてくれ」

「俺達が？」

「他に誰がいる。軒先渡しだと思ったわけじゃないだろう」

片岡はこの上もなく嫌な顔をした。だが、選択の余地はない。

「ちぇっ、わかったよ」

平はいった。なんであっても早いところ片づけてとっとと帰りたかった。自分のアパートで酒でもかっくらって寝てしまいたい。そうすればこの悪夢から逃れることができる。

勢いよく幌を跳ね上げた平は、荷台最後部のガードを下ろして飛び乗り、奥の木箱を固定していたゴムベルトを外すと浮かない顔で立っている片岡のほうへ押した。

「手、貸せよ」

二人で木箱を下ろし、運ぶ。

「せえの」

投げた。木箱は鉄の斜面を滑っていき、五メートルほど下で鉄の刃につかまる。ばきばきっと木枠が砕け、中のビニール袋が切り裂かれたかと思うと、それはあっというまに奈落へと吸い込まれていった。知らぬ間に汗の滲んだ額を腕で拭う。ゴミ処理場の男は傍らで冬の寒空を見上げながら、呑気に煙草を吸っていた。我関せず。この男は、平たちが運んできた荷物の中味を果たして知っているのだろうか。表情からは読みとることができない。

もう一つの木箱。

同じ様に落とした。

今度は傍らの片岡から悲鳴に似た短い呻きが洩れた。ビニールが破れたとき、血だらけの腕が突き出す様が見えたからだった。腕はまるで平にさよならをするかのように左右に揺れる。やめてくれ。平は心の中で叫んだ。ぐっと奥歯を嚙みしめていないと、いまにも叫びだしそうな気がした。片岡のすすり泣きが始まった。

二つの木箱が跡形もなくなった後も、平はしばらくその場を動くことができなかった。息が切れ、肩で大きく息をしている。喉がからからに渇ききり、手が震えていた。

「これだけか」

男がきいた。黙っているとスイッチが切られ、刃はゆっくりと回転を遅くしてやがて動きを止めた。こうしてどこの誰かは知らないが、闇に葬られたというわけだった。

「どうするよ、おっさん。続けんのかこんなこと。手が後ろにまわるぜ」

廃棄物処理場を出たとたん片岡がいった。

「俺達は何もみちゃいねえ」

平はこたえた。

「頼まれて荷物を運んだだけだ。中味が何なのか、そんなこた俺達の知ったことじゃねえ。そうだろ」

「それで通るのかよ」

片岡は顔をしかめ、二の腕で強く目の辺りを擦った。俺は降りるぜ、という言葉がいつ片岡の口からこぼれ出てきてもおかしくはなかった。だが、片岡はそう言わなかった。金持ちになりたいんだ。いつぞや片岡がそんなことを言ったのを平は思い出していた。そのとき平は、「真面目に働きもしねえで、何が金持ちだ」と自分のことは棚に上げて言ったものだ。「クソ真面目にやったたって報われないこともあんだよ。だからもう真面目はやめた」。ボクシングのことだろう。すぐにぴんときた。挫折して、人生の坂道を転げ落ちている片岡のような男でも、まだどこかに救いを求めているのが平には哀れだった。

「やめたっていいんだぜ」

その片岡に平はいった。ちらりと片岡を一瞥し表情を読もうとしたが、そのときBT21号が未舗装の道路に突入してそれはできなくなった。

「奴等にはなんていう。和家と下田の二人には」

尻の下から突き上げてくる振動と騒音の中で片岡は声を大にしてきいてきた。

「黙ってりゃいいさ」

「もし、ばれたら」

「さあな。そんときゃ、そんときだろうよ。中味のことを聞かれても、しらばっくれとけや」

それから半年近くが経った。

いま、刑事ときいてその場の雰囲気が一変し、「こいつら、箱の中味、知ってやがる」と平は直感した。和家も下田もじっとテーブルを見つめたまま動かない。煙草の灰や新聞や皆が読んで擦り減ったエロ雑誌が無造作に置かれたテーブルには、成沢から受け取ったカラの茶封筒がそのままになっていた。

「変わったことはなかったか」

成沢が自分にきいたのと同じ質問を下田に向けた。

「別にねえよ」

下田は応える。その目に殺気が漂っていて、平は秘かに身構えた。どんよりとした目には感情と呼べるものの欠片《かけら》も浮かんではいない。

なにもんだ、こいつ。

平は目を細くして下田を見据えた。トラックの運転手には素性のわからない者が多い。全国を流れ、職場を転々とする荒くれどもだ。腹を探れば痛いところの一つや二つはある。下田もまたそんな男の一人に違いない。

「やべえよ、どうする」

片岡は落ち着かない様子で立ち上がると、控え室の窓から外へ視線を走らせる。

「もう少し様子を見るさ。それとも刑事と関わり合いになるとまずいか」

それは下田に向けた言葉だった。

「あんたには関係ねえ」

光のない眼底に、やおら、ぎらつくエネルギーを充満させて下田の唇が動いた。出てきた言葉は低く小さいが、平を思わずのけぞらせるほどの凄みがある。

「そうか」

平はいい、威嚇したあとすっと逸れていった目を観察しながら煙草をつける。そろそろこの仕事も潮時かもしれんな。そうは思うのだが、止めるわけにはいかなかった。借金取りからは逃れても、借金で縛られていることには変わりはない。成沢の意向に逆らうことは今の平にはできなかった。

「途中で抜けるなんていうなよ」

下田に釘をさす。片岡がはっとした顔で下田を睨んだ。その横顔は仲間に対する疑心がはっきりと浮かんでいる。下田はさらに感情のこもらない目を向けてきたが黙っていた。

危ねえな、こいつ。

平の警戒心がすっと頭をもたげた。

2

疲労は、ちりちりとした眼球の痛みとなって史郎を悩ませた。一旦ペンを置き、右手の親指と人指し指で眉間を揉み、首を回した。三つ葉銀行の桜庭に提出するつもりで書き上げている事業計画書は間もなく完成する。それは、先日史郎が鏡子と共に作った計画書をさらに緻密に練り直したもので、多少銀行が喜ぶように売上げ見込みを嵩上げし、利益も多くできるように書き換えてある。

相馬に新規事業の決裁をもらって三日。今週中に銀行に対して事業概要と資金計画を説明し、二週間以内には資金調達に目途をつけたいと史郎は考えていた。ぼうっとしていれば一ヵ月、二ヵ月は平気で経っていく。

事業開始までのスケジュールは目白押しだ。

まずトラック購入。そして対象地域の米屋を回っての提携依頼をする必要がある。これについては相馬の肝いりで営業課の連中が総出で当たることになっていた。そして、人材募集だ。

新規事業の採算を向上させるために、史郎は様々な問題を想起し、その解決策について考えてきた。

その中の一つに、東京での小口集配物を横浜、川崎へ運搬するときの手順があった。集配は一トントラックで行う。計画書にうたった台数は十台。だが、このトラックがそのまま横浜や川崎といった中距離輸送に携わったのでは効率が落ちるのである。つまり、都内南西地区と横浜・川崎地区の二つの地区でそれぞれ集配する荷物は、大型トラック一台に積み替え、それで拠点間をピストン輸送したほうが効率が良い。

全てはうまくいくはずだ。

もうすぐ七月。三つ葉銀行の融資さえ出ればあとはスピード勝負だ。八月からでも事業を立ち上げたい。

史郎は書類立ての向こう側の空席をそっと眺めた。

鏡子の席である。

こんなに勇気づけられ、仕事に打ち込むことができるのも、全て竹中鏡子のお陰だ。伝票の起票、帳簿の整理、社内の様々な雑事など、今まで史郎が埋没していた仕事を鏡子が引き受け、十分満足できる水準でこなしてくれている。史郎が取り組んでいる、相馬運送始まって以来の一大事業計画に無条件で協力してくれる鏡子の存在の大きさは、計り知れない。

鏡子のためにも、この事業をなんとか立ち上げ、成功させたい。そう史郎は思うのだった。

桜庭との面談は明日の午前。勝負はこれからだ。

再び、書類に取りかかった史郎は気合いを入れて仕事に没頭した。そしてようやく書き上げたとき、目の奥の痛みはさらにひどくなり、凝り性の肩はぱんぱんに張っていた。午前零時近い。もうこんな時間か、と驚き、椅子を立つと背筋を伸ばした。

「新規か。大変だな」

声がかかった。当直担当の末松という男が営業課の自分のデスクで仕事をしていた。大間木と同年輩の末松は、襟元が黄ばんだ半袖シャツをきて煙草を吹かしている。

「大変なのはこれからさ。あんたたちにも協力してもらわなけりゃならん」

史郎はいい、デスクを片づけると帰り支度を始めた。

もう鏡子は寝ただろうか。

竹中親子との同居はまだ続いていた。新居を見つけてやると鏡子に言ったのに、宅配事業の立ち上げに忙しく約束は果たせないままになっている。だが、できればこのまま同じ家にいて欲しいと史郎は秘かに願っていた。

史郎は事務所棟を出ると、ターミナル内の敷地をわたりかけて足を止めた。

敷地の端、一日の役目を終えた小型トラック数台が並んでいる陰を人影が横切ったからだ。ちらりと見えた人影はそのまま夜陰に紛れて見えなくなる。月も星もない重たい空が天空を埋め、振り返った倉庫内では深夜勤務の荷扱いの連中が立ち働く様が見えていた。

いつかの雨の夜。出入り口付近で煙草を吸っていた不審な人物がいたことを史郎は思いだしていた。

誰だ？

史郎のシャツが倉庫からの明かりに白く反射していた。何気ない顔で歩き、一旦出入り口から出た史郎は、そこから塀の外側に沿って裏側へ回りはじめた。ほとんど利用されていないがそこに小さな通用口がある。史郎はズボンのポケットに入れたままのキーホルダーを出して通用口の小さな鍵を出すと、手に握った。隣のセメント工場との塀に挟まれカビ臭く陰気で、史郎の足音がくぐもって聞こえる。

五十メートルほど歩いた右手に黒いペンキをくどいほど塗りたくった鉄扉があった。手に握った鍵をドアノブの中心に入れて回す。錆び付いているのか多少引っかかる感触があったが、開いた。運転手控え室の裏手に出る。明かりが見え、積み込み完了の報せを待つ運転手の姿が何人か見えた。

史郎は敷地の内側を塀に沿って戻った。足音を忍ばせ、ゆっくりと進む。左手に紫陽花《あじさい》の花壇があり、背の高さほどの青い小さな花を咲かせていた。昼間より夜のほうが綺麗に見える。その背後が史郎にとって絶好の場所となった。横に伸びる紫陽花の間に体を埋めるようにして立った史郎は息を殺した。目と鼻の先にある葉に、蝸牛《かたつむり》が這っていた。

男は史郎のわずか五メートルほど向こうにいる。

服の色などはわからないが、四角い大きな頭をした男だということはわかった。トラックの背後にできた陰に立ち、じっと敷地内部に視線を注いでいる。

「なにを見てやがる」

史郎は男の視線を追った。

その先には倉庫があり、積み込みを待つトラックが三台ほど並んでいるところだった。

男の視線はそのうちの一台にじっと注がれている。

BT21号だ。

その運転席に下田の姿が見える。出発準備ができたのか、いまエンジンをかけたところだ。ターミナルのほうから和家が走ってきて、助手席に飛び乗った。闇を震動させ、夜の底を這う排気音が紫陽花に囲まれた史郎のところにも響いてくる。BTのヘッドライトが点灯し、敷地内に眩しいほどの光のトンネルを作った。運転しているのは下田だ。点検のつもりか二度、三度とライトを上下させる。デコンプレバーが引かれ、ギアがローに入る無骨なミッションの音が聞こえた。史郎の見ている側――右サイドにある太いマフラーから派手な排気があり、ひときわ高くエンジンが唸ったかと思うと、ゆっくりと巨体が動き始めた。

男の視線はそのボディを追っている。目に染みるほどのウィンカーが点灯し、トラックが表の産業道路へと消えたところで、つと踵《きびす》を返した。史郎のところから、男の、実に特徴的な鉤鼻《かぎばな》が見えた。

「なにか御用ですか」

声をかけた。男の背筋がはっと伸び、まるで銃弾を背中にくらったような格好になる。そしてどこから聞こえてきたかと辺りを見回し、ようやく紫陽花の花壇にいる史郎に気づくと向こうから近づいてきた。こういうことには慣れているとでもいいたそうな、抜け目なさそうな職業的な顔。そして「ここの方ですか」と当たり前のことを聞いてくる。史郎は紫陽花の花壇を出た。

「お宅は」

腰ベルトに紐でくくられた手帳を見せられ、史郎は戸惑った。

「警察？」

思わずトラックの行方を追うように出入り口へ視線を向ける。そこには空虚な闇があるばかりだ。刑事は所属を言わなかった。

「無断で入って申し訳ないね」

最初に断り、帽子に指をかけて頭を下げる仕草をした。ここではなんですから、と史郎はいま出てきたばかりの事務所棟に誘ったが応じなかった。

「うちの社員がなにか」

刑事は値踏みするように史郎を見た。そして「いや、別に」という。史郎はむっとし、「お宅、所属ぐらい言ったらどうだ」といった。

「警視庁の木島《きじま》といいます」

木島。その名前を頭に刻み、男の不敵な面構えをみた。齢五十ぐらい。背は史郎よりも低いが屈強な体つきは似通っていた。

「なんなんです、いったい」

史郎はまたきいた。

「捜査中なので」

木島は言葉を濁す。気に食わない態度だ。それでは、と帽子の鍔をつまむと、腑に落ちない顔の史郎の脇をすり抜けようとする。

「下田ですか」

背中に問いかけると歩きかけた刑事の足がとまり、史郎を振り返る。その顔になにか決意めいたものが浮かんでいるのを見て、史郎は身構えた。

「下田？　下田——なんというんですか」

刑事に尋ねられ、史郎はこたえた。

「下田孝夫。あいつが何か」

木島という刑事は、監獄の地下牢のようにひやりとした視線を史郎に向けた。そして、「去年の十一月十日の新聞、見てみるといい」と言ったのである。

十一月十日？

いったいそれが下田と……。

首を捻った史郎が尋ねようとしたとき木島は足早に離れていくところであった。質問を拒絶する頑なな意思を背負った男を、あとは見送るしかなくなった史郎の溜息だけが追っていった。


「おかえりなさい」

鏡子はまだ起きて史郎の帰りを待っていた。史郎の顔を見るなり、「どうしたんですか」と不安そうな顔になる。なにか悪い報せがあるのではないかと怯えた顔だ。普段は明るい鏡子が、何かの拍子に神経質な反応を示すときがある。それは彼女の不幸な人生を史郎が感じる瞬間でもある。俺は白馬の騎士じゃない。そんなことはわかっているつもりでも、鏡子をなんとか助けてやりたいという史郎の気持ちはその度に強く、確たるものになっていくのだった。

「なんでもないよ。ちょっと仕事で疲れただけさ。可奈ちゃんは？」

手を伸ばした鏡子にカバンを渡し、史郎はまっすぐに竹中親子に提供している六畳間——以前、史郎が寝室に使っていた部屋——へ行くと、寝息をたてている可奈子の安らかな顔を見た。

その手のそばに小さな折り紙が落ちていた。鏡子がその折り紙を拾って、少し照れくさそうに大間木に渡した。

「大間木さんが帰るまで起きて待っているって頑張ってたんですけど、八時過ぎには眠ってしまったわ」

「待ってなくてもいいんですよ。鏡子さんも」

「違うんです。可奈はこれをあげるんだって」

折り紙をくれた。

少し手の込んだ折り方をしてある青い折り紙だ。広げてみてください、と鏡子に言われ史郎は開けてみた。

クレヨンで描いた絵だった。緑色のクレヨンだ。顔はえらく形の崩れた丸で、その上に生えている髪は縦の線が三本。目は小さく塗りつぶしてあって、胴体から下は線だけだ。

人は二つ描かれていた。大きいのと小さいの。その大きいほうを鏡子が指さした。

「これが大間木さんなんですって」

史郎は笑った。そして、「こっちは、可奈ちゃん？」

いいえ、と鏡子は少し顔を赤くした。「そっちは私なんだそうです」

保育園の先生が描いたのか、「おとうさんとおかあさん」というタイトルが几帳面な文字で書いてある。

史郎は胸を衝かれた。

自分でも馬鹿じゃないかと思うぐらい感動し、目に涙が滲んだ。

「うれしいよ」

といい、女の子がするようにその絵を胸に抱き、しばらくそうしていた。鏡子が控えめな笑い声をあげる。

「そんなに喜んでもらえるなんて、きっと可奈子が見たら感激するわ」

「感激したのは俺だ」

史郎は再び折り紙を感慨深げに眺め、丁寧に元通りに折る。鏡子は食卓の上から虫除けネットを取って畳んだ。コンロに点火し、冷蔵庫から鯵の開きを出して焼く。

この幸せがいつまでも続けばいいと史郎は思う。いや、続けることはできるはずだ。鏡子に求婚すればいいのだ。暴力をふるう男と別れさせ、自分と結婚すればいいんだ。史郎は鏡子を幸せにすることができる。少なくとも鏡子に暴力をふるったりする男よりはましなはずだ。

俺と結婚してくれないか。

言おうとして、思いとどまった。自分の思いだけが一人先走っているような気がしたからだ。結論を急いで、この幸せな関係が気まずくなってしまうことがあってはならない。鏡子がここにいるのは行く場所も金もないからで、史郎を好いてのことではないのだ。魚を焼いてくれている鏡子の後ろ姿を見ながら、史郎はそう自戒するのである。

「計画書はでき上がったんですか」

食卓について史郎が美味しそうに食べ始めるのを鏡子は楽しそうに見ている。

「ああ、できたよ。立派なやつができた。明日、桜庭さんのところへ行かなきゃならん」

「私、なんだかドキドキしちゃって」

「なるようにしかならんさ」

本当はそう思っていないくせに、史郎は口先だけの気休めを言った。思惑通りに進んでもらわなければ大いに困るのだ。先立つものは金。だが融資を決めるのは史郎ではなく、銀行である。

「今日、不動産屋さんを覗いてみたんですけど」

史郎の箸が止まった。飯を口に入れ頬を膨らませたまま、ゆっくりと鏡子の顔へ視線を上げる。

「なかなかいい物件がなくて」

食事再開。

「でも、一つ二つは良さそうなのがあったの」

食事休止。慌てて食物を嚥下した史郎は、喉がつまって咳き込み、拳で胸を叩いた。

「ど、どこの、ぶ、物件？」

我ながら、無様としかいいようのない慌て振りを露呈して、史郎はきいた。

「蒲田なんです。２Kで四千円。少し高いかしら」

あまり高いとは思わなかったが、先日まで鏡子がいたような長屋には住まわせたくない。それどころか、ここから出ていって欲しくないのだから、史郎は返答に窮する。

「高い……かな。すまん。銀行への説明が済んだら俺も不動産屋、当たってみるから」

そして恐る恐る遠回しにきく。

「やっぱり、ここじゃあ不自由だもんな」

鏡子は慌てて両手を振った。

「いいえ、そんなことないです。私より、大間木さんよ。こんな子持ち女が転がり込んで、迷惑かけてしまってるわけだから……」

史郎はぶるぶるとかぶりを振った。

「俺は迷惑なんて思ってないよ。だから、ほんと——」

そして史郎のなかに塡《はま》っていたタガが外れた。「いつまでもいてくれていいんだ」

「大間木さん……」

言ったきり、鏡子は言葉を途絶えさせ、涙ぐむ。

「すまん」

エプロンで目頭を押さえた鏡子の態度に、無器用に史郎は取り繕った。そして
——、

「いつまでもいて欲しいんだ」

ついに史郎はいった。

だが、鏡子からは史郎の期待した応えは出ては来ない。やはり、突然すぎたか。そう後悔したとき、

「うれしい」

鏡子がいった。涙の痕をつけた顔をあげる。綺麗だ。

鏡子を抱きしめた。

華奢な体に無骨な腕を回し、加減もわからず力を込める。

「痛いわ。史郎さん」

史郎さん。その瞬間、大間木から史郎になった。そう、俺はこの人の「史郎さん」なんだ。史郎はそれを誇らしく思う。そして、このままいつまでもこの人を離すものか、何がきても絶対に守ってみせる、と秘かに誓ったのだった。

「俺が守るから」

気がつくと、鏡子の耳元で史郎は胸の内をつぶやいていた。押さえきれずについ出た言葉だった。鏡子の背中が震えるのは、むせび泣いているからだ。鏡子さん、鏡子さん、鏡子さん——。史郎は何度も鏡子の名を呼び、今まで自制していた全ての感情を爆発させて彼女を抱いた。


翌日。

「宅配便、ですか」

聞き慣れない言葉に三つ葉銀行の桜庭は首を捻った。

「配送という日本語はありますが、宅配便というのは新しいですね」

「そう、新しいんです」

史郎はぐいと体を乗り出す。

三つ葉銀行羽田支店の応接室だった。六畳ほどの広さに革張りの椅子とテーブルが配置されている。

さきほど、約束の時間を数分過ぎて、汗を拭きながら入室してきた桜庭は、時候の挨拶などそこそこに史郎が差し出した新規事業計画書をむさぼるように読み、熱心に語る史郎の話に耳を傾けた。

冒頭の感想はその後、洩れたものである。

「いま現在、小包を送るといえば郵便局か国鉄の荷物扱いしかありません。小荷物配送という市場を郵便局と国鉄というたった二つの組織に独占されているわけです。そこに当社の宅配事業が参入することで、小荷物配送の常識を覆して新しい市場を開拓しようというのです」

「相手は公的機関ですよ」

お宅に勝てるのか。そう桜庭の顔に描いてある。相馬運送などに、あの巨大な組織に対抗することができるのか。考えてみれば当たり前の疑問だが、史郎は反発した。

「われわれのサービスの方が上です」

断言する。「我が社の宅配事業では、当日中の集荷は翌日配送になります。一方の郵便小包は、都内であれば翌日かもしれないが、都内から横浜、川崎までになると翌日に届くかどうか不確実、よしんば翌日に届くにせよ、そううたっていない郵便小包よりも、相馬運送のオレンジ便のほうが確実だ」

オレンジ便――。史郎の事業計画書は、オレンジ便に携わる従業員向けのユニフォーム・デザインまで添付されている念の入れようだった。デザインを描いたのは鏡子で、桜庭は、擬人化された猫が金モールの入った制服を着ている姿を感心したような顔で眺めた。そして、「採算見込みだな、問題は」とつぶやいて史郎に目を戻す。

「どうなんです？　ざっと見たところ、この計画書自体は良くできていると思います。それは認める。だけど、ここに仮定されているような売上計画が本当に実現できるのかどうか、どうやって見極めればいいのですか。そもそも、どうやってこの売上計画の数字をはじき出されたんですか」

「それは……」

史郎は言葉に詰まった。

「市場調査をされたわけではないんでしょう」

桜庭の言うとおりだが、市場調査までやって事業計画を練るほどの時間的余裕も金もないのが相馬運送の現状だった。ジリ貧になっていく売上、社内モラルの荒廃、トラックの代替の遅れ……山積する問題を打破するためには何かカンフル剤が必要だ。宅配便はまさにその特効薬になるはずのものだが、それに際して、市場調査の裏付けからやっていたのでは一年経っても事業化は難しいだろう。それを銀行は出せというのか。

「そういう調査の裏付けはありません」

やむなく史郎はいった。桜庭は黙っている。

「この売上予想は、長年、この業界に身を置いてきた者として、実態にかけ離れない現実的な数字だと信じて作りました。確かに、市場調査をすればもっと詳しくわかるかも知れないが、だからといって当てになるわけではない。はっきりしているのは、今のまま大口輸送を継続していたのでは、相馬運送はやせ細っていくばかりで将来がないということです。だが、宅配便は違う。ここには未来がある。前例がないから絶対ということは言えないが、成功すれば相当な市場に発展するでしょう。そのトップランナーになれるかどうかの瀬戸際なんだ」

「それにこれだけ投資するのですか」

桜庭は事業計画の後半部分にある資金調達計画を右手の人指し指でトントンと叩いた。

そこには新しいトラックの購入費用、初年度赤字を見越しての人件費や燃料費といった運転資金、川崎に新設する小規模なトラック・ターミナルの賃貸費用、広告宣伝費込みで一千万円という数字が記入されていた。当初はじいていた費用を大幅に上回った額だ。年商の約五分の一にあたる数字である。

リスクが高すぎませんか。そう桜庭はいいたいのだろう。だが、リスクのないところに商機はない。それはこの計画を立案する過程で、史郎が相馬平八に言われた言葉だった。銀行には将来を評価する能力がない、とも相馬はいった。銀行は融資先を常に過去の業績でしか評価できない。それなのに融資する金の使い道は常に未来にある。そこに銀行融資の矛盾があるのだ、と。

いままさに、その矛盾をたんまり抱え込んだ融資担当者と史郎は対面しているのだった。

相馬の言葉、目の前の桜庭の渋面が、代わる代わる史郎の心中にまだらな影を落としていく。

「お話はわかりました。稟議を書いてみましょう」

しばらく考え込んでいた桜庭はいい、とりあえず史郎をほっとさせた。

「ただし、融資の決定は私一人ではできません。うちの支店長や審査部の者らがどう考えるかで結果は違ってきます」

「可能性としてはどうでしょう」

腕組みをした桜庭は唸り、首を傾げる。「それはなんとも……」

「桜庭さんご自身は、どう思われますか」

実はそれが一番ききたかったのだ。桜庭がどう思っているか。史郎はこの男を信用していた。無愛想で、ぶっきらぼうな印象だが、頭は切れる。その場を取り繕うような嘘は言わないし、常に真実を見すえようとする意思を感じる。銀行の融資担当と取引先という相対する立場だが、まだ若い桜庭を史郎は心のどこかで尊敬していた。

「市場調査もない、いい加減な計画書だと思いますか」

桜庭は自分の発言に対するあてこすりと思ったか、毅然として顔を上げた。

「いいえ。私は大間木さんを信用しています」

桜庭はそういい、一週間ほど時間をください、と史郎に断った。稟議書の作成から審査までの必要期間である。

よろしく頼みます。史郎は応接室で深々と頭を下げ、三つ葉銀行を辞去したのだった。

「どうでしたか」

事務所に戻った史郎に、鏡子は心配そうな表情をした。

「稟議はしてくれるそうだ。結果はわからん」

史郎はこたえ、未決書類の溜まったデスクに腰を下ろした。書類は整えられ、すでに鏡子の手で内容がチェックされている。

「でも、やるだけのことはやったわ」

鏡子の言葉に史郎は心の奥底が温かくなったのを感じた。そうだ、俺は全力を尽くしたのだ。あとは結果を待つしかない。

「ねえ、史郎さん」

そっと鏡子は声を落として呼び、史郎を慌てさせた。

「鏡子さん、会社では大間木でお願いします」

「ああ、ごめんなさい」

鏡子は顔を赤らめ、それから大間木さん、と言い直した。周囲に人はいないが、再び声を落とす。

「昨日、人事ファイル、ご覧になりましたか」

「いいや、見ちゃいないが。それがなにか」

「鍵が開いていたんです。中味も少し順番がおかしかったし」

史郎は立ち上がって壁に並べたキャビネットの前にたった。鼠色をした古ぼけた二段キャビネットだ。経理と人事関係の書類は帰宅するときに必ず施錠を確認することになっていて、当然夕べもそうしたはずだ。開けてみると、五十音順に並べてあったはずのファイルがばらばらになっている。

「きのうの当直は末松さんなんです。きいてみたんですけど、知らないっておっしゃるし」

史郎は首を傾げた。金目当てに金庫でもこじ開けられるのならわかるが、なんで人事ファイルなんだ。

腑に落ちない。だが、それ以上変わった点はなかったので、一応その件は落着ということになった。すでに昼を過ぎていた。史郎を待っていて食事をとっていない鏡子を休憩室へ上げ、史郎は近所のラーメン屋でラーメンライスの慌ただしい昼食をとって戻った。

桜庭とのやりとりを報告したかったが生憎《あいにく》、相馬は不在。仕方なく権藤の部屋をノックし、無関心と無理解を足して二で割ったような男に報告した史郎は、ふと夕べの出来事を思い起こしていた。

夜、刑事と相対した史郎は、相手が残した謎めいた言葉の解をまだ見つけてはいない。「去年の十一月十日の新聞、見てみるといい」と刑事はいったはずだ。なんの新聞かは言わなかったが、おそらく一般紙だろう。朝日とか毎日とか。相馬運送も新聞はとっているが、さすがに去年のものとなると古紙業者に出してしまって無かった。

「図書館か」

この界隈の公共図書館は糀谷《こうじや》の西にある一軒だけだ。そこへ行けば新聞ぐらいおいてあるだろう。手早く伝票を片づけ昼食からおりてきた鏡子に後を任せると、史郎は自転車にのって出かけた。

図書館に最後に行ったのは、十年以上前のことだ。排気とエンジンの喧噪にまみれた生活をしている史郎にとって、本の匂いと静謐《せいひつ》に満ちた空間はかえって圧迫感があった。

受付で新聞の配置場所をきき、地下へ向かう。地下へ向かう狭い階段を下りるとそこにトイレがあって、小便の匂いが廊下にまで漂ってきていた。奥にスチール製の棚が並び、紐綴じになった新聞の束が並んでいた。蛍光灯はついているが、棚が高いのと上段の新聞がはみ出しているのとで床は薄暗い。

その棚を探して、昭和三十七年十一月の朝日新聞を取った。

「十日だったな」

政治や外報面などは最初から飛ばし、史郎はまっさきに社会面を開いた。

暗い床に新聞を広げた史郎の目に、その記事は飛び込んできた。

上野で強盗放火殺人、という見出しが躍っている。社会面トップの扱いだ。そういえば、史郎も新聞で読んだ記憶があった。

上野にあるアパートが焼け、焼け跡からそこに住んでいたと思われる一家三人の死体が見つかったという事件だ。三人はいずれも刃物で刺殺され、その後、犯人によって放火されたというのである。警察の調べでは、犯行当日の朝、妻の母親が銀行から下ろした現金三百万円もなくなっていることから、金目当ての犯行という見方をしているという。

死んでいたのは、夫婦と、同居していた妻の母親の三人だ。

その記事の横に、写真が三つ出ていた。被害者の写真だ。一番上に夫、次に妻、そして一番下が妻の母親である。

史郎の視線は一番上の写真に吸い寄せられていた。

結婚式か何かのときの写真だろうか。着物の襟を見せた男が丸い囲みの中でじっとこちらを見つめている。下に「殺された田木幹夫さん」という説明書き。

史郎は穴の開くほど写真を凝視した。

図書館の窓から差してくる真夏の光の中、紙面からこちらを見つめているのは史郎の知った男だった。髪型が違うから見た目の印象は多少異なる。しかし、その目だけは間違いようがない。

下田孝夫だ。

新聞を持つ手が震え出し、史郎はごくりと生唾を呑み込んだ。顔を上げると、唖然として史郎を眺めている司書と目があったが表情を取り繕う余裕は無くなっていた。

地下の新聞置き場へ戻り、こっそり記事を破り取ってポケットに突っ込んだ。そうして図書館を出た史郎は、そのまま猛スピードで相馬運送までの道のりを戻ったのだった。

「去年の十一月十日の新聞、見てみるといい」

3

刑事がいったとき、片岡鉄男は大間木史郎からわずか数メートルしか離れていない物置の陰に息をひそめていた。平の話はどうにも気になった。刑事と言われれば心配になるのは片岡も同じで、過去を振り返れば身綺麗とはいいがたい履歴が顔をのぞかせる。それでもボクシングに打ち込んだだけまだマシで、それもなければ今頃、命があったかさえ怪しいものだった。

見つかると面倒なことになりそうだ。大間木がその場を去るまで待ち、物陰から出た片岡は通勤用に使っている自転車に乗って東六郷にある古いボロアパートへ帰っていった。

全部で六世帯といっても全員が男、しかも独身者ばかりの薄汚いアパートに片岡は住んでいた。片岡の部屋は一階の左端、一〇三号室である。陽当たりの悪さはアパートで、おまけに裏手に居酒屋があって、夜な夜な酔っぱらいの歌声や喧嘩で静けさとは無縁。とても普通の神経で住めるような環境ではないがその分、家賃も安い。

片岡は部屋の鍵をあけ、手荷物を玄関の三和土《たたき》から放り込むと、そのまま靴も脱がずに隣室に住んでいる大学生のドアを拳でノックした。その度に、「横川」というプラスチックの表札が揺れ、いまにも落ちそうだ。仕事で疲れきった片岡が寝ているときに隣で大騒ぎをしていて何度か怒鳴りつけてやったこともある相手だが、とりあえず手近なところで十一月十日の新聞を手配できそうなのはここしかなかった。

深夜をとっくに過ぎているが、横川は起きていた。こいつは学校へも行かず、昼間は寝ている。それを片岡はよく知っていた。交代制で不規則な生活をしていると、自然、自分と同じ時間帯に活動している奴らは目につくのだ。薄っぺらい壁を一枚隔てた横川の生活は、身分こそ学生だが、そこいらのチンピラと変わりないことも片岡は知っていた。チンピラ相手なら自分のほうが上だ。

案の定、すぐにドアがあいた。女でも連れ込もうと思っていたのか、横川は香水のにおいをぷんぷんさせ、髪は蛍光灯の光の下でぴかぴかのヘルメットのように光っていた。

片岡を見てぎょっとした横川にいった。

「新聞あるか、新聞」

唐突に片岡はきく。

「し、新聞ですかあ」

「あるかってきいてんだ。半年ぐらい前のやつ。去年の十一月のだ」

ぶっきらぼうにいうと、片岡は横川が嫌がるのも構わず、部屋に入った。同じ間取りのはずなのに、畳の上に絨毯なんぞを敷いてやがるからこっちのほうが高級に見える。でっかいステレオに、レコードの棚。どうせ地方のぼんぼんかなんかだろう。ごくつぶしめ、と自分のことは棚に上げて憤った片岡は、あるか、ともう一度きく。

「ちょっと待って下さいよ。半年も前の新聞なんて急に言われても」

ぶしつけな片岡のやり方に、見込んだ通り横川は文句の一つも言えぬ柔《やわ》な男だった。チンピラだとしても、使いっ走りぐらいのもんだ。あるいはバーテンかなんかのバイトでもして飲み屋の女でも引っかけて遊んでる口に違いない。勝手な想像だったが、最近女と無縁の片岡は意味もなく腹が立ってきた。

「探してくれねえか、おにいちゃんよ」

玄関に座り込み、煙草を吸う。慌てて灰皿を持ってくると、横川は押入を開けて中に無造作に放り込んだ新聞を引っぱり出した。しばらく探していたが、「あったあった」といって屈んでいたせいか少し上気した顔を綻ばせて片岡に差し出す。ほっとした顔になったのは片岡ではなく、横川のほうだ。

「ありがとよ」

横川の迷惑など顧みずその場で新聞を広げた片岡は、横川宅の玄関でその顔写真を見つけた。あまりのことに暫くは声もでない。

「もらってくぞ」

返事も聞かず飛び出した片岡は、いま停めたばかりの自転車に飛び乗り、蒲田方面へ走らせた。湿度の高い夜だった。国道一五号に沿ってひたすらペダルを漕ぐ片岡の首筋から背中にどっと汗が流れる。深夜の街灯に照らされた道路はまるで一本の帯のように見えた。帯はまるで映画のフィルムのように片岡の足下で巻き上げられる。かろうじてぶら下がり、弱々しい発電を続けているヘッドライトの下でダイナモがうんうん唸っている。そうして十分も漕ぐと、蒲田界隈の雑然とした町並みへと周囲の光景は変わっていくのだった。

片岡は何度か来たことがある道順を自転車で走り、平勘三のアパートへと転がりこんだ。

平は、丸いちゃぶ台で侘しく一人酒盛りをしていた。入るときにはノックぐらいしろ、とテレビだか映画だかでみたセリフを吐いたが、片岡の顔を見て「どうした」と真剣な表情になる。

「わかった。わかったぜ、おっさん。下田の野郎、とんでもねえぞ」

断りもせずに上がり込んだ片岡はどっかと部屋の真ん中であぐらをかき、相馬運送で盗み聞きした話を繰り返すと新聞を広げ、畳に穴が開くほど強く写真のあるところを押さえた。

「どういうこった、こりゃ」

新聞を覗き込んだ平に言われ、片岡も初めて首を傾げる。写真を一目見て、何かとんでもない秘密があると直感したのはいいが、具体的なことは何もわからないのだ。

「どうみても、その殺された男、下田じゃねえか」

片岡はまずわかっていることを口にした。それは間違いねえな、と平もいう。

「だが、こいつは田木幹夫って名前だと書いてある。いま、記事全部読んだけども、下田孝夫なんて名前、どこにも出てこねえ。そこだ、わかんねえのは」

冷静に考え込んだのは平のほうだった。目を閉じ、腕組みしてひとしきり思考を巡らせた小男は、やがて老獪さを滲ませた目で若い相棒を見た。

「こいつは身代わり殺人かもしんねえな」

「身代わり?」

「つまりよ、下田の野郎はホントは田木幹夫って名前なんだ。かあちゃんがいて、どうやら小金を貯めていたばあさんと暮らしていた。ところがなんかの理由があって、下田は金と一緒にとんずらしたくなった。それでまずかあちゃんとばあさんを殺し、あらかじめ探しておいた自分の年格好とよく似た男も殺して運び、殺した家族と一緒に転がしとくわけよ。自分の代わりにな。そのままだと顔が違ってバレちまうから、顔に灯油でもまいて火を点けたと——どうだ?」

まじまじと片岡は平を見つめた。

「じゃ――じゃあ、下田孝夫ってのは」

「身代わりになった男が下田孝夫って名前だったかも知れん。ヤモメで身寄りのない同年代の男ってとこか。そんな奴ならそこら中にいる」

事実、平もそうだった。片岡には両親に兄妹がいるが、もう何年も前に家を飛び出したきり会っていないから、独り者と変わらない生活だ。

「どうするよ、このままだとあいつ警察に捕まるぜ。奴がしょっぴかれたら、俺達のことまで喋るだろうよ。死体を運んでたなんて――」

平に睨まれて、片岡は口を噤《つぐ》んだ。

「そんな話は知らねえ。そうだろ。俺達は頼まれて荷物を運ぶバイトをしていただけだ。警察で事情を聞かれるかも知れねえが、そんなことになったら絶対に中味のことは知らなかったで通すんだ。わかったか。絶対だぞ」

薄くなった平の髪の下で頭皮が赤く染まった。目は言いようのない激情に血走り、小柄な体の上についている丸顔は茹で蛸のような朱色だ。絶対だぞ、と念を押されて片岡はそんなに俺を信用できねえのか、とむっとはしたが言葉にはしなかった。歳のせいもあるが、平はイザというとき頼りになる。それがわかっているからだ。

「どうすればいいよ、おっさん」

「下田の野郎、ずらかる気だ」

平は目を細め、大きく息をしていた。例のバイトが成立しなくなる。下田の犯罪を分析してみせた冷静さは消え、焦りと動揺が透けて見えた。

「でも下田の代わりの奴が入ってくるだろうよ。そいつを仲間にしたらいいんじゃねえか」

じっと平は畳の縁を見つめて、気が遠くなるぜ、といった。背が丸まっている。それがどういう意味なのかわからないが、平は疲れてきているという、その事実だけがぐっと浮き立って片岡の胸に迫った。

平は新聞を引き寄せ、もう一度その記事を読んだ。そして、「なあ、片岡。下田の住所、お前知ってるか」ときいた。

「知らねえや。付き合いないもん」

すると、「事務所に行きゃあ、わかるな」とつぶやいた。

「そんなもん調べてどうすんだ」

きいた片岡に、平は、新聞記事を放って寄こす。

「下田の野郎が犯人なら、ばあさんから奪った三百万円を持ってるはずだ。銀行なんぞに預けたら、足がつきそうなとき下ろせねえ。きっと奴の寝床をひっくり返せばそこにあるさ」

「盗むのか」

平は横顔を向けたまま応えなかったが、片岡は当たり前のことをあえてきいたに過ぎなかった。新聞記事には、確かに三百万円の現金が無くなっているとある。三百万円。それは片岡の稼ぎの十年分以上に相当する金だ。

すててこを脱ぎ捨て、外出用のくたびれたズボンに穿き替えた平は、押入を開けてドライバーや金槌の入った工具をひっぱり出す。部屋の片隅に転がしてあった懐中電灯をとり、ちゃんと点灯することを確認してからそれをズボンの脇についている工具用ポケットに突っ込んだ。お前も行くだろ、と片岡にきいた。

「行く」

うなずきもせず平は工具の中味を点検すると、部屋を出ていった。

どこかのスクラップ屋で拾ってきたと思《おぼ》しきポンコツのカブがアパートの傍らに置いてあった。エンジンをかけ、乗れ、と言って工具箱を片岡に手渡す。片岡が荷台に乗り、工具を膝の上に置くとカブは動き出した。再び夜の大田区を走り、産業道路沿いにある相馬運送へと平は向かっている。エンジンの軽い振動を感じながら、片岡は、意思とは無関係にどんどん進んでいくこの現実に眩惑されそうになっていた。危ういながらもバランスしていた日常に罅《ひび》が入り、壊れていく。

平のバイクは産業道路へ出ると相馬運送の表玄関から敷地内へ入っていく。作業の続いている倉庫からは明かりが洩れ、人が動くのが見えるが、誰もカブに注意を払うものはいないはずだ。

「まだ三時間は大丈夫だ」

バイクから降りながら平はいった。和家と下田の運送先は厚木だ。今頃下田がどんな顔で運転しているのか、片岡は見てみたい気がした。

平はちらりと事務所棟の二階を見上げると、行くぜ、と先に歩き出す。どうどうと敷地の中に入ってきたが、今度は目立たないように塀にそって歩いて事務所の入り口まで到達した。靴は脱いだが音がするからスリッパは履かず、そのまま階段をあがる。

「大間木の野郎、帰ったんだったな」

片岡がうなずくと、平は扉のガラス部分から中を覗き込んだ。誰もいやしねえ、つぶやいて扉を開けたところで立ち止まった。当直の末松がソファに横になっていたからだ。熟睡している。

高いびきの末松を嘲笑し、片岡は平がしゃがみ込んでいるキャビネットを覗き込んだ。「人事」と書かれた紙が貼り付けてある二段キャビネットは施錠されていた。

平はだまって工具箱を開けると、中から奇妙な格好に折れ曲がった針金を取りだした。使い易いように取っ手の部分に小さな木製の柄がついている。平の手製だろう。

片岡の知らないところで平がこういう道具を使うこともあるということだろうが、事実、それがいま役に立っていることに違いはなかった。

「昔とったなんとやらさ」

片岡の心を読んでか、平が囁くような小声でいい、道具の先端を鍵穴へするりと差した。開くまでひどく簡単に見えたが、同じことをやれといわれてもとてもできる手並みではない。

キャビネットを開け、人事関係の書類から下田孝夫のものをひっぱりだした。大間木の机にあったメモ用紙をとって住所を書き留め、戻そうとして束ねた書類ごと床に落とす。慌てて拾い集めたが元の順番通り並べ替える時間はない。でたらめにキャビネットに突っ込んで、事務所を後にした。それから運転手控え室に立ち寄り、そこにあった懐中電灯を一本、片岡に放った。片岡はそれをズボンのポケットに突っ込んだ。

重たい空が途切れ、地上同様に汚れた空にかすかな星が瞬いていた。

下田の住所は、大森の工場が建ち並ぶ準工業地帯だ。再び二人乗りで、相馬運送前の産業道路を北上した平は途中で右折し、ごみごみした糀谷界隈の雑踏を縫うように進んだ。もうその辺りになるとどこをどう走っているのか片岡にはわからず、ただ黙って膝の工具を握りしめているしかなかったのだが、やがて眼前に現れた暗い川には見覚えがあった。

新呑川《しんのみ》だ。暗い川筋の東には闇に包まれた京浜工業地帯の果て、東京湾がある。目の前に末広橋というちっぽけな橋があり、たもとに車前草《おおばこ》のはえた橋をバイクはわたり、ひとつふたつと十字路を越えたところの蕎麦屋の前にバイクを停めた。怪しまれないように出前のバイクと並べる辺り、経験者の知恵としかいいようがなかった。

平は黙して東へ向かう。荷物の運び役となった片岡は工具をぶらさげてその後ろをついて歩いた。相馬運送での経歴が長いだけあって、平はこの辺りの地理には詳しい。最初の頃、平の受け持ちは近隣配送だったと聞いたことがある。それが前任者の急な退職によって、BT21号車へと配置転換されたのだ。前任者がなぜ辞めたのか、片岡はきいていなかった。

「こいつに呼ばれたような気がしたんだよ」

ある日、BT21号車のハンドルを握りながら平が独り言のようにつぶやいたのを片岡は覚えていた。ろくに返事もしなかったが、内心片岡も似た印象を持っていただけに、おっさんもか、と思ったのだった。ボクシングの夢が潰え、ぶらぶらしていた片岡がなぜ運送会社の人材募集に応募したのか自分でもうまく説明できなかった。だが、そうする前、町で見かけた一台のボンネット・トラック——グリーンのボディに相馬運送と書かれた車に強い引力を感じたのだ。心の奥底を揺さぶられる感じ。語りかけてくる、トラックが。エンジンの振動や唸りや、そして排気の音で、片岡に語りかけてくるのだ。それがBT21号車だった。だが、片岡はそれをいままで言葉にしたことは一度もなかった。ただ、だまって平と一緒にBTに乗っていただけである。相馬運送に入ってから、片岡は大型の免許もとったが、ハンドルはいつも平が握ることになっていた。その代わり荷物の上げ下ろしの大半は片岡が受け持つ。そんな役割分担も片岡は気に入っていた。

この夜もそうだった。片岡は荷物を受け持ち、平が先導する。

平は立ち止まり、道沿いの民家に掲げられた住居表示を読んだ。路地を入る。土の匂いがした。薄闇に目を凝らすと、両側の木塀の足下にコケが生えているのが見える。

下田孝夫の家は、零細工場の建ち並ぶ一角に建てられた長屋だった。戦争で焼け残ったのか、曲がりくねった狭い道路が舗装もされないまま残っている。一日雨が降らなかったのに、道路のくぼみには泥水が溜まっていた。

平は長屋の手前で立ち止まり、家と家の間からそっと辺りを窺った。刑事の姿を確認しているのだろう。相馬運送まで下田を追ってきた刑事が、下田の住まいを把握していないはずはない。下田の逮捕が留保されているのは証拠固めをしているからだろうが、秒読み段階になっているに違いなかった。いまやらなければ三百万円は証拠品として警察に没収されるだけだ。その金があれば、おっさんも俺もいい目を見ることができると片岡は思った。金はそういうために使わなきゃな、とも都合よく考えた。

手振りをひとつして物陰から出ると、平は再び別な角度から気配を窺う。長屋の裏に回り、慎重すぎるほど同じことを繰り返した後、垣根とも言えないような木枠を乗り越えて裏手のドアへするするっと近づいていった。板の欠落している濡れ縁がある。残った板も反り返って釘が突き出していた。ガラス戸が四枚あり、一応カーテンらしきものはひいてあった。ガラス戸に手をかけてみたが、鍵がかかっていた。すでに平はドアノブの鍵にとりかかっている。

安物の鍵は構造まで安っぽいのか、開くまで一分もかからなかった。

開けて中に入り、きっちりと閉める。そこは台所だった。左手に四畳半の和室。向こうに六畳ほどの居間があり、壁際に箪笥があった。白っぽいカーテンの下端が破れて切れ切れになっている。台所の流しはほとんど使われた形跡がなかった。室内は片づいている、というより、ほとんど荷物らしい荷物もなく、生活臭がしなかった。食卓はあるが埃っぽく、流しには布巾もなければタオルもない。洗い物はコップが二つだけ。壁にはカレンダーもポスターもない。

逃亡犯である下田は、極力自分の匂いを残すまいとしているようだった。居間の片隅に敷いたままの布団があり、それが汗臭い匂いを放っている。平はまっすぐに箪笥まで行き、下から順にあけていった。中味を全部外にだし、抽斗を抜いて奥まで確かめる。三段しかない箪笥はすぐにばらばらになり、畳の上に少ない衣服が散らかった。平は箪笥をひっくりかえして壁との隙間を覗き込み、箪笥の底へも光をあてた。

ふう、と頰を膨らませた平の表情が結果を物語っていた。どこだ。懐中電灯の光を狭い家屋内に巡らせ、手近な布団をぱっとはね上げる。何もない。黄ばんだ畳が現れただけ。片岡のみている前で平は玄関に降り、造作のちっぽけな下駄箱の扉を開けて覗き込んだ。さらに台所に戻って食器棚の中をかき回し、裏と底まで確かめる。

平は手ぶらで立ち上がった。どこに隠しやがった。勇む思いよりも見つからないことへの当惑のほうが先にたった感じだった。もっと簡単に見つかるはずだと考えていたのかも知れない。少なくとも片岡はそう考えていた。

平の懐中電灯が床に丸い光輪を描いている。片岡は自分の懐中電灯のスイッチを切り、闇の中に立っていた。

平は食卓に椅子をのせた。それに乗り、天井板を外そうとして、ふと自分の背の低さを思い出したようだ。「これはお前のほうが適任だ」といい、片岡に代わった。

蜘蛛の巣だらけの天井裏に首を突っ込み、頭の横で懐中電灯をかざした。埃と黴《かび》の匂いは長く嗅いでいると気分が悪くなりそうだ。片岡は体ごと回転させながら光を百八十度回転させてみた。無い。同じことをするために食卓ごと動かし、それぞれの部屋で繰り返す。

ぐらつく食卓から落ちないように気をつけながら片岡は肩を竦《すく》めてみせた。平は腕時計の文字盤に光を当て、午前二時を確認するとどっかと座り、腕組みした。

片岡は居間と台所の間にある柱に背をもたせかける。煙草が吸いたい。そう思った。

「あとはこの下か」

という平のつぶやきと共に、畳をぺたぺたと叩く音が薄暗がりの中でした。

「全部ひっくり返すのかよ」

片岡の首筋を風が撫でた。ボクサー時代の名残といえる俊敏な動作で振り返ったとき、視界の端で匕首《あいくち》がにぶい光を放った。

とっさに避けた片岡の頭上で柱が削れる音がした。飛び退いた片岡は平とぶつかり畳の上にもんどり打つ。わけがわからないまま立ち上がろうとしたとき、左の上腕に熱を感じた。かすり傷だ。

短刀を握った相手の右手の動きに片岡の視線は釘付けになった。息つく間もなく、切っ先を片岡の腹の辺りに向けたまま、下田は飛び込んで来る。

痛みが脳天を突き抜けた。

しかし、急所は外れたようだ。

短刀はいったん右肩に刺さり、骨を削ぐように斜めに引かれたところで抜けた。鼻先の畳に転がった柄が見える。何がどうなったのかわからないまま、柄に手を伸ばした片岡だったが、一瞬早くそれを奪い取ったのは平だ。

下田を打ち据えた衝撃でばらばらになった椅子の足が転がっていた。平に不意を突かれ、壁際で呻いたのも束の間、下田は平に向かって突進し、やがて上も下もわからぬ無言のとっくみあいになった。

二人の男の荒々しい息遣いが途絶えた。目を皿のようにして見守った片岡の視界に立ち上がってきたのは、小柄なほうの影だ。

懐中電灯の明かりが、心臓を一突きにされて絶命した下田の姿を照射し、片岡は喉元からこみ上げた悲鳴をなんとか抑え込んだ。

平は脱力し、背を丸め両腕をだらんと垂らしたまま立っている。

頭は極度に混乱し、何をどうすればいいのかわからないまま、片岡は平の傍らに立ち、呻いた。平は、先程ひっくり返した箪笥の中味からシャツを取り出し、片岡の肩口と腕にきつく巻き付けた。腕の傷も思ったより深いのか、心臓の鼓動にあわせひどく疼きはじめている。

「縫わなきゃだめだ」

シャツを巻き付ける前、懐中電灯で腕を照らした平はいった。

「お、俺のことよかさ、し、下田を、ど、どうするよ」

ふらつく足でなんとか立ち上がった片岡は薄っぺらな壁に体をもたせかけ胸を激しく上下させた。

「このまま転がしとくわけにはいかねえぜ。指紋だってそこら中についてる。あんたサツにかまれたことは……」

あるとも無いとも返事は無かった。平は自分のほうを睨んだようだったが、表情までは読めなかった。まだ当分帰ってくるはずのない下田がなぜひょっこり帰ってきたのか、そこまで考える余裕はまるでない。

「床下に埋めちまおうか」と片岡。平は首を横にふったようだった。

「下田の姿が見えなくなりゃ、家捜しする。サツだって馬鹿じゃねえ。すぐ見つかるぜ。もしこいつを隠すんなら今夜の内にやっちまわねえとだめだ」

平はあごで下田の死体をしゃくった。

「厚木まで往復してこんな時間に戻ってこられるわけはねえ。こいつは途中で下車してきやがったんだ。運転は和家《わけ》に任せてな。サツ撒いて、とんずらするために一度ここに戻ってきた。くそっ、どこに金、隠しやがった」

「金もそうだが、サツはまだこいつがここに戻ったこと、知らねえ。和家の運転する箱の戻りまでサツは見届けるつもりだろうが、そこに下田がいないと知れば奴等は焦るぜ。きっとここにきて戻りを待つだろう。そうしたら俺たちゃ手も足もでねえ。それまでに片付けちまわないと」

平は時間を気にしてから、「見張っててくれ」といって立ち上がった。

「見張る？　ななな、なに言ってんだよ」

片岡は慌てた。こんな場所に死体と二人きりは真っ平御免だ。

「お前は動かねえほうがいい。そんな格好じゃ目立つし、力仕事も役にたたねえからな。俺はひとっ走り会社に戻ってクルマとってくる。二十分もかからん」

一緒に行きたいがために反論しかけた片岡だったが、平はそれを軽くいなして出ていってしまった。

ぱたん、と軽い戸が閉まる音がすると静かになった。観念した片岡は、再び壁にもたれ、足を長く伸ばした。ふと、仰向けになった下田の死体が目を見開いたままだということに気づいて、逡巡したのち、恐る恐る近づいた。

生きているときあれだけ不気味だった目は、窓からかすかに洩れてくる星明かりにビー玉のように光っていた。死んだカラスの目のようだ。

瞼を閉じてやる。

「なんまいだ、なんまいだ」

室内は重苦しい静寂に押し潰されそうになっている。この部屋のどこかに死んだ下田孝夫の魂がいる。視線。実体のない吐息。死と生との狭間に落とされた怨嗟の声。ぶるぶるっと恐怖が体を突き抜け、胸が引き裂かれそうになったとき腕が疼いた。が、その痛みは恐怖を和らげ、片岡の精神の平衡を保つのに役立った。

どれぐらい、そうしていただろう。

きい、と扉がきしんだ。平だ。途轍もなく長い時間に思えたが、時計を見ると言葉通り二十分ほどで戻ってきたのだった。

「どうだ」

意味もなくきいた平は、仰向けに転がったままの下田にかがみ込むと、心臓を刺し貫いたままの匕首を握った。一気に引き抜く。その辺に散らかったシャツを丸めて傷口に当てて血が散るのを防いだ平は、台所の床に転がっていた鞘を拾っておさめた。

「どうやって運ぶ」

「背負うしかねえな」

平はいった。「カーテンにくるんで運んだら目立つ。酔っぱらいのフリをすれば見られても大丈夫だろうよ」

平は箪笥を元通りにして部屋中に散乱した下着やシャツを乱暴に突っ込んだ。懐中電灯で丁寧に畳を照らし、付着した血痕を箪笥の手ぬぐいで拭う。

よし、と一言つぶやいた平はやおら下田の腕を引っぱって上体を起こした。苦労してそれを背負う。力のない男ではない。それでも一瞬ふらついた。二人は夜陰に紛れ、裏口からそっと夜の底へと忍び出た。

相馬運送から運んできたサンバーは人目に付きにくい工場が並ぶ路上に停めてあった。数百メートルほどの道のりだが、死体の重みに平は歯を食いしばっている。

「大丈夫か、おっさん」

返事はない。ぐっと頬を膨らませ、顔を上気させたまま運び終えると、鍵を受け取った片岡が開けた荷室に死体を放り込んだ。首尾よく倉庫から運んできた運送用の大箱がひとつ載せてある。平はサンバーを出した。

「どこに隠す？　会社の倉庫に紛れ込ませるか」

だめだ、と返事があった。

「サツが張ってやがった」

「BTは」

「まだ戻ってねえ。サツもそれを待ってるんだろうよ」

バンは新呑川の大森側、暗い工場と平屋が建ち並ぶ真っ直ぐな道を走り、旭橋を右折して糀谷町五丁目へ渡った。どこへ行くつもりだろう。目的地の見当がつかず、片岡はハンドルを握る平を横目で窺った。そのとき視界がさらに開け、フロントガラスの向こう側に黒々とした東京湾が眼前に現れた。開け放った窓からねっとりとした潮風が吹き込んでくる。港の照明が波の膨らみに反射し、神経をぴんと張りつめている平の顔に斑《まだら》な光の痕跡を残した。

「ここで梱包だ」

平は操業していない倉庫の裏にサンバーをとめた。人目のない淋しい場所だった。荷室から箱を出して地面に置き、その中に下田孝夫の死体をずり落とす。死体は等身大の人形のように箱に足を伸ばして座り込んだ格好になる。その背を平が力ずくでぐいぐい押した。鈍い骨折の音とともにやがて体は二つに折れた。

台車を下ろし、その上に苦労して木箱を載せると、「お前はここにいろ」と言い残して平は倉庫街へと消える。そのときになると片岡にもようやく合点がいった。平は取引先の倉庫に木箱を隠すつもりなのだ。羽田旭町界隈には搬入搬出、そして在庫管理までを相馬運送で請け負う倉庫が何軒かある。そこに隠し、通常の集荷ルートで回収して後は――。

「ゴミ処理場か」

片岡はつぶやき、腕の痛みに顔をしかめながら運転台にいつも放ってある煙草を吸った。痛みは徐々にひどくなり、冷や汗がでた。息が浅くなり、軽い吐き気がしてのみかけの煙草はとっとと放り投げる。「つつ」と顔をしかめて何度か舌打ちし、そのうちこらえ切れなくなって倉庫の裏で小便をした。そうこうしている内、平が戻ってきた。片岡を見るなり、「顔色が悪いな」という。

長い夜である。

何事もなかったように平がバンを会社に戻しに行く間、片岡は数百メートル離れた道ばたに蹲《うずくま》っていなくてはならなかった。

「いてえ」

その言葉は無意識のうちに何度も口から出た。我慢しているより譫言《うわごと》のように声を出しているほうが気分的に楽だった。やがて平のバイクが片岡を乗せ、来たときと同じようにアパートまで帰り着いた途端、崩れるように床に転がった。体力の限界が近づいている。

「見せてみろ」

止血用にまきつけていた布をとり、かすかに残っているカラ元気を奮い悪態をつきながらシャツを脱ぐ。痛みは最大限に膨らみ、肩は焼き鏝《ごて》を押されているかのようだ。

「ひでえな。傷口がぱっくり開いてやがる」

「縫えるか、おっさん」

片岡はきいた。言葉が唇から出た途端、自分でもさっと全身の血がひいたが、医者に行けば足がつくかも知れない。その思いが言わせた言葉だった。平は箪笥の上にある箱から消毒用アルコールの瓶を出してハンカチに染み込ませる。

「沁みるぞ」

「わかって――」

あとは言葉にならなかった。片岡は横臥し、平が不器用な手つきで恐ろしい裁縫を終えるまで、座布団を頭からかぶって痛みを耐えなければならなかった。

「終わったぜ」

永遠に続くかと思えるほどの激痛の末、その言葉はどこか遠くから聞こえてきた気がする。だが片岡は動かなかった。ありがとよ、ぐらいは口が勝手に動いたかもしれないが、記憶はない。片岡はそのまま畳の上で眠った。自分でも判然としないが気絶したのかも知れなかった。明け方までの短い睡眠の間、何度か震えて目が覚め、一度は気を利かせて布団を掛けてくれた平に礼を言ったような気がするが、これも鮮明な記憶はなかった。

長すぎた夜の果てに朝は来た。

七時前、朝陽の眩しさに片岡は目を瞬かせた。傍らの畳の上でまんじりともせず平が煙草を吸っている姿が目に入り、黙って起きあがった片岡は無言の視線を交わした。

悪夢のような夜だった。動くと腕と肩は釘でも打たれたような痛みを寄こすが、昨夜ほどではなかった。

「どうだ」

平はひとことときいた。

「いてえよ」

窓ガラスは一晩中開けっ放しだったのだろう。それでも蒸した。立ち上がってみた。ふらつくが、大丈夫そうだ。その際、カーテンの隙間からごみごみした蒲田界隈の商店街とその向こう、海まで広がる工業地帯が見えた。一見、普段と変わらぬ朝の光景だが、実はこの片隅で、一人の男が死体になって転がっている。この視界のどこかのだだっ広い倉庫の片隅。そこは決して朝陽が射し込むことはない場所である。

4

糀谷の図書館から全速力で自転車を漕いできた大間木史郎は、事務所棟の階段を駆け上がってガラス戸をひき開けた。

「た、竹中さん――」

息を切らせ、ごくりと唾を嚥下した史郎は、当惑した鏡子の顔を見て後の言葉を呑み込む。来客は、事務所の片隅にある応接用の椅子に掛けて待っていた。史郎の顔を見ると、にこりともせず頭を下げる。昨夜はかぶっていた帽子をいま手にもっているが、明るい場所で見る男の表情はずっと険しく、横柄そうに見えた。鉤鼻に脂が浮き、シャツは昨夜から替えていないのだろう、首筋は黄ばみ、つんとする汗の匂いを漂わせている。

「さっきからお待ちになっているんです。警視庁の――」

「知ってる」

鏡子を遮り、木島と対峙し、「昨夜はどうも」といった。それで相手はわかったはずだ。会釈はない。代わりに、ぐっと顎をひいた木島は、苛立ちと焦りを圧縮したような雰囲気に包まれた。

「下田孝夫は出社していますか」

開口一番、刑事はきいた。昨日の夜番を知っている史郎は、運行予定表を見るまでもなく「いいえ」と応えた。訝《いぶか》る視線にさらされ、「夜勤の後ですから」と理由を説明する。運行表を見ないとわからないが、今日は休みか夕方からの出社になるはずだ。

「下田と会いたかったら、自宅に行ったほうがいいでしょう」

「自宅はどうも留守らしい」

その言葉で、史郎は刑事の焦りの理由を知った。

「いない？」

「昨夜、下田はもう一人の運転手と運送に出かけた。それはあんたと私で見たとおりだ。ところが、戻ってきたトラックに下田は乗っていなかった」

史郎はぐっと腹に力を込め、頭を高速で回転させた。

「申し訳ないが、和家さんという運転手に事情を聞かせてもらった」

ちらりとトラック・ターミナルのトタン屋根に視線を投げた。そこでは十年一日の如く、荷扱いの連中の労働があり、プラットフォームに荷台をつけたトラックの幌を跳ね上げた姿がある。そこに何人か見知らぬシャツ姿があった。刑事たちだ。

「途中、多摩川を渡って暫くしたところで、突然、トラックを降りると言い出したらしい。後は行方知れずだ」

史郎を見つめる木島の目には底なしの疑念が滲んでいた。

「運送中のトラックと無線でのやりとりはあるのかね」

俺が報せたと疑ってやがる。無性に腹立たしくなって史郎は相手をにらみ返した。

「ないです、そんなもん」

史郎はぞんざいにいった。「私が下田に連絡したとでも」

重要容疑者に逃げられた刑事の八つ当たりか。見かけ倒しの愚鈍め。その思いを込めて木島を見返してやる。

「下田の行きそうな先に心当たりはありませんか」

「ありません」

「下田と親しくしていた者はいませんか」

いるとすれば和家一彦ぐらいだが、二人が仲がいいという印象はあまりなかった。和家は決して社交的な男ではない。倫子《のりこ》との一件で史郎が解《げ》せなかったのもそのせいだ。和家も下田も容易に胸襟を開くような奴らではない。

「さあ。なんなら下へ行って誰かに尋ねてみたらいい」

そういって史郎は窓外を顎でしゃくった。刑事はむっとした顔になったが、それ以上に史郎は嫌悪感を感じた。刑事にも下田にも。

新規事業と鏡子との生活。ここ半月ほど必死になって未来の設計図をひいてきた史郎にとって、こういうごたごたの全てが邪魔で足手まといだ。鬱陶しかった。

このとき視界の中を集配を終えたBT21号車が入ってきた。フェンダーを震わせ、いつものように敷地のターミナル寄りまで進んだボンネット・トラックは、平のハンドル捌きに合わせてゆっくりと向きを変え、バックを始める。助手席がこちら側を向き、やけにぐったりした片岡の姿が見えた。どうせ夜通し遊び歩いた疲れが出ているのだろう。

黙ってBT21を見下ろし、動きを目で追っていた木島がきいた。

「同じトラックに乗っている運転手同士というのは近しいものかね」

「どうですかね」

いつになく硬い表情でバックミラーを見つめている平の仕草に、史郎はこの男なりの嗅覚を感じた。抜け目無い視線は同じようにトラックの動きを目で追っている数人の刑事へもちらちら向けられている。博打好きの平が借金取りに追われているという噂は前にきいたことがあった。どれだけの借金か知らぬが、まっとうなことばかりで返せる金でもあるまい。

「あの二人にきいてみたらいい」

そういって窓外から視線を戻したとき、木島の後ろ姿はさっさと事務所を出ていくところだった。

5

「燃えるゴミか」

その夜も、いつものように老人はきいた。

「ああ、燃える」

と平。男が制御室らしい粗末な部屋へ消え、固唾を呑んで見守る片岡の前でやがて二列に並んだカッターが回転し始めた。

まだ片腕が使えない片岡に代わって、平が一人で木箱を降ろし、すり減ったコンクリートの床を押していく。夏を思わせる強い陽射しが一日中降り注いだ一日だった。木箱からはすでにかすかな腐臭が漂いはじめている。それは傍らで平の作業を見守る片岡の鼻腔にまでただよってきていた。

平は物凄い形相で木箱を鉄の漏斗《じょうご》の開口部へとおしやり、ついにそれを落下させた。ここはこの世の果てである。海の外れが滝になっていると考えた昔の人々も、まさか地上に地獄への落とし穴があるとは思わなかっただろう。

片岡の視界の中で、木箱は音もなく滑っていく。

がりっ、と鈍い衝突音がして、カッターの先端が木箱を砕いた。

その瞬間、片岡は思わず瞠目してしまった。

箱が木っ端に割れ、瞬間、どういうはずみか折れ曲がっていた下田孝夫の体がそのカッターの上に直立したからである。

うわっ、という悲鳴が平の喉から洩れた。

下田の体は高速で回転している二本のカッターの上に浮かんでいるように見えた。

だが、それはもちろん目の錯覚に過ぎない。足下からカッターに切り裂かれ、細かな血漿を飛び散らせながら下田の死体は奈落へと沈んでいく。スローモーションを見ているようにゆっくりと、体を刻まれ、この世に存在した証を失っていく。腿、腰、腹、胸——頭がぐらりとゆれ、見上げるように片岡と平のほうへ向いたとき、ひいっ、という自分でも情けないほどの悲鳴が喉元を這い上り、生々しい周囲の空気へ拡散した。

下田孝夫の目がいま、まるで意思があるかのように片岡と平を睨み付けるようにかっと見開かれたからだ。口が開き、真っ赤な舌と喉が見え、絶叫する男のように黄色い歯が剝き出しになる。

思わず両腕で頭を抱え込んだ片岡はその場にしゃがみ込んだ。平は憑かれたように棒立ちだ。

ガツッガツッ、とカッターが鳴り、ローターの回転する音だけが夜のしじまに響いて止まった。

「生きてた——ように見えた」

片岡の言葉に平の返答はしばらくなかった。

「体の筋とかよ、そんなもんが引っぱられたんだろうさ。そうにちがいねえ、そうに違いねえや」

「俺、やだよ、もう。俺はもう——」

悲しいわけでもなんでもないのに、涙がどっと溢れた。がっくりと頭を垂れると肩の辺りが化膿しているのか、少し異臭がしていた。

「行こうぜ」

平に痛んでいないほうの腕を引っぱられ、片岡はなんとか立ち上がった。BT21号の鼻先を回し、疎林と畑とが広がる淋しい土地へと門を出る。たちまち、静まり返った田舎道の夜気を粉々にうち砕き、ヘッドライトが闇に風穴を穿《うが》った。そのときになってもまだ、片岡の鼓動は激しく、心臓はいまにも口から飛びださんばかりだった。ハンドルを握る平の指も真っ白になっている。

ゴミ処理場を出たとき、BTの背後で小さなヘッドライトが点灯したことに片岡も平も気づかなかった。背後の林につけられた林道の中で甲高いエンジンが回転したかと思うと、スバル360のユーモラスなフェンダーが農道へと躍り出た。畑の一本道を疾走するボンネット・トラックはスバルの五十メートルほど前方を走行していた。距離はどんどん開いていく。

スバルのミッションが一速から二速へ素早く切り替えられた。その独特の湾曲したフロントガラスの内側には、目を血走らせた一人の男が前のめりになって顔を張り付かせている。

大間木史郎だ。

BTのバックミラーにはくっきりと二つの光輪が浮かび上がり、後続車の存在を報せている。

だが、平も片岡も、もはやそんなことに注意を払う繊細さも気力もとっくに失せていた。

第五章　オレンジ便

1

「呪われたトラック？　どういうことなんです」

琢磨がきくと、桜庭は戸惑いと不安に揺れる瞳を向けてきた。

「あのトラックは実に様々な問題を相馬運送に――いや、あんたの親父さんに引き起こしたんだ。人が何人も死に、そして周囲までをも巻き込んで悲しみと苦痛のどん底へと当時の大間木さんを突き落とした。その悪夢の幕開けとなったのが、当時相馬運送に勤めていた運転手の失踪だった。ＢＴ21の四人いる運転手の一人だ」

そうして桜庭は、昭和三十七年の晩秋に起きた上野の放火殺人事件とその不可解な顚末について語った。

琢磨はきいた。

「すると下田孝夫という男は逃走したきり逮捕されなかったんですか」

「行方は杳《よう》として知れん。だがきっと生きちゃおらんだろう」

「なんでわかるんです」

　桜庭は外聞を憚るように声を落とした。

「下田孝夫が住んでいた長屋の畳から血痕が見つかってな。下田が失踪する前、部屋で争うような物音がしていたという住人の情報もあったらしい」

「金はどうなったんです。下田は——いや、田木幹夫は、三百万円もの金を持っていたんでしょう」

「それは結局、見つからずじまいだった。三百万円といっても、今で言えば、その十倍以上の価値がある大金だが。くだらんことに遣ってしまったのかも知れんな」

　下田孝夫の事件は、当時、警察の大チョンボとして新聞で叩かれた。また一方で現代のミステリーとして興味半分に週刊誌などは書き立てた。

　桜庭は続ける。

「あとでわかったことだが、相馬運送に提出された住民票は偽造、身元を証明する書類は全て贋物だった。相馬運送にいる男が殺されたはずの田木幹夫にそっくりだという証言が寄せられて、警察は半信半疑で内偵していたらしい。ところがすでに一家三人が焼殺されたと発表して半年も経った頃だ。殺されていたのは他人だったと訂正すれば警察の威信は揺らぐ。他人のそら似で逮捕して誤認となればさらに恥の上塗り。慎重になり過ぎた。尻尾をみせない下田に痺れを切らし、動かないなら動かしてやるとばかりに陽動作戦に出た。それが大間木さんへの発言になったらしい。下田に身代わり殺人の噂が立てば奴は動く。そこに捜査の勝機を見いだそうとしたんだが——」

「下田——いや、田木は消えた」

桜庭はうなずいた。

「ただ、死んだはずの田木が生きているのなら、誰が身代わりに殺されたのかということについては、その後随分経ってから真相が判明した。下田孝夫は、田木と同年配の日雇い労働者だったんだ。窃盗事件で捕まった男が余罪を追及された際、何件かの盗みを下田孝夫と共謀して働いたと自供したらしい。その供述に基づいて警察が調べたところ、下田孝夫という人物がちょうど上野の殺人事件が起きた頃、姿が見えなくなっているという事実が明らかになった。聞くところによると下田は住所不定で、年格好は田木とよく似ていたということだ」

「つまり、田木は、下田を自分の身代わりにしたということですか」

「おそらく。黒焦げの死体を本人と特定したのは、妻方の親戚らしいが、田木とは十年以上も前に結婚式で会ったきりだったらしい。鑑定の真贋は実に怪しいものだったが、状況的に身代わりを疑う余地がなかったため強盗殺人として捜査されていた」

「田木の職業はなんだったんですか」

「トラックの運転手。日本橋の繊維問屋を顧客にした運送会社でトラックのルート運送に携わっていたらしい。相馬運送に残っていたのは偽免許証と思われるもののコピーだけだが、運転の技術は本物だった。あんたの親父さんが騙されたのも無理はない」

「父が、騙された……」

琢磨のつぶやきに、桜庭は少し気まずい顔になって煙草を点けた。

「いろんなことがあるさ。親父さんが悪いわけじゃない。騙された奴が悪いなんていう言い草はこの場合通用せんさ。悪いのは下田孝夫、いや田木幹夫だ」

琢磨はテーブルに広げた新聞記事に目をやった。——オレンジ便で話題を呼んだが、その後、配送事故などにより顧客離れが起きていた。

「ここにある、配送事故というのはなんです」

しかし桜庭は首を傾げた。

「それは分からん。なんせ宅配事業そのものが私の記憶にないんだ。当時の相馬運送には確かにいろいろあった」

「BT21号の関係で？」

「それだけじゃない。それだけじゃないが——下田の事件を境に、なんというか、運命のバランスが傾きだした。あれを呪われたトラックといったのは、大間木さんだった。そのときあんたの親父さんは苦悩しておられた。いまあんたに話したようなことを聞かせてくれたのは後になってからだ」

「それはいつですか。相馬運送が倒産した後？」

「ああ。全てが終わった後だ」

桜庭はしんみりと応えた。

「そうですか……」

琢磨は最初の疑問に戻った。

「先程、宅配事業はご存じないとおっしゃった。ところがここにはオレンジ便という名称まででている。これはどういうことだと思いますか」

「あんたは何を心配してる」

桜庭が突いてきたのは、琢磨の心に広がり始めた一抹の、それでいて拭い切れぬ不安だった。

「過去を見た。そして宅配というキーワードを託した。それがこの記事につながった。違うか？　つまりあんたは歴史を――？」

黙っている琢磨に、桜庭は言いかけた言葉をふと途切れさせた。桜庭がこの荒唐無稽としか言いようのない言葉を本気で口にしかかったのか知りたくて、琢磨は大仏顔をまじまじと凝視する。桜庭家の掛け時計が時を刻む音がしている。過去への夢でみた、銀行のカウンターの向こう側にいた男の四十年後。皺が寄り、人生の労苦をそれなりに刻んだ、しかし真剣そのものの顔だった。少なくとも人生のある一点において、琢磨の父と一緒に歩んだ男。もしかしたら琢磨よりも深く、そして正確に大間木史郎という男の本質を知っているかも知れない男。それが目の前にいる。

桜庭さん、と琢磨は話しかけた。

「父に何があったんですか」

桜庭の応えが返るまで、長い時間が必要だった。

「あんたの親父さんは、そのことをあんたには話さなかった。ならばこれ以上、私が話していいものかどうか、正直なところわからん。私は傍観者に過ぎず、しかも真相が果たしてどうだったのか、知らない。私にはあんたの親父さんの苦闘を語る資格はない」

桜庭は挑みかかるような目を琢磨に向けた。

「だが、これだけは言える。あんたの親父さんは立派に闘った。己を見舞う運命と闘い、そしてBT21号とも闘い、その息の根を止めた——大間木さんは、勝ったんだ」

「勝った……」

その言葉を繰り返した琢磨に、そうだ、と力を込めた桜庭はなぜか、淋しそうな目をして嘆息してみせる。

「それだけで納得しろといっても無理だろうな。なぜ、過去にこだわる」

「過去にこだわるのではありません」

琢磨はいった。「私が知りたいのは、自分自身です。二年間もの間、私は自分をなくしていました。大切な人を失い、職も無くし、社会の中での居場所を失っただけでなく、自分自身をも見失ったんです。あのイグニッション・キーが過去への扉を開けたときに、私が求めたのは父の残像でも、真実への探求心というものでもありません。あったのは、自分が本当に自分なのかという根本的な問いかけでした。病気は治ったと言われています。私の人生は再開したように見える。だけど私には、いまこうして直面している状況が納得いかない。こんな馬鹿げたことが、ここにいる自分が果たして本当の自分なのか。心から自分は自分なんだと思えないかぎり、今後の人生を生きていく自信が持てないんです」

「現実的な問題というわけか」

桜庭はじっと琢磨を見つめてから、吐息まじりにいった。

「やるのはあんただ。手伝ってやりたいが、いまの私にはもう昔のように闘う気力も力もない。——苦痛を伴う作業になるかも知れんよ」

「わかっています」

そして、琢磨は心の最奥に常駐する悩みを口にした。

「私は正常でしょうか。私は本当に私なんでしょうか。それとも私はまだお伽噺《とぎばなし》の中にいるのでしょうか」

桜庭は応えなかった。応えてやりたいが、応えられない。そんな懊悩が顔を過《よぎ》っていったが、気休めをいうような男でもなかった。つまりはそれが自分に対する等身大の評価なのだろう、と琢磨は思うしかなかった。それが現在の自分なのだと。

「私には足音が聞こえる」

桜庭はいった。「潮騒のように、時にひたひたと、四十年を隔てた過去から近づいてくる音だ。最近、そんな幻聴をきくことがある。時の音だろうか」

琢磨は気骨ある男の苦悩をみとった。

「もし、あんたが過去を洗うというのなら、急いでくれ。私がありもしないことを事実だと勘違いして思い出したりしないうちにな」

「BT21の息の根を止めたとおっしゃいました」

桜庭はぐいと膝を乗り出した。

「全てが終わったとき――つまり、相馬運送が倒産したときのことだ。相馬運送の所有する不動産は競売にかかることになり、動産も処分を待っていた。使えるトラックの多くは同業者に買いたたかれ、残ったのがBT21号車だった。その忌まわしい想い出の車を、大間木さんは、解体業者に売った。それで全て終わったはずだ。BTは解体され、あのボンネット・トラックは地上での役目をそれで終えた」

だが、桜庭の顔には、自らの言葉にも拘わらず疑念が浮かんでいる。

「なんという解体業者ですか」

考え込み、だめだ、と吐露した。

「場所しかわからん。今もあるかどうか」

手近なメモに簡単な地図を描いた。四十年前の大田区。糀谷《こうじや》から羽田方面に向かう工業地帯の中にあるようだ。地図を描きながら、桜庭は何度も手を止め、考え込んだ。そうしてでき上がった地図は、目印になる建物や道筋さえ現存しているか疑わしかった。だが、他に手がかりはない。

琢磨は緊張し、動悸が早くなるのを感じた。

——息の根を止めた。

そう桜庭はいった。だが、BT21号車は現存しているのではないか。夢でみたグリーンのボンネットがまざまざと瞼に蘇り、まるでいまにもそのエンジンが耳元で唸りを上げそうだった。

排気と重苦しい空と、そして男達の過酷な労働に支えられた運送ターミナル。その懐で巨軀を横たえていたトラックが現存していれば、製造から半世紀近くたっていることになる。それが今もこの世の中のどこかで生きているとは考えられないだろうか。桜庭の指摘は琢磨を奮い立たせ、そして同時に怖れさせもした。

こっちへ来い――。奴はどこかで琢磨を呼んでいる。キュルルル、というエンジンの揺れ動く音。排気ガスを放ちながらどうどうと揺れ動く車体――。

夢ではなく、現実にそのトラックを琢磨が探しにくるのを待っている。

「恐ろしいな」

桜庭の独白だったが、琢磨は思わずうなずいていた。

「もう四十年も前の話だというのに。通り過ぎた過去だというのに」

ふと、桜庭は考え込み、「まさか……」と何事かいいかけた。

「なんです？」

「いやいや」

桜庭はそれ以上いわなかった。「こっちの話だ。それより、この解体業者、探してみるんだろう」

「そのつもりです。それと――桜庭さんは自分のことを傍観者とおっしゃいましたけど、他にもお話をきける方がいらっしゃれば教えていただけますか」

琢磨は、このとき桜庭が見せたわずかな狼狽を見逃さなかった。しかし、

「申し訳ないが」

した。

桜庭は口ごもり、それっきりになる。

琢磨は話の礼をいい、桜庭邸を後にすると初夏を思わせる日射しの住宅街を歩き出した。


「ただいま」

自宅に戻った琢磨が靴を脱がないうちに、ぱたぱたという足音が出迎えた。慌てふためいた良枝は琢磨の顔を見るなり、いきなり「大変なんだよ」と顔色を変えた。

「なにが大変なんだい、母さん。宝くじでも当たったのか」

「馬鹿いってんじゃないよ。亜美さんが倒れちまったんだ」

靴紐を片方ほどいたところで、弾かれたように琢磨は立ち上がった。

「亜美が？」

「片倉《かたくら》さんっていったっけか。亜美さんの友達。さっきがた電話があってさ、日赤病院だって。行ってあげな」

ぼうっとした琢磨の肩を「なに突っ立ってんだよ」と叩く。

「早く行って――」

母の言葉は最後まで聞こえなかった。まろびそうになりながら玄関から飛び出した琢磨は、再び駅までの道のりを全力で駆けた。

日赤病院へは広尾からタクシーに乗る。

受付で聞き、「谷川亜美」とプレートのある病室の前に立ったとき、琢磨の動揺は最高潮に達した。

ベッドサイドにいた女性が立ちあがり、「ああ、どうも」といった琢磨に、口の前で指を立てて見せた。

眠ってますから、と小声でいい琢磨を部屋の外に連れ出す。

片倉雅子と会うのは何年ぶりだろう。亜美との結婚生活がうまく行っていた頃、琢磨の発病前のことだが、何度か家にも遊びに来たことがある相手だった。亜美が勤めていた会社の同僚だ。

「亜美は――」

「疲れちゃったみたい。過労ですって」

ほっと琢磨は溜息を洩らした。「なぜ」という言葉が自然に突いて出る。退職したはずだ。婚約もしたはずなのに、何に疲れることがあるのだろうか。

雅子は、仕事帰りに亜美の家へ寄ったのだという。お茶を淹《い》れていて倒れた亜美は、足に軽度の火傷を負ったらしい。

「その程度で良かったわ」

琢磨はほっと待合室の椅子にへたりこんだ。

「ねえ琢磨さん、あなた知ってる？　亜美、夜も働いてたこと」

なにを言われているのか、最初、わからなかった。

「六本木のクラブで働いていたの。昼はバイトして……。借金があるみたいなのよ」

「借金？」

雅子の言葉をにわかには信じられないでいると、やっぱり琢磨さんも知らないのか、と雅子は落胆した。

「どういう借金ですか」

雅子は詳しい事情を言うべきか、躊躇した。元夫であってもいまは他人だ。先日琢磨と会ったとき亜美は借金のことなど一言もいわなかった。それどころか結婚話まで持ち出し、病気のために人生のレールから脱線した自分を置いて、亜美は遠いところへ行ってしまったと、そう思った。

「仕方がないわね。話すけど、亜美が自分からいい出すまでは知らないふりしててね。私があとで叱られるから」

雅子は続けた。

「彼女、あの会社でコンサルタントに昇格したのよ。あなたが病気で入院してしばらくした頃かな。知ってた？」

いや。琢磨は首を横にふった。きっと亜美はそれを琢磨に報告しただろうが、悲しいことに記憶になかった。喜んだ彼女の顔が、反応のない琢磨を見て急速にしぼむ。その光景が目に見えるようだ。

「ところがその後、亜美、ある顧客の資金運用を手掛けたらしいんだけど、損が出て裁判沙汰になったのよ」

「その損を埋めるために彼女が借金したと？」

琢磨は憤った。「なんで仕事上のミスなのに、亜美が個人的にかぶらなきゃならないんです」

雅子は硬く厳しい表情になった。

「それが彼女の独断だったからだというの。顧客に断らず、無断で運用した末の損だった」

「そんなばかな」

琢磨は頭を抱え、独り言のようにつぶやいた。多少、負けん気の強いところはあるが、その一方で亜美は慎重な性格だった。独断で運用するとは思えないのだ。

「第一、コンサルタントは何人かでチームを組んでるんじゃないんですか」

雅子は琢磨から目を逸らし、黙った。その態度の変化に琢磨は心当たりをつけた。男だ。

「片倉さん。亜美、結婚するっていってたんです」

雅子はぐっと頰に力を入れた横顔を見せた。意味するところはわかるはずだ。

「守れなかったんですか。亜美の失敗、その男はカバーできなかったんですか」

琢磨はきいた。

「ちょっと違うのよ、この場合」

雅子はさっと指先で目を拭うと、喉を鳴らす。「亜美が彼を守った。その彼の身代わりになって、自分が責任を負い、会社も辞めた」

「それじゃあ、独断っていうのは――」

琢磨は絶句した。

「そういうこと。悔しいけどね。会社にとっては亜美よりもその男のほうが大事なの。彼女の引責退社と賠償で済めば、彼女がどうなろうと会社にはそれが都合がいいんだと思う」

ならばその男はどうした？　それをききたくて、琢磨は閑散とした待合室で顔を上げた。雅子は痛々しげな顔を琢磨に向け、悲しい目をしている。

終わったのか。亜美とその男――。利用されて……。

喉が鳴ったが、琢磨はもうきけなかった。きけば自分が余計に惨めになる。

あのとき――。自由が丘の喫茶店で会ったあのとき。すでに亜美は借金を抱えて苦労していた。結婚話などもうとっくにだめになっていたのだ。だけど、「結婚しようっていわれてる」。そういってみせた。彼女なりの強がり？　あるいはただ琢磨に彼女のことを忘れさせようとしただけ？　いずれとも判ずることはできないが、無理してつぶやいた彼女の胸中は潰れそうにつらかったはずだ。

「マンションを売るっていうんだ」

あんなに気に入っていた家なのに。過去との決別、そして結婚――。琢磨を失意させた理由ではなく、借金の穴埋めのためにそうせざるを得ない。それが真相だったのだ。

「損害賠償はいくらだったんですか」

硬く平板な声で琢磨はきいた。

「正確な数字はわからないけど、一億近かったはずよ」

「そんなに？」

「それが和解になって、半分ぐらいにまで減ったとはきいてる。そういうこと、亜美、いわないから。マンション、担保に入れてお金借りたんじゃないかな。残りは親とか親戚とかからかき集めたそうよ」

相談してくれなかったことが琢磨には不満だった。だが、仮に相談されても自分は全くの無力だ。それがさらに琢磨を苛立たせた。

「今日は顔だけ見て帰ります」

立ち上がった琢磨は、亜美の病室にそっと入った。ブラインドの加減で、シーツに常夜灯の青い筋がついている。薬の匂いのするベッドで眠っている亜美の表情は、その光線のせいだろうか、余計に青白く、頼りなげに見えた。亜美が守ろうとした男に、琢磨は嫉妬せずにはいられなかった。

ベッドサイドのパイプ椅子にかけ、琢磨はそっと亜美の寝顔を見つめる。そのとき、「来てくれたの」と亜美の唇から言葉がこぼれて琢磨は体を硬くした。目は閉じたまま、シーツの下から手がのび、そっと宙をさまよう。細い指先がなにかを摑みかけたように曲げられ、戸惑い、そしてようやく琢磨の膝を見つけると寝顔に笑みがひろがった。

琢磨はその手を握り返すことができなかった。亜美は琢磨を見ず知らずの男と勘違いしている。

「心配しないでいいからね……」

病床の亜美はかすれた弱々しい声でいった。夢を見ているかのように、ほそぼそとして途切れがちな声だ。しかし慈愛に満ち溢れている。こんな優しい亜美の言葉を聞いたのは何年ぶりだろうか。これが自分に向けられた言葉だったらどんなに幸せだろう……。しかしすぐに、「亜美が彼を守った」という雅子の言葉が胸の中で急激に大きくなって、琢磨は魂を揺さぶられた。

薬のせいで亜美は現実と夢とを混同している。二年前、発病したときの琢磨がそうだったからわかる。いま立場が逆転し、あのとき亜美がそうしたように琢磨が見下ろしている。

亜美は途切れがちな声でつぶやくのだった。

「あなたには……関係ない。──私……ひとりで、なんとかするからね……。だいじょうぶだからね」

琢磨はめらめらとわき上がる嫉妬心に耐えきれず、椅子を立った。膝の上にあった手をシーツの上に載せたとき、全く知らない女の手を握ったような気がして琢磨ははっとなった。それは騙されてもまだ見ず知らずの男を愛している愚かな女の手だ。

「さよなら、亜美」

琢磨は聞こえないほどの声で別離の言葉をつぶやいた。いった瞬間に、亜美との想い出を綴ったガラスのアルバムが粉々に砕け散って二度と手の届かない奈落の底へと落ちていったような喪失感を味わった。もう二度と戻らない。自分が愛した女は、そこにいない。いまの亜美は、かつての亜美ではない。いまの自分がかつての自分でないように。

「いままで、ありがとう」

琢磨は最後にそうひとことつけ加え、涙に滲んだ視線をさっと逸らした。

そっとベッドを離れたとき、亜美の目から一筋の涙がこぼれ、耳の横を枕へと落ちていくのが見えた。誰のために泣いているんだい。

足早にドアに向かうとき、またつぶやくような彼女の声が背を追ってきた。

「あなた——。琢磨、琢磨……」

琢磨ははっとなって振り返った。亜美がその虚ろな意識の中で呼んでいる。琢磨の名を。俺の名を。亜美をここまで貶めた男が無性に憎かった。そして、追いつめられた亜美を助ける術《すべ》を持たない自分がどうしようもなく情けなかった。

2

史郎の胸に、薄墨をこぼしたような疑惑が広がっていった。

「あいつら、こんなところで一体、なにしてやがる」

BT21号車を尾行した。そして、今度こそ成功した。そこまでは良かったのだが、いざその行き先を知ってしまうと、疑問だけが史郎の胸に残った。

「ゴミ処理場、か……」

相模原廃棄物処理場という表札がかかっていた。

平と片岡の二人が運転するトラックが入っていった後、史郎は処理場脇の疎林に車を停め、降りた。戦前からあったかどうかは知らないが、両脇の門柱は水気の抜けきった枯れ果てた木で、敷地を囲むように木塀は林の奥まで続いている。

畑と林に囲まれたその辺りには人家もなく、暗澹《あんたん》としていた。相模原の荒涼とした大地に史郎はひとり立っているのだ。

夜空の下、そこだけぼんやりと半球形の光を放つ施設を見上げる。ぬるい夜気に混じって、生臭く胸がむかつくような異臭がかすかだが周囲の空気に溶けていた。夜空に透けた煙突から黒煙があがっている。

史郎はその処理場の前に立った。守衛はいない。構内には木造の建家が数棟。中央に、コンクリート壁の大きな建物があった。見える範囲に常夜灯が三本。がらんとしていて人の姿は見えないが、無人のはずはない。門柱からうかがっていた史郎は、そっと敷地内部へ足を踏み入れる。そのとき、地面が震動しはじめ、ぎくりと足を止めた。なにかが地の底で動いている。

なんだ。

正体の摑めぬまま数十メートル歩いたところで、史郎は再び立ち止まった。

BT21号がそこにいた。

野獣の鼻のように突き出したグリーンのエンジン・ルームが建物の向こうに見える。エンジンは止まっているようだった。史郎は平と片岡の姿を見つけようと前に進み出た。オレンジ色のウィンカー、銀色のモール、ヘッドライトとフェンダーには小さな虫がびっしりと貼り付いていた。光に吸い寄せられ、衝突した昆虫の死骸。その向こうに、二人の運転手が後ろ姿を見せて立っていた。

その場で声をかけるつもりだった。だが、二人の様子を見た途端、史郎は身構え、平、と呼びかける言葉を抑え込んだ。

雰囲気が尋常じゃない。

警戒心が頭をもたげ、物陰に姿を隠した。

地面の底をドリルで掘り起こすような振動はしばらくの間——そう二十秒か、三十秒ほど——続いて静止した。突如蹲《うずくま》った片岡と平との会話は届かない。史郎のところから、平の顔が見えていた。それはまるで、地獄の底でも覗き見たような顔だった。

やがて、用が済んだのか、ＢＴ21号車が身を隠している史郎の視界を横切って出ていく。

史郎は外に駐めたスバルまで駆け出した。しかし、史郎の行動の一部始終を見ていた男の存在に、史郎は気づくことはなかった。この処理場を管理する、死人のように顔色の悪い老人だ。男は、薄っぺらな制御室の窓からじっと史郎を見つめていた。そして、史郎を追って外に出ると、林道から走り出てきた車種とナンバー・プレートを記憶したのだった。

その夜、史郎が鏡子の待つ自宅に戻ったとき、深夜二時を回っていた。疲れ果て、「どうしたんですか」ときく鏡子にも、胸騒ぎの理由をうまく説明することはできなかった。その落ち着かない感情は、BT21号車を追走しながら大田区糀谷まで戻る間にどんどん史郎の胸の内で大きくなったものだった。

なにかあるぞ。なにかが——。

下田の失踪、そして平と片岡の異常な行動。

そのとき、奥の部屋で可奈子が咳《せ》いて、史郎ははっと我に返った。

「可奈ちゃん、風邪？」

鏡子も心配そうな顔をする。

「ええ。保育園でも様子が少し変だったらしいんです。可奈子は大丈夫だといって遊んでいたようですけど、帰って測ったらお熱もあって……早くに迎えに行けるのならそうしたんですけど」

「遠慮せずに、言ってくれたらいいのに」

そうはいったが、鏡子に相談する時間も与えず慌ただしく図書館へ出かけたのは他ならぬ史郎だった。すまなかった、と史郎は詫び、明日、もし咳がひかないようなら休んだらいい、と思いやった。新規事業計画を立案する間の鏡子の活躍ぶりは目を瞠るほどだ。しかし、その成否もいまは三つ葉銀行の桜庭に下駄を預けている。休むなら今。それは鏡子もわかっているはずで、心配そうに可奈子の布団に目をやりながら、礼をいった。

「それに、こんな時間まで起きて待ってることはないよ、鏡子さん」

それにははっきり応えず、鏡子は少し冷めかけた飯をよそう。風呂にも入っていない様子で、かえって史郎は申し訳なく思った。

「下田さんのこと、なにかわかりましたか」

史郎は首をふった。

「逃げられるなんて、警察も間抜けだよ」

「そうですね……」

史郎は肉料理を口に運びながら、鏡子の表情がいつになく硬いことにようやく気づいた。

「なにか、気になることでも」

「いえ、別に」

鏡子は、お茶が入っていませんでしたね、といってそそくさと流しに立つと湯を沸かし始めた。背を向け、ずっと薬罐が沸騰するまで待つ姿は、余計史郎の気にかかった。

「話してもらえませんか」

史郎はたまらず、きいた。鏡子は虚ろな表情で振り向いたが、そのまま口を噤《つぐ》んでしまう。

「鏡子さん、あの――」

いいかけて、史郎は慌てた。なんとか取り繕っていた鏡子の表情が歪み、声もなく泣き出したからだ。頰を震わせ、ぎゅっと目をつぶった彼女の肩が震えていた。

「あの人を見たんです」

鏡子の言葉に史郎はいったん持ち上げた湯飲みを空で止め、ゆっくりとおろした。

「どこで、見た……？」

声がかすれ、史郎は鏡子と自分との間に立ちはだかる分厚い壁の存在をあらためて認識せずにはいられなかった。ただ逃げるだけでは解決しない。こうして暮らしていても、その男の承諾がなければ鏡子はいまだに他の男の妻であり、自分とは道ならぬ関係に過ぎないことになる。

「医院の前。待合室にいて、格子窓から外を見ていたら、あの人が通った……」

「なにしてた」

史郎はごくりと唾を飲み込んだ。

「わからないわ。外に出て確かめる勇気はとてもなかった」

鏡子と出会って、もう二週間以上が経っている。つまり、鏡子が男の元を逃げ出してからはそれ以上の月日が経っているということだ。鏡子は出てくるとき、離婚届を男の元に置いてきたという。諦めた男がそれに判をつき、法律的に決着すればいい。ひそかにそれを期待していた史郎だったが、どうやら男にその意思はないようだ。別れようというと泣きつく。それにほだされて生活を再スタートすれば、たちまち鬼のようになって家庭内暴力をふるう夫。鏡子はそんな男にさんざん苦しめられ、結婚生活という名の辛酸を嘗《な》めてきた女性だ。

あの男が憎い。だけど怖い――。

初めて鏡子を抱いた夜のことだ。ふとそんな話になって、史郎は愕然としたのだった。自分という存在があっても、たとえ恐怖という感情ではあれ鏡子はその男に感情の一部を支配されている。こんな不条理なことがあるか。こんな馬鹿げた話があるか。こんなふざけた関係があるか、と幾度も自問してみるが、どうしようもない事実として、鏡子は現に過去とのしがらみを切れないでいるのだ。

「私のことを捜してるのよ。いくら逃げても、追いかけてくる。逃げられないのよ、私たち」

私たち――鏡子と可奈子のことだ。

鏡子が感じている恐怖が、重たい氷塊のようにその場の空気を冷たくさせ、史郎の喉をきりりと締め上げた。唾を呑み込み、鏡子を安心させる言葉を探したが、適当な言葉を見つけることはできなかった。

「田舎に帰った。そう思ってた。そしたらもう一度、離婚届を送るつもりだった……。だけど、あの人は私を解放する気なんかこれっぽっちもないのよ。私にはわかるの。夫にとって私は都合のいい女なのよ。脅せば屈する。殴っても必死で耐えることしかしてこなかった。自分の強さを唯一、実感できる相手なのよ。弱い男……。だから、私を手放すのが怖いんだわ」

鏡子が突っ伏して泣こうとしたその瞬間、寝床から、「おかあさん……？」と不安そうな声がした。可奈子だ。続いて、小さな咳。鏡子は、そそくさと立って奥の部屋へ消えた。

落ち着かず不安で、しばらく椅子から動けなかった。もうすぐ夏だというのに、心の大地は固く凍てつき、ひび割れている。

不安な顔はできない。鏡子は史郎が頼りなのだ。もし史郎がこの難しい現状に音を上げてしまったら、鏡子はそのまま現実に流されていってしまう。史郎の目の前から永遠に消えてしまうだろう。

おずおずと椅子をたち、可奈子と添い寝をする鏡子を見た。二人とも眠っているかのように見える。鏡子の白い腕が、ぼうっとした薄暗闇に浮かんでいた。あまりにも多くのことがありすぎた一日だった。何をどう考えれば良いのかわからなかった。疲れ果てているのに、眠ろうとすると様々なことが瞼に浮かんでは史郎を悶々とさせる。目を閉じると、長い時間見続けたBT21号車の赤いテールランプの形が浮かび上がった。平と片岡のひきつった表情はなんだったのか。まだ見ぬ鏡子の夫までもが、合成された凶悪な面相となって現れては消えた。

僅かばかりの睡眠をとった史郎は、翌朝、いつもより若干遅い七時五十分に出社した。

正門近くで出迎えたのは警視庁の木島で、寝不足を押して出勤した史郎を見ると嫌味な笑いを浮かべて銜《くわ》えていた煙草を靴で消した。少し離れたところに目立たないようにもう一人の刑事がいた。見たところそれだけのようだ。昨日の午後は五、六人の捜査員が来て徹底的に捜査していき、下田孝夫の指紋を採取し、さらに人事ファイルから下田の分が無くなっていることを突き止めている。新聞記者の姿が数人あって史郎を見ると駆け寄ってきたが、睨みつけ、敷地内に入るなと一喝しておき自分は事務所に向かった。

下田孝夫が殺された田木幹夫と同一人物だという断定もまだできていないのだろ

う。田木一家が惨殺されてからすでに半年以上も過ぎ、同定する材料も残っていないのではないかと史郎は考えた。下田の人事ファイルにあった会社への提出書類は、ほとんどが偽造だったことが判明している。いま、史郎が下田について思い出すことといえば、あの、暗い、沼の底のような眼だけだ。

「夕べはどちらに」

木島にきかれ、史郎は自分が目を付けられていることを思い出した。刑事らは史郎と一緒に事務所に入ってくると、昨日さんざん調べたはずなのに物珍しげな目で周囲の光景を見回す。

片隅の応接を勧めておいて、史郎はお茶を淹れに水屋に立つ。鏡子の出勤は九時。それまでの接客は史郎の仕事だ。

「仕事で厚木のほうへ。それが何か」

やましいことは何にもない。本来なら胸を張れる場面だが、昨夜の光景が思い出され、精神的に守勢に回らなければならないのが苦しい。

「事務職の大間木さんも外へ出ることがあるのか」

木島は質問を重ねた。見当違いも甚しいが、しつこい男だ。俺が下田と内通していると考えてやがる。史郎は内心、苦虫を嚙みつぶしながらもこたえなければならなかった。

「うちのトラックのルートを付いて走っただけです。まあ、検査みたいなものですな」

「検査？」

刑事は疑わしげだ。「そんなこといつもされるんですか」

「しません。ただ、たまにはやることもある」

「ほう」

だからなんだ。史郎は自棄《やけ》気味になって刑事が煙草を取りだしても灰皿のことは気づかぬ振りをした。官憲だからといってでかい顔するな。戦争はとっくに終わったんだ。

「どちらへ行かれたんです。参考のためにルートを教えていただけませんか」

執拗な質問に、むかっ腹を立てたがこたえないわけにはいかなかった。

「大京製紙。厚木にある会社ですが」

「で、そのあとはどちらへ」

史郎は警戒した。尾《つ》けてやがったのか。腹に一物抱えている刑事の顔を一瞥した史郎は疑問を抱いた。

「と仰いますと？」

しらばっくれてみる。駆け引きが生まれ、緊張を感じた。刑事とそんなことをする理由も筋合いもない。成り行きに過ぎなかったが、木島の目は意味ありげに細められた。こいつ、知ってやがる。そう史郎は悟った。

「また別なところへ行かれましたな」

史郎はだまって相手を見つめる。

「きかれて何か、不都合なことでもありますか」

と刑事はきいた。

「別に」

史郎はいい、そこで廃棄物処理場の名前を出した。

「廃棄物？」

刑事は首を傾げた。産業のゴミはみんな東京湾の埋め立てに使っているとでも考えているのかも知れない。木島はその施設名を暗記し、なにか下田のことで手がかりになるようなことを思い出さないかときいた。そんなものがあればとっくに喋っている。

「ひとつ伺いたいのですが、社内で下田孝夫の前歴について気がついた者がいると思われますか」

史郎は返答に窮し、首を傾げた。

「どうだろう。正直なところ考えたこともありませんでした」

もし下田の犯行に気づいた者がいたとしたら、それが下田の失踪と関連するのだろうか。それをきくと、「脅迫するネタになりますわな」と刑事は思いがけないことをいった。

「下田——いや、田木は、三百万円の現金を持ち逃げしている」

そうか。史郎は、昨日探した記事の文面を思い出して顔を上げた。

「従業員の方で最近辞められた方、いらっしゃいませんか。あるいは突然、会社に来なくなったとか」

刑事は重ねてきく。史郎は人事資料を持ち出して、それを刑事に見せなくてはならなかった。断れば令状でももってきそうだ。上野の一家惨殺事件は、いまや警視庁の威信を賭した事件といっていい。

「退職者は六人もですか。結構多いですな。運送業というのもそういうもんですか」

木島はいい、辞めていった者の名前と住所を手控えた。下田がこの相馬運送に就職したのが、いまから半年前。それ以降の退職者である。

「下田のところへ誰かから電話がかかってきたということはありませんか」

それは昨日も受けた質問だった。

「いや、無かったです」

「一度もですか。ほんとに？」

「ありません」

「下田のかかりつけの病院とか、そういう場所、どこかご存知ないですか」

史郎は首をかしげた。

「そういうのは心当たり、ないですな。下田という男は自分のことを話さなかったから。いや、下田に限ったことではなく、ウチにいる運転手らは余程のことがない限り、私に自分のことを進んで話したりはしません」

刑事は興味深そうな顔になってきいた。

「それは、人事評価に響くから？」

「まさか」

史郎は首をふる。「私のことが気に食わんからですよ。人事面接で言いたくもないことを言わされ、社員になれば口うるさく指導される。運送屋に限らないかもしれませんが、総務課長なんてのはたいていがそんなところです。荷扱いの監督のほうがまだ人気がある」

木島は、なるほど、とつぶやいて腰を上げた。

「なぜ医者のことなどきいたんです」

木島はまだかけたままの史郎を見下ろす格好になった。下から見上げると、国家の看板をしょっている男の傲慢が余計に際だつかのようだ。

「どうせ今日か明日の新聞に載るだろうから話しておくと、下田孝夫名義で借りていた長屋で血痕が見つかったんでね。下田は怪我をしているらしい。理由はわからん」

「そうですか……」

「いずれにせよ、この狭い日本だ。どこに隠れていようと必ず見つけだしてやりますがね」

そう見得を切って、刑事は事務所を出ていった。茶を片づけ、閉め切られていた窓を開けた。糀谷《こうじや》界隈の工場街は朝方の黄色っぽい陽光に埋まり、見渡す限りの屋根が輝いて見えた。史郎はその眩しさに目を細め、しばし見とれる。するとその中を足早にやってくる姿が目に入った。

三つ葉銀行の桜庭厚だ。大仏顔をまっすぐ前に向け、上着を背負い、左手に鞄を提げている。銀行さんの集金鞄ではないから、私物だろう。通勤の途中らしい。それにしても稟議担当で外に出ることのない桜庭がこうして相馬運送を訪ねてくるのは珍しいことだった。下田孝夫のことか、と史郎は案じた。下田の逃亡を伝えた新聞で相馬運送は、〝大田区にある運送会社〟となっていたが噂はすぐに広まる。隠すつもりはないが、いずれ耳に入ることである。桜庭には言い含めておく必要があると思ったが向こうから来た。

桜庭はまっすぐに敷地を横切ってくると史郎の足下で事務所へ消えた。

まずいことになった。

そう思って迎えた史郎だったが、桜庭の反応はむしろ同情的だった。

「大変でしたね。取引先への影響はどうですか」

「それは特にはないと思います」

恐縮してこたえると、桜庭は単刀直入に要件を切り出した。

「こんな時間に突然押し掛けて申し訳ない。実は、昨日の新規事業計画の融資の件なんですが」

史郎は身構えた。断られるのではないかと思ったからだ。それとも稟議の段階で疑問点が出たか。史郎は千々に乱れようとする考えを集中させた。その前で桜庭が出したのは事業計画書と、なにやら書きつけたメモだ。その文面に、赤鉛筆で大きく「可」と記されているのを見、史郎は信じられない思いで顔を上げる。

桜庭は重々しくうなずいた。

「この融資、承認です」

「それは——ほんとに……？」

「正式な稟議の前に、昨日の話を簡単なメモにまとめて事業計画書と一緒に支店長に見せました。おもしろい、というのが支店長の感想です」

さっきまで刑事がかけていた椅子に桜庭はいた。

史郎はぽかんとし、桜庭の大仏顔を眺めた。桜庭は、鞄から三つ葉銀行の融資稟議書を取りだして見せた。

「これが正式稟議書です。融資の話そのものは昨日のうちに支店長から本部の審査役に通してあります。今日、これを持って支店長が本部へ説明に行くことになっていますが、まず間違いありません。支店長はこの計画、相当気に入ったようです」

あまりのことにごくりと唾を呑み込んだ。喜びが体の底から湧き水のごとく染みわたってくる。やったぞ、と飛び上がりたい衝動を堪《こら》えるのが精一杯だった。難しい顔をして、「ありがとう、桜庭さん」と礼をいう。いやいや、と大仏様は手を振った。

「実は大間木さんが帰られた後、この計画書を仔細に検討してみました。全く、よくできてましたよ。とにかく発想がおもしろい。誰も見向きもしなかった個人相手の小口配送、しかも翌日配送を売り物にするなんて素晴らしい。確かに賭けの部分は否定できませんが、是非成功させてください。おそらく、本日中に稟議の正式承認が降りるはずです。お報せするのはそれからでも良かったのですが、私も嬉しかったもので」

桜庭はそういい、少し照れた。

目をまん丸にして愛嬌のある顔になる。そのとき、普段より少し早めに竹中鏡子が出勤してきた。融資承認を告げられ子供のように破顔させた鏡子を見て、桜庭はさっきより余計、照れる。そして目を潤ませながら、この計画頼みました、と言い残すと来たときと同じように足早に事務所から去っていったのだった。

「悪いことばかりじゃないわ」

まるで夢でも見てきた表情の鏡子は、すとんと自分の椅子に腰を落とすと安堵の吐息をつく。

「さあ、これからだ」

史郎はいい、山ほどあるやるべき事を整理し、ノートに書きつけはじめた。やがて出社してきた権藤に報告し、さらに昼近くに顔を見せた相馬にも知らせる。下田のことで昨日から機嫌の悪い相馬にようやく笑顔が戻ったのはこのときだった。

社内に活気がわいてくる。

不思議なものだ。

相馬運送が新規事業に乗り出すという噂はどこからともなく社内に伝わり、営業だけでなく荷扱いの連中までが活気づく。その一方で、陰の部分は厳然として存在しているのも事実だった。昼頃出社してきた平の寝不足と疲労で腫れぼったい顔を見たとき、史郎はそれを実感した。平の背後に隠れるように出てきた片岡は、挨拶もそこそこに史郎の脇を素通りしていく。

「待て、片岡」

史郎に呼び止められると、元ボクサーだった男は背中を向けたまま足をとめた。

「お前、顔色悪いぞ」

いつものへらへら笑いは無い。澱みきった目と、蒼ざめた顔に身構えた史郎に、

「大丈夫ですぜ」と告げた。隙間を風がひゅうひゅうと抜けるような声だ。かすかな腐臭がした。昨夜の光景が蘇り、次いで先程の木島の言葉が重なった。

「お前ら」

史郎はきいた。「下田の行き先、知らないか」

片岡はじっと背中を向けたまま動かない。やがて平が応えた。

「さあね」

史郎は小柄な男の鉄面皮を凝視し、胸の内にますます疑惑が膨らむのをどうすることもできない。

「ゆうべの戻りも遅かったな」

平の表情にさっと警戒の色が浮かんだ。

「そうかな。そういえば少し、道混んでたか」

下手な言い訳を史郎は無視した。

「相模原廃棄物処理場。そんな配送先、あったか」

二人は凍りついた。

「知らねえな。片岡、おめえ、知ってるか」

「い、いや——」

しらを切ろうとした片岡の腕を史郎は摑んだ。

「いててて っ!」

あまりの痛みように、平が史郎の手を払う。一触即発のにらみ合いから、平の虚勢を張った声がした。

「暴力はやめてもらえませんかね」

「偉そうなことをいうな」

史郎は動じず、平をにらみ返す。そして最後通牒を突きつけた。

「今までのことは見逃してやる。だが、今度会社に迷惑をかけてみろ。お前ら二人ともここで働けないと思え。二度とやるな。わかったか」

返事はない。平の形相が歪み、片岡が喧嘩っ早い野良犬のように鼻に皺を寄せた。しばらく睨み合っていると、「いくぜ」と平が史郎を見たまま傍らに声をかけた。促され歩き出した片岡はそれでも食らいつかんばかりの視線を最後まで史郎に向けていたが、さっと向こうを向くと足早に控え室へと消えていった。

これで奴らも軽はずみなことはできんだろう。

史郎はそう考え、ふと下田孝夫の穴を埋めることを考えた。昨日のところは他の運転手をもってきて据えたが、急場しのぎをいつまでも続けるわけにはいかない。

気を抜く暇もなかった。

「大間木の野郎に見られたんじゃねえか」

片岡は怯えていた。

「たぶんな」

平は視線を控え室の天井辺りに向け、短くなった煙草を指に挟んでいる。「見られたかもしれねえが、木箱の中味までは知らねえ口ぶりだった。それに大間木の野郎は、死体を見て見ぬふりなんかできる器用なタマじゃねえさ」

「堅物野郎だからな」

多少、ほっとした顔を片岡は見せている。だが、平は違った。成沢から次の仕事の指示が入っていたからだ。大間木とのことは成沢に報告済みだが、だからといって頼まれた仕事ができないで通る相手ではないのだ。

「お前、俺のこと、話してねえよな」

成沢にそう聞かれたときの、ぞっとするような目を平は忘れることができなかった。

「も、もちろんですぜ」

まるで溶接されたかのように視線を逸らすことができなかった。

「もし俺のことを喋ったら――」

成沢はいった。「お前を殺す。たとえムショの中だろうが、俺には関係ねえ。長生きしたきゃ、その口によく言い聞かせとくんだな」

夕刻、ほうほうの体で、あの『風来』から逃げ戻ってきた平は、もし成沢のことが大間木に知れ、さらに仕事の中味がバレたときには、自分の命がなくなると本能的に察した。黙って酒の入ったグラスを前にしている成沢、その薄気味の悪い横顔を見ながら、平はびびっていた。アコーデオン弾きの猫寅が、恐怖に歪められた平の顔を肴に酒を呑んでいた。たまに義足がカウンターの内側にぶつかって音を立てるたびに平は飛び上がりそうになった。先日、仕事を頼むかも知れない、と猫寅にいった成沢の言葉は平にもひっかかっている。こいつら、まさか大間木を始末する気じゃねえだろうな。そんなことを考え、突如、臆病風に吹かれた平は、気取られぬよう顔を取り繕うのにひたすら気を遣った。

「どうするよ」

片岡に聞かれ、平は、うるせえ、と声を荒らげた。頭に血が上っていた。片岡は、はっとし、噴出した怒りに顔を蒼ざめさせたが、腕が痛いのか「なんだよ。心配してるってのによ」と左手で煙草をふかし始める。

成沢から逃げられないか。

できれば、逃げたい――。いまやそれが平の隠しようのない本音だ。

だが、逃げようにも借金がある。銀行なら踏み倒せるが、ヤクザ絡みの借金は地の果てまでつきまとってくる。

平の思考は、下田が持ち逃げしたという三百万円という金に至った。その金さえあれば、綺麗な身になれる。どこに隠しやがった。あの後、下田の住んでいた長屋は警察が徹底的に調べたはずだ。駅前のスタンドで買ってきた夕刊は、血痕が発見されたことは載っていたが金の行方については何もふれてはいなかった。

使っちまいやがったのか、と平は臍《ほぞ》を噛んだ。もったいないことをしやがる。くそったれめ。お陰で俺たちゃ余計な悩みを抱えただけじゃねえか。毒づく言葉は次々と胸にわき上がってきて尽きることがない。

おっさん。おっさん。

平は我に返った。気がつくと、煙草を唇の端にくわえた片岡が呼んでいた。

「あの仕事、止めたら、いけねえか」

「だめだ」

即座に、平は否定した。その激しさに片岡は目を丸くし、なんでだよ、と問う。平はいってやった。

「片岡よ、俺らはとんでもねえ世界に足をつっこんでんだ。一旦入ったら二度と出てこられねえ、迷路みたいな袋小路だ。後にはひけねえ」

「そ、そんなこと聞いてねえぜ、おらあよ」

「だったらやめてみろ。誰かがお前を迎えにいくだろうさ。地獄の果てまでもな」

「誰かって、誰だ」

猫寅か、成沢か——。だが、片岡の、子供じみたところのあるやんちゃな目を見た平は、それを話してむやみに怯えさせることだけはかろうじて思いとどまった。

「まあ、あっちの世界の怖いおにいさんたちよ」

一旦、この仕事に携わった奴らを、成沢が仕事を手伝わせた奴らを簡単に放すはずはない。平は借金という弱みを握られ、片岡や和家とて、なんらかの負い目につけ込まれる。負い目がなければ負い目を作らされる。それが奴らのやり方だ。それでも通用しないとわかれば、今度は力ずくで口を封じようとするだろう。

「へっ、そんなもんが怖くて、世の中渡れっか」

強がった片岡に言わせておいた。そのうちわかる。いや、わからないまま全てが終わればいい。だが、いつ終わる？　成沢がいままで平に運ばせた荷物は、死体だけではなかった。箱の中味を全て確認したわけではないが、ときに書類であったり、本当に何かの廃棄物であったこともある。

口が堅くなきゃできねえ仕事だ。

成沢に使われているのは果たして俺ひとりだろうか。もし一人であれば、俺の前に使われていた奴はどうなった、と一歩考えを進めてみる。そのとき、我が身に降りかかる災難を予見したような気がして、背筋が冷たくなった。

俺は捨てゴマよ。

すぐに平はそう結論づけた。

使えるだけ使い、危なくなったら消す。その繰り返しがあるからこそ、秘密は守られるのではないか。平は、あの猫寅と呼ばれる気味の悪い男がにじり寄ってくる様を想像して顔をしかめた。アコーデオンを鳴らし、ひひひと低く笑いながら、ゆっくりと追いつめてくる。その様を想像した。身震いがする。あんな奴にいびり殺されるぐらいなら、自分で首を吊った方が余程ましだぜ。まったくもってそう思った。

俺だけじゃない。この片岡も、そして和家もまた、いずれ消されるのではないか。ぼけっと煙草を吸っている片岡を見やり、平はすうっと息を吸い込んだ。

くそったれめ、殺《や》られてたまるかよ。

どこか日本の果てまで逃げようか。いや、成沢はどんなことをしてでも追いかけてくるだろう。

となれば、殺される前に殺すしかない。平は考えた。殺気立ったのがわかったのか、片岡が何かききたそうな顔をした。

「なんでもねえよ」

平はいい、こいつは賭けだと思った。ただし、今までさんざんやって、勝った負けたとやってきた遊びとは次元が違う。勝てば天国、負ければ地獄行きの真剣勝負だ。

いつ殺る？

平は自問した。今日明日の話じゃねえ。こいつはタイミングが問題だ。殺したらとりあえず、逃げなきゃならん。だが、その当てすらないのだ。

それに少しはこいつのことも考えてやる必要があるしな、と腕組みして瞑目していた平は薄目を開けて片岡を見た。自分とコンビを組んだばっかりに仲間に引き込んじまった。ふと、その責任のようなものを感じたのだった。態度はでかいが、所詮何もわかっちゃいねえ若造だ。

もうしばらくこのまま辛抱だ。平は念じた。

3

桜庭厚が描いた大田区糀谷界隈の地図を頼りにＢＴ21号車の解体業者を探す――。

翌日の午後、琢磨は再び品川まで行き、そこから京浜急行線へと乗り継いでいた。

下車したのは大鳥居駅だ。この駅は昭和三十八年、京浜電鉄穴守線と呼ばれていた当時にも存在している。そして、過去にあって現在にないものが意外なことに「糀谷町」という町名だった。昨日、桜庭邸から辞去した琢磨が東京都庁に電話をして昭和三十八年当時の住居表示や道路付きを調べたところ、かつて糀谷町と呼ばれていた町は昭和三十九年の住居表示変更によって国道一三一号、つまり産業道路を境に、東糀谷と西糀谷という地名に変わっていた。桜庭の地図は、大鳥居駅を起点にかなり入り組んだもので、現在の住居表示や地図と一致しない。おそらく、目的の場所は現在の東糀谷から羽田旭町、あるいは羽田四丁目辺りになるのだろう、というのが琢磨の結論だったが、羽田旭町と羽田四丁目を分ける環状八号線はその当時存在していなかったのだから桜庭の地図が曖昧になるのも無理はなかった。桜庭には、環状道路が建設された後の土地勘がない。それを割り引いて考えなければ一歩も進めるものではなかった。

大鳥居駅で降りた琢磨は、現代の地図と桜庭が描いた地図とを見比べながら、環状八号線の南側へ渡った。

しばらくして、屋根の低い、小粒な町工場が建ち並ぶ工業地域へと足を踏み入れていく。長引く不況の最中にあっても、軒先を通れば旋盤が回って金属を削る音や規則正しい工作機械の槌音が聞こえる。父は、相馬運送に勤務した後、鉄鋼関係の会社で長く奉職した男だった。運送と鉄。日本の高度成長期を支えた産業の基幹にいた父にとって、こうした工場の槌音は常に身近な存在だったに違いない。それは同時に、琢磨が知りうる無感動でどこか他人行儀な父と、真実の父——あえて琢磨はそういう言葉を選んだ——とのギャップでもある。

琢磨は父の働いている姿を見たことがなかった。経理屋で、お堅く頑固な父親像はあっても、父が一日の、いや人生の大半を投じた職場でどのように振る舞っていたのか、琢磨は知らなかった。怒りや笑いや、悲しみ——感情を父は周囲に見せていたのだろうか。父は決して仕事を家庭に持ち込まない人だったが、それ故、琢磨の父親像は常に一定で、距離があり、動かぬ偶像を無理に崇拝しているような不自然な部分ができてしまった。

過去へ飛んだ旅のなかで見た父は、琢磨の知っている父とは別人に思えた。人間臭く、いつも苛々していて、それを表に出していた。

なにかが父を変えたのだ。その原因が相馬運送が倒産に至る過程のどこかに隠されているに違いなかった。

琢磨は赤茶けた鉄の削りクズが堆《うずたか》く積まれた倉庫の前で立ち止まった。

二十分近く歩いただろうか。羽田空港に発着する旅客機が低空を飛んでいった。鉄と油の匂いが入り混じった道路に琢磨は立っていた。路面が赤く見えるのは両脇の町工場から吹きこぼれてくる金属の粉末がこびりついているからだ。

琢磨は、その鉄クズを排出している工場の向こうを見ていた。ちょうど工場が途切れたところに、立方体に固められたスクラップが積まれているのが見えたからだった。グリーンの高いフェンス越しに積まれた、原形をとどめぬ鉄塊を横目に、琢磨は「緒方自動車」という社名の入ったゲートに立った。見つけた。ここだ。

「自動車解体業なんてのがあの時代から今まで続いているかどうかわからんが」

地図を描きながら、桜庭がつぶやいた一言が琢磨の胸にひっかかっていたが、その懸念はいま解消されたことになる。大型ダンプが入れるほどのゲートは青いペンキが落剝し、その奥に見える古びた事務所は簡素な鉄筋造りだった。一階は駐車場になっていて、事務所は二階。窓が開いていて、ブラインドが揺れている。事務所への階段を上がった琢磨は、ガラス戸を開け、奥にいた男に声をかけた。青いポロシャツにコットンパンツというラフな格好をした、小太りの男だった。社屋はボロだが、腕には金の高級時計が光っていた。

「相馬運送？」

素っ頓狂な男の第一声は、琢磨を失望させるに十分だった。「知らないねえ、そんな会社」

男はまだ若い。琢磨と十も違わないだろう。知らないのは当たり前だった。名刺はないが、社名の緒方が、男の姓だろうと琢磨は見当をつけた。

「緒方さんは、昭和三十九年当時からここで解体業を？」

「うん、まあそうだけど。その頃は親父の代なんだよねえ。そんな古い資料は残ってねえし」

「先代の社長さんは――」

「家にいるけどさ」

少しあきれた調子で緒方は両手を腰にあてた。受付用のカウンターを挟んで、琢磨は緒方と対話している。面倒な顔をした緒方だったが、真剣な琢磨の顔をちらりと見やり、なんなら聞いてみるかい、と半分冗談めかしてきいた。

「ぜひ」

「だけど、ちょいとばかり老いぼれてるから、覚えてないかもしんないよ」

他に当てはない。緒方に頼むと、ひょいと親指を背中に向けた。

「すぐ裏の一階。行ってみな。電話しといてやるよ、それでいいだろ」

はいおしまい。そんな感じでいうと、礼をいった琢磨に軽く右手をあげただけですぐに受話器を取った。

解体工場の脇を抜ける。会社とは似ても似つかぬ立派な二世帯住宅が建っていた。言われた一階には、緒方芳夫という表札がかかっている。その横についている呼び鈴を鳴らした。

玄関先まで出てきた緒方は、何か食っていたのか口をもごもごやっている。後ろ手に玄関ドアを閉め、琢磨のなりを観察した男は、おそらく七十を超えているはずだ。確かに老いぼれているかも知れないが、目つきはしっかりしていた。

「昭和四十年頃のことですが、糀谷にあった相馬運送という会社が倒産しまして、ここにトラックが持ち込まれたと思うんです。そのトラックがどうなったか知りたいんです」

「そら、解体しただろうよ。それが商売だもん」

老人の口調はそっけない。さも当然、と言わんばかりだ。用はそれだけか？　そんな目で見られ、琢磨は少々焦った。

「相馬運送はご存じですか」

緒方はじっと琢磨の顔を見た。思い出したのか。緒方は、「お宅、名前なんていったっけ」ときいた。再び名乗った琢磨の前で、緒方の表情が変わった。

「大間木っていうと、あの京浜鉄鋼所にいた大間木さんかな」

意外なことに、緒方が口にしたのは、父が停年まで勤め上げた会社の名前だった。

「亡くなられたと聞いたが……あなたが息子さん？」

まじまじと琢磨を見た緒方はそれでようやく警戒心を解き、琢磨を散らかったリビングへ通した。

「父は仕事でお世話になっていたのでしょうか」

「鉄スクラップを買ってもらっていたからね。経理をやっておられたから、月に一度は顔を合わせていたな。親しくもなるさ」

緒方はなれない手つきで麦茶を運んできた。その当時、新規取引先を探して飛び込み営業をしていた緒方は、偶然父と再会したのだという。

「奇遇だった。というのも、その半年ぐらい前かな、大間木さんが前の会社にいたとき、偶然うちに来られたことがあったんで顔を覚えていたんだ」

にっと緒方はわらった。どこか愛嬌のある老人である。

「そのとき父は解体を依頼しているはずなんです。記憶にありませんか。ボンネット型のトラック。グリーンに塗った大型車だったはずです」

老人は、すうっと細く息を呑んだ。

「そんなトラックは当時としては珍しくもなくありふれていたよ――だが、覚えていますよ」

緒方はいった。「不思議と妙に印象に残っている。古いが綺麗なボンネット型だった。何度か解体しようとしたんだが、どうも壊すのはもったいなくてね。このまま売れないかと思ってしばらく隅に置いてあった」

「解体されなかったんですか」

きいた琢磨に、緒方はうなずいた。

「しなかった。それに、しばらくすると引き取り手が現れたんでな」

「引き取り手？　誰だか覚えていらっしゃいませんか」

勢い込んだ琢磨に、返ってきたのは「大間木さんだよ」という意外な応えだ。

「父が――？」

「解体を頼んでおきながら、また引き取る。そんなことをする人はそうそういないんで顔を覚えていたんだ。こちらとしてはそれが後々商売に結びついたから大変よかったわけだが」

なぜだ――？

琢磨は自問した。呪われたトラック、BT21。それを父は解体の瀬戸際から引き上げたというのである。

「なぜだろうねえ。いろいろなことが考えられる」

緒方は意味ありげにいう。目に商売人らしい、どこか抜け目無さが滲んできた。

「たとえば、どんな――」

問う琢磨に老人は一旦、口を噤《つぐ》んだが、やがて思いがけないことをいった。

「あのトラックには上野の一家焼殺事件の犯人が乗っていたらしい。犯人は逃亡し

――殺されたのではないか、という噂もあったが――奪った三百万円という金も見つからずじまいだった。だが、本当は見つかっていたのかも知れないと私は思ったことがある」

「どういうことです」

緒方は遠い過去を見つめる顔になった。言葉のきな臭さとは裏腹に白内障を患っているらしい目は澄んでいる。

「あのトラックに隠されていたんじゃないかと思うんだ」

緒方は真顔で琢磨に語りかけた。

「あなたのお父さんはそれをどこかで知った。それで引き取りにきたのではないか――どうかね。気になさらんでください。老いぼれの戯言《ざれごと》だ」

呆気にとられた琢磨に、緒方は肩の力が抜けた穏やかな笑顔を向けたのだった。その表情から琢磨は察した。

「そのことをあなたは後になって、父にきかれたのでしょう？」

老人は笑っただけだった。

「そのとき父はなんといいました」

別に何も。と緒方はいい、静かな眼差しを琢磨に向けた。

「だけど、大間木さんというのは嘘のつけない人だ。詳しくは聞けなかったよ。取引が無くなるのはいやだったからね」

そんなことがあるだろうか。

帰路、緒方の話を何度も反芻した。

もし父がそんな大金を手に入れていたとすれば、その金はどうなったのか。かなりの大金だ。

琢磨は、今までの決して豊かとは言えなかった人生を振り返ってみた。だが、父のことだ。自分のために使うのではなく、それによって相馬運送の借金を穴埋めしようとしたとも考えられる。だが、その甲斐虚しく相馬運送は倒産した——。

だとすれば、随分もったいないことをしたものだ。

琢磨に浮かんだのはむしろその思いだ。警察に届けろとは言わない。だが、どうせなら他に使い途もあっただろうに……。

突拍子もない考えが頭に浮かんだ。

琢磨はぱたりと足を止め、電池が切れたロボットのように動けなくなる。武蔵小杉駅で下車し、自宅近くの住宅街を歩いているときだった。

もし、緒方がいうように父が金を手に入れたのなら、そして、もし琢磨に過去を変えることができるのなら、それで亜美を救えないか——。

その夜、琢磨は再びBT21号の鍵を握った。

この作品は二〇〇六年六月、小社より文庫として刊行されたものの新装版です。

|著者| 池井戸 潤　1963年岐阜県生まれ。慶應義塾大学卒。'98年『果つる底なき』で第44回江戸川乱歩賞を受賞し作家デビュー。2010年『鉄の骨』で第31回吉川英治文学新人賞を、'11年『下町ロケット』で第145回直木賞を、'20年に第2回野間出版文化賞を受賞。主な作品に、「半沢直樹」シリーズ（『オレたちバブル入行組』『オレたち花のバブル組』『ロスジェネの逆襲』『銀翼のイカロス』『アルルカンと道化師』）、「下町ロケット」シリーズ（『下町ロケット』『ガウディ計画』『ゴースト』『ヤタガラス』）、『空飛ぶタイヤ』『七つの会議』『陸王』『アキラとあきら』『民王』『民王　シベリアの陰謀』『不祥事』『花咲舞が黙ってない』『ルーズヴェルト・ゲーム』『シャイロックの子供たち』『ノーサイド・ゲーム』『ハヤブサ消防団』などがある。

新装版《しんそうばん》　BT《ビーティー》'63(上)
池井戸《いけいど》　潤《じゅん》

講談社文庫
定価はカバーに表示してあります

2023年5月16日第1刷発行

KODANSHA

発行者――鈴木章一
発行所――株式会社　講談社
東京都文京区音羽2-12-21　〒112-8001
電話　出版（03）5395-3510
　　　販売（03）5395-5817
　　　業務（03）5395-3615

デザイン―菊地信義
本文データ制作―講談社デジタル製作
印刷―――株式会社KPSプロダクツ
製本―――株式会社国宝社

Printed in Japan

ISBN978-4-06-531801-0

講談社文庫刊行の辞

二十一世紀の到来を目睫に望みながら、われわれはいま、人類史上かつて例を見ない巨大な転換期をむかえようとしている。

世界も、日本も、激動の予兆に対する期待とおののきを内に蔵して、未知の時代に歩み入ろうとしている。このときにあたり、創業の人野間清治の「ナショナル・エデュケイター」への志を現代に甦らせようと意図して、われわれはここに古今の文芸作品はいうまでもなく、ひろく人文・社会・自然の諸科学から東西の名著を網羅する、新しい綜合文庫の発刊を決意した。

激動の転換期はまた断絶の時代である。われわれは戦後二十五年間の出版文化のありかたへの深い反省をこめて、この断絶の時代にあえて人間的な持続を求めようとする。いたずらに浮薄な商業主義のあだ花を追い求めることなく、長期にわたって良書に生命をあたえようとつとめるところにしか、今後の出版文化の真の繁栄はあり得ないと信じるからである。

同時にわれわれはこの綜合文庫の刊行を通じて、人文・社会・自然の諸科学が、結局人間の学にほかならないことを立証しようと願っている。かつて知識とは、「汝自身を知る」ことにつきていた。現代社会の瑣末な情報の氾濫のなかから、力強い知識の源泉を掘り起し、技術文明のただなかに、生きた人間の姿を復活させること。それこそわれわれの切なる希求である。

われわれは権威に盲従せず、俗流に媚びることなく、渾然一体となって日本の「草の根」をかたちづくる若く新しい世代の人々に、心をこめてこの新しい綜合文庫をおくり届けたい。それは知識の泉であるとともに感受性のふるさとであり、もっとも有機的に組織され、社会に開かれた万人のための大学をめざしている。大方の支援と協力を衷心より切望してやまない。

一九七一年七月

野間省一

講談社文庫 最新刊

佐々木裕一
赤坂の達《だる》磨《ま》
〈公家武者信平《のぶひら》ことはじめ(十三)〉
達磨先生と呼ばれる元江戸家老が襲撃さる。藩政の混乱に信平は——！ 大人気時代小説シリーズ。

横山光輝
山岡荘八・原作
漫画版 徳川家康 7
関ヶ原の戦に勝った家康は、征夷大将軍に。大坂城の秀頼が引かず冬の陣をむかえる。

輪渡颯介
攫《さら》い鬼
〈怪談飯屋古狸〉
惚《ほ》れたお悌《てい》とは真逆で、怖い話と唐茄子《かぼちゃ》が苦手な虎太《とらた》。お悌の父親亀八《かめはち》を捜し出せるのか!?

田中啓文
誰が千姫を殺したか
〈蛇身探偵豊臣秀頼〉
大坂夏の陣の終結から四十五年。千姫事件の真相とは？ 書下ろし時代本格ミステリ！

秋川滝美
ヒソップ亭 2
〈湯けむり食事処〉
不景気続きの世の中に、旨《うま》い料理としみる酒。新しい仲間を迎え、今日も元気に営業中！

夏原エキジ
Cocoon《コクーン》
〈京都・不死篇5—巡《めぐる》—〉
生きるとは何か。死ぬとは何か。瑠璃《るり》は、黒幕・蘆屋道満《あしやどうまん》と対峙する。新シリーズ最終章！

ナガノ
ちいかわノート
「ちいかわ」と仲間たちが、文庫本仕様のノートになって登場！ 使い方はあなた次第！

講談社タイガ

森らむね
原作／田島列島
脚本／大島里美
小説 水は海に向かって流れる
高校生の直達《なおたつ》が好きになったのは、「恋愛はしない」と決めた女性《ひと》——。10歳差の恋物語！

講談社文芸文庫

李良枝

石の聲　完全版

解説＝李　栄　年譜＝編集部

いー3

978-4-06-531743-3

三十七歳で急逝した芥川賞作家の未完の大作「石の聲」（一〜三章）に編集者への手紙、実妹の回想他を併録する。没後三十余年を経て再注目を浴びる、文学の精華。

リービ英雄

日本語の勝利／アイデンティティーズ

解説＝鴻巣友季子

りC3

978-4-06-530962-9

青年期に習得した日本語での小説執筆を志した著者は、随筆や評論も数多く記してきた。日本語の内と外を往還して得た新たな視点で世界を捉えた初期エッセイ集。

講談社文庫 目録

池井戸 潤 ノーサイド・ゲーム
石田衣良 LAST[ラスト]
石田衣良 東京DOLL
石田衣良 てのひらの迷路
石田衣良 40《フォーティ》 翼ふたたび
石田衣良 sex
石田衣良 逆《さか》島《しま》断《たつ》雄《お》〈進駐官養成高校の決闘編1〉
石田衣良 逆島断雄〈進駐官養成高校の決闘編2〉
石田衣良 逆島断雄〈本土最終防衛決戦編1〉
石田衣良 逆島断雄〈本土最終防衛決戦編2〉
石田衣良 初めて彼を買った日
井上荒野 ひどい感じ─父・井上光晴
稲葉 稔 椋鳥の影〈八丁堀手控え帖〉
伊坂幸太郎 チルドレン
伊坂幸太郎 サブマリン
伊坂幸太郎 魔王〈新装版〉
伊坂幸太郎 モダンタイムス(上)(下)〈新装版〉
伊坂幸太郎 PK〈新装版〉
絲山秋子 袋小路の男
石黒 耀 死都日本
石黒 耀 忠臣蔵異聞〈家老 大野九郎兵衛の長い仇討ち〉
犬飼六岐 筋違い半介
犬飼六岐 吉岡清三郎貸腕帳
石川大我 ボクの彼氏はどこにいる?
石松宏章 マジでガチなボランティア
伊東 潤 国を蹴った男
伊東 潤 峠越え
伊東 潤 黎明に起《た》つ
伊東 潤 池田屋乱刃
石飛幸三 「平穏死」のすすめ〈口から食べられなくなったらどうしますか〉
伊藤理佐 女のはしょり道
伊藤理佐 また! 女のはしょり道
伊藤理佐 みたび! 女のはしょり道
石黒正数 外《げ》天《でん》楼《ろう》
伊与原 新 ルカの方《はこ》舟《ぶね》
伊与原 新 コンタミ 科学汚染
稲葉圭昭《よしあき》 恥さらし〈北海道警 悪徳刑事の告白〉
稲葉博一《ひろいち》 忍者烈伝
稲葉博一 忍者烈伝ノ続
稲葉博一 忍者烈伝ノ乱〈天之巻〉〈地之巻〉
伊岡 瞬 桜の花が散る前に
石川智健 エウレカの確率〈経済学捜査と殺人の効用〉
石川智健 60《ロクジュウ》〈誤判対策室〉
石川智健 20《ニジュウ》〈誤判対策室〉
石川智健 第三者隠蔽機関
石川智健 いたずらにモテる刑事の捜査報告書
井上真偽《まぎ》 その可能性はすでに考えた
井上真偽 聖女の毒杯〈その可能性はすでに考えた〉
井上真偽 恋と禁忌の述語論理《プレディケット》
泉 ゆたか お師匠さま、整いました!
泉 ゆたか お江戸けもの医 毛玉堂
泉 ゆたか 玉《たま》の輿《こし》猫〈お江戸けもの医 毛玉堂〉
伊兼源太郎 地検のS
伊兼源太郎 Sが泣いた日〈地検のS〉
伊兼源太郎 Sの幕引き〈地検のS〉
伊兼源太郎 巨悪
伊兼源太郎 金庫番の娘

講談社文庫 目録

逸木 裕　電気じかけのクジラは歌う
今村翔吾　イクサガミ 天
入月英一　信長と征《ゆ》く 1・2〈転生商人の天下取り〉
磯田道史　歴史とは靴である
石原慎太郎　湘南夫人
井戸川射子　ここはとても速い川
稲葉なおと　ホシノカケラ
内田康夫　シーラカンス殺人事件
内田康夫　パソコン探偵の名推理
内田康夫　「横山大観」殺人事件
内田康夫　江田島殺人事件
内田康夫　琵琶湖周航殺人歌
内田康夫　夏泊殺人岬
内田康夫　「信濃の国」殺人事件
内田康夫　風葬の城
内田康夫　透明な遺書
内田康夫　鞆《とも》の浦《うら》殺人事件
内田康夫　終幕《フィナーレ》のない殺人
内田康夫　御堂筋殺人事件
内田康夫　記憶の中の殺人
内田康夫　北国街道殺人事件
内田康夫　「紅藍《くれない》の女《ひと》」殺人事件
内田康夫　「紫《むらさき》の女《ひと》」殺人事件
内田康夫　藍色回廊殺人事件
内田康夫　明日香の皇子
内田康夫　華の下にて
内田康夫　黄金の石橋
内田康夫　靖国への帰還
内田康夫　不等辺三角形
内田康夫　ぼくが探偵だった夏
内田康夫　逃げろ光彦〈内田康夫と5人の女たち〉
内田康夫　悪魔の種子
内田康夫　戸隠伝説殺人事件
内田康夫　新装版 死者の木霊
内田康夫　新装版 漂泊の楽人
内田康夫　新装版 平城山《ならやま》を越えた女
内田康夫　秋田殺人事件
内田康夫　孤道
和久井清水　孤道 完結編
内田康夫　イーハトーブの幽霊〈金色の眠り〉
歌野晶午　死体を買う男
歌野晶午　安達ヶ原の鬼密室
歌野晶午　新装版 長い家の殺人
歌野晶午　新装版 白い家の殺人
歌野晶午　新装版 動く家の殺人
歌野晶午　密室殺人ゲーム王手飛車取り
歌野晶午　新装版 ROMMY 越境者の夢
歌野晶午　増補版 放浪探偵と七つの殺人
歌野晶午　新装版 正月十一日、鏡殺し
歌野晶午　密室殺人ゲーム2.0
歌野晶午　密室殺人ゲーム・マニアックス
歌野晶午　魔王城殺人事件
内館牧子　終わった人
内館牧子　別れてよかった〈新装版〉
内館牧子　すぐ死ぬんだから
内田洋子　皿の中に、イタリア
宇江佐真理　泣きの銀次

2023年3月15日現在